LES 7

MICHAEL FENRIS

# LES 7

ROMAN

« Les personnages et les situations de ce récit étant purement fictifs, toute ressemblance avec des personnes ou des situations existantes ou ayant existé ne saurait être que fortuite. »

## AVERTISSEMENT

*En 1960, le réalisateur américain John Sturges dirige « The Magnificent Seven », un western inspiré du film japonais « Shichinin no samourai » (les Sept Samouraïs) d'Akira Kurosawa, tourné lui en 1954. L'histoire retrace les malheurs d'un petit village mexicain, fréquemment attaqué par une troupe de bandits qui pillent sans vergogne ses maigres ressources. Utilisant leurs économies, les villageois passent la frontière afin d'acheter des armes. Ils tombent alors sur un homme qui leur propose de recruter des mercenaires pour se débarrasser de leurs agresseurs.*

*Un remake est réalisé en 2006 par Antoine Fuqua et se déroule cette fois dans l'Ouest américain.*

*Ce roman est un clin d'œil et un hommage à ces trois films et leurs réalisateurs. Les ressemblances ne sont donc pas fortuites. Les emprunts au film de Sturges sont soulignés par un astérisque dans le texte. L'idée de déplacer l'histoire dans l'espace m'est simplement apparue comme amusante. J'espère que vous aimerez la lire autant que j'ai aimé l'écrire.*

*Vous êtes prêts ? Bouclez votre ceinture, on décolle !*

Michael Fenris

# 1

Taylor McBride coupa le contact de la foreuse, interrompant les vibrations qui se propageaient à travers son corps, et poussa un soupir de soulagement. Il apprécia la minute de silence, seulement parasitée par les bruits annexes des micros de son casque. Il avait chaud, quelque chose le démangeait au niveau du cou, mais il devait attendre le retour dans la station pour pouvoir retirer sa foutue combinaison. Il jeta un coup d'œil circulaire : la plupart de ses collègues avaient cessé leur travail, et s'empressaient de charger les derniers prélèvements dans les chariots sur rails jouxtant le plateau de forage. D'un geste souple, McBride sauta de la foreuse. Un ciel d'encre envahissait l'horizon. Il faudrait patienter les soixante-douze prochaines heures pour voir enfin le soleil se lever et éclairer les lieux d'une lueur rougeâtre. C'était ainsi que se passait le rythme jour/nuit sur Artus 4, une journée durait soixante-douze heures. Pour être né ici, McBride ne ressentait aucun effet particulier. On tenait compte du temps de travail et nom de celui de la lumière.

Le plateau s'étendait sur environ dix kilomètres carrés, bordé par des montagnes au sud, à l'est et à l'ouest. Le nord s'ouvrait sur une gorge, et sur la ville principale d'Artus 4. Une ville minière fondée quelque cent ans auparavant, mais qui n'avait connu son essor que très récemment grâce à la découverte de minerais essentiels pour l'économie. Aux pieds de McBride se trouvait d'ailleurs l'unique richesse de la petite planète aux confins de la galaxie. Dans cette roche noirâtre comme de la crasse, infiniment dure, des paillettes argentées accrochaient les feux des projecteurs sur pieds répartis de façon régulière tous les deux cents mètres, et les phares des foreuses-rogneuses. Avec le temps, Taylor McBride savait les reconnaitre : le plus brillant, d'un gris très clair, c'était le Takhium. L'autre, plus terne, plus sombre, le Mandrinium. Deux minerais qui, une fois extraits et purifiés, liquéfiés à très grand froid, servaient à l'élaboration du carburant des vaisseaux interstellaires. On trouvait du Takhium et du Mandrinium un peu partout dans la galaxie. Avec l'explosion des voyages, ils étaient devenus une source de spéculation. Des compagnies minières avaient poussé comme des champignons, pour arracher aux sols hostiles leurs précieuses ressources. Mais Artus 4 était un des rares endroits où les deux minerais se retrouvaient aussi proches, et facilement exploitables sur place. Le plus malléable des deux, le Takhium prenait alors la consistance de la pâte à modeler, entrainant avec lui les particules de Mandrinium plus dures.

Taylor brancha la foreuse sur le conduit de chargement des wagonnets et aspira le contenu de la benne. Il ne regardait pas ce qu'il avait pu arracher à cette planète hostile. Un centimètre de creusé, c'était un centimètre de pris. Vivre et travailler sur Artus 4, peu de personnes le souhaitaient. Il fallait soit être natif de ce caillou, soit n'avoir comme seul objectif qu'une vie de labeur acharné. Taylor faisait ça pour son fils. Il espérait empocher assez de crédits pour lui permettre de s'échapper de cet univers et de gagner une autre planète, plus importante, où il pourrait trouver du travail moins éreintant. À seize ans à peine, Jack commençait déjà à s'occuper du tri du minerai en compagnie de sa mère, et Taylor, qui avait vu mourir son père et son grand-père, usés jusqu'à la moelle, n'avait pas envie de n'offrir que cette issue à son seul enfant.

D'un pas lourd, il rejoignit le bâtiment à l'entrée du plateau. Construit comme un grand hangar à côté de la voie ferrée, il servait de base de repli aux ouvriers foreurs. C'était là qu'ils s'équipaient pour prendre leurs machines, c'était là aussi qu'ils se changeaient pour regagner la ville entre les à-pics rocheux ceinturant le plateau. Taylor attendit son tour pour passer sous le flux d'évacuation des particules et put enfin quitter son équipement. Le casque et la combinaison trouvèrent leurs places respectives, puis Taylor retira son caleçon long, et, nu, se rendit aux douches, en compagnie des autres mineurs, hommes et femmes. Les journées étaient si harassantes que cette promiscuité de corps dénudés n'éveillait aucune excitation des sens. Chacun n'aspirait qu'à une chose : regagner son logement. Il récupéra ses vêtements, grimpa dans le train, se glissa entre deux de ses collègues, et se laissa aller contre le dossier en fermant les yeux. L'engin s'ébranla en direction du tunnel creusé à même la roche. Il mit à peine cinq minutes pour gagner la cité – pour autant que l'on puisse baptiser de ce nom pompeux le conglomérat d'habitations disparates. Autour de lui, les conversations étaient animées, et malgré lui, il prêta une oreille. Le sujet qui revenait le plus souvent était la présence dans la région de Carson Landers, le magnat du minerai. L'homme avait fait sa fortune sur l'exploitation sauvage des planètes de la ceinture extérieure, employant du personnel corvéable à merci, de préférence les autochtones qu'il asservissait sans scrupule et jusqu'à l'épuisement. On racontait ainsi qu'il avait complètement asséché le sol d'au moins deux d'entre elles. Jusqu'à présent, il ne s'était pas trop approché d'Artus 4, se contentant de poser des systèmes de forage autonomes beaucoup plus à l'est, au-delà de la barrière rocheuse qui délimitait le plateau. Aux dires de certains, la présence de l'homme dans la région ne pouvait signifier qu'une chose : il allait tenter de faire main-basse sur la mine, mettre à la porte des dizaines de famille, et ruiner du même coup toute la ville.

— J'ai entendu qu'il laissait le choix aux habitants de travailler pour lui ou de partir, dit un ouvrier. Mais pour un salaire de misère, parce qu'il rachète tout, y compris les murs de la ville. Et il te fait passer une série de taxes sur tout ce que tu as...

— En fait, tu ne possèdes plus rien, ajouta un autre. Ta maison lui appartient. Et ton salaire est intégralement englouti dans le paiement des droits de rester dans ta maison. Tu n'as pas le choix, soit tu obéis et il te reste à peine de quoi bouffer, soit tu dis non et tu as une semaine pour partir.

— Et quand tu as passé ta vie à bosser ici, où veux-tu aller ?

— Ouais ! D'autant qu'il est capable de te faire une sale publicité si tu renâcles un peu trop, et après, tu n'as plus qu'à aller casser du caillou sur Kho Ryu !

— Attends, tu déconnes ? Kho Ryu ? C'est là où les Draks ont leurs camps ! Je préfère encore crever ici que là-bas !

— Ne nous affolons pas tout de suite, crut bon d'intervenir Taylor McBride. N'oubliez pas qu'Artus 4, du moins ce qui concerne la ville et l'exploitation du même nom, jouit d'un statut en bonne et due forme, enregistré auprès de notre République Galactique. Si Carson Landers se permettait de violer les droits internationaux établis, il encourait aussitôt un risque de représailles de la part du gouvernement.

— Quel gouvernement, McBride ? Ne te fais pas d'illusions, Landers est déjà passé outre bien des règles. Je parie qu'il arrose quelques représentants de l'état pour qu'ils ferment les yeux.

— S'il le faut, j'irai plaider moi-même notre cause auprès du gouverneur.

— On sait que tu es un type censé, McBride, peut-être celui qui a le plus la tête sur les épaules. Tout le monde ici t'écoute, ce n'est pas pour rien que tu es notre représentant auprès des dirigeants de la ville. Mais j'ai peur que si Landers se pointe, ce soit déjà trop tard.

La conversation retomba, s'aiguilla finalement sur des choses plus légères, mais sur les visages aux traits tirés, l'inquiétude pouvait se lire. McBride se résolut à rendre visite au maire d'Artus Town afin d'y voir plus clair et de pouvoir apporter des nouvelles rassurantes à ses collègues.


Construite à l'endroit précis où la montagne se scindait en deux comme sous le coup d'une gigantesque hache, la principale cité de la planète, que tout le monde appelait couramment Artus Town, avait été établie de façon stratégique par les premiers colons : d'une part, elle faisait face au plateau minier, d'autre part, sa position entre deux gigantesques pans de roche la protégeait des vents et des chutes de température. L'enclave rocheuse permettait de limiter les variations thermiques entre les jours et les nuits. D'abord simples baraquements isolés avec systèmes de recyclage et de purification d'air souvent aléatoires, responsables de nombreux décès parmi les plus téméraires, la ville s'était peu à peu formée, jusqu'à se doter d'une véritable administration, prélude à son essor définitif. Mais la cité en elle-même n'était pas extensible à l'infini, et le nombre de colons sur Artus 4 ne cessait de croitre. Et envisager de s'étendre, c'était risquer de fragiliser l'équilibre obtenu par des années d'efforts et d'abnégation.

Taylor McBride pénétra dans son logement après avoir traversé l'artère principale. Artus Town s'articulait autour d'une unique route centrale, d'où émergeaient de petits sentiers menant aux unités d'habitation. En fonction de l'ancienneté et des moyens, les autochtones se répartissaient selon un schéma basique extrêmement simple : les plus aisés en hauteur, les moins fortunés au rez-de-chaussée et sur la rue. McBride avait la chance de loger au premier étage d'un bâtiment. Fonctionnelles sinon spartiates, les unités étaient toutes construites à l'identique : un coin cuisine, un salon, une salle d'eau, et les chambres. Les McBride en avaient deux, une pour eux et l'autre pour leur fils, un luxe suprême, comme de pouvoir contempler la vallée depuis la fenêtre du salon. Le ciel d'un noir d'encre permettait de distinguer Kho Ryu, la petite planète désertique domaine des Draks, et sa voisine Lupyii, et, très loin sur la droite, la lueur de Jezzarryyk, la plus grosse et la plus centrale de la galaxie, celle qui regroupait la majeure partie de la population. C'était d'elle que convergeaient tous les vaisseaux spatiaux. Carson Landers y avait ses bureaux. L'astroport de Jezzarryyk à lui seul donnait le vertige. McBride s'y était rendu une fois dans sa vie, et il avait failli s'y perdre tant les vastes installations s'étendaient sur des centaines de kilomètres. Heureusement, Jezzarryyk avait ses petits satellites, naturels ou artificiels, et il était plus facile de s'y poser pour gagner la gigantesque planète lorsqu'on ne possédait qu'un petit vaisseau, et non un de ses mastodontes à douze ponts. Taylor songeait que c'était sans doute par là qu'il devrait passer pour se rendre au siège du gouvernement, défendre sa cause et celle de ses amis. Il détestait la foule, mais il savait qu'il avait une mission. La question était de savoir si, une fois sur place, on l'écouterait. Artus 4 bénéficiait d'un statut commercial bien défini accordé par le gouverneur, et McBride comptait bien le lui rappeler. Il espérerait juste que Landers ne l'aurait pas arrosé avant...

Linette McBride était déjà à la maison. Sa journée finissait plus tôt. Elle achevait de reconstituer la nourriture lyophilisée pour le repas, tandis que Jack s'amusait à un jeu de combat holographique. Le gosse était assez doué pour ça, devait bien reconnaitre son père. Un an auparavant, il parvenait encore à le battre. Désormais, il ne touchait plus une bille.

— Salut p'pa, dit le gamin sans cesser de regarder son jeu.

Il faisait progresser son avatar au sein d'une forêt de lianes, blaster en main, prêt à éliminer le premier adversaire en vue. Taylor observa son fils un petit moment avant de se laisser tomber sur le canapé.

— Dure journée mon chéri ? demanda Linette McBride depuis la cuisine.

— Assez oui. La roche s'effrite mal, je crois qu'il faudra commander des têtes de foreuses un peu plus tôt que prévu. Le maire ne va pas être ravi, mais on n'a guère le choix.

— Vous êtes obligé de creuser dans ce secteur ? Vous ne pouvez pas vous déplacer un peu ?

— Je crois que nous sommes sur une veine exceptionnelle. En plus, le Takhium est malléable et il attire le Mandrinium facilement. Donc on a peut-être plus de difficultés à extraire la roche, mais isoler le minerai est plus facile. Je pense que si on continue comme ça, on devrait pouvoir investir dans l'amélioration d'Artus Town.

— Tu as l'air soucieux…

— J'ai surpris une discussion tout à l'heure. Les gars disent que Landers doit venir sur Artus.

— Landers ? Carson Landers ? Qu'est-ce que ce salopard vient faire ici ?

— On dit qu'il a des vues sur l'exploitation minière. J'ai l'intention d'aller en parler à Barry. Le maire me doit une explication. Les gars sont vraiment inquiets.

— Il y a de quoi ! Tu as entendu ce qu'il a fait sur Vendréa ? Il a réussi à force de menaces à faire partir la plupart des exploitants de la région, il a racheté les deux mines et les constructions alentours. Ceux qui se sont rebellés ont fini sur la ceinture. Et ceux qui se sont pliés n'ont même plus leur chemise sur le dos. Tout appartient à Landers.

Elle baissa la voix en s'approchant de son époux.

— Je ne veux pas de ça pour Jack. Je ne veux pas le voir changé en esclave. Nous n'avons pas parcouru tout ce chemin pour revenir en arrière !

— Vendréa n'avait pas le statut d'Artus 4, plaida McBride. Nous avons un titre tout ce qu'il y a de légal. Ne t'en fais pas, j'ai bien l'intention d'en parler à Barry dès demain.

Le repas avalé, il s'essaya à jouer avec son fils juste avant d'aller se coucher, mais le cœur n'y était pas et il se fit battre à plate couture. Si Jack fut déçu, il ne le montra pas. Il gagna sa chambre afin de réviser quelques cours, tandis que Taylor et sa femme s'installaient devant l'écran pour suivre les dernières actualités. Les Draks avaient encore fait parler d'eux en attaquant un cargo de ravitaillement posé sur Kho Ryu, et certaines voix exigeaient de la part du gouvernement des représailles rapides et à la hauteur de l'affront.

« S'en prendre aux Draks, songea Taylor. Encore faudrait-il pouvoir les débusquer ! » Ces êtres mi-humains, mi-sauriens, dotés d'une férocité inouïe, avaient l'art de se fondre dans leur environnement et d'attaquer par-derrière sans faire de quartier. Peu nombreux étaient ceux qui se vantaient de les avoir affrontés – et d'y avoir survécu. Leur férocité n'avait d'égal que leur cupidité. Quelqu'un comme Landers pouvait faire appel à eux pour nettoyer les secteurs qu'il envisageait de conquérir.


Après une nuit agitée, Taylor McBride se retrouva à la mairie pour rencontrer le chef de la ville. Barry Underwood, gros homme chauve assez falot, occupait les lieux depuis toujours, la mémoire de McBride lui faisant défaut lorsqu'il s'agissait de se rappeler la date de sa nomination. C'était un homme de consensus. Il trouvait toujours un moyen de mettre tout le monde d'accord. Il détestait les contrariétés. Les mauvaises langues disaient qu'il avait été nommé à ce poste parce qu'il fallait bien y mettre quelqu'un, mais McBride songeait qu'il n'était surement pas plus mauvais qu'un autre. Il avait réussi à maintenir une cohésion au sein de la cité, avait permis son développement par de judicieux investissements. Artus Town était une ville rentable et prospère éveillant sans aucun doute la jalousie. L'exploitation du minerai faite de façon raisonnée permettait à la ville d'être à l'abri des besoins financiers pour quelques années encore.

Mais il n'était pas réellement de taille à affronter Carson Landers.

Il aborda les questions de McBride, visiblement ennuyé, et cherchant à fuir ses responsabilités. Non, il n'était pas question de revenir sur le statut d'Artus Town établi auprès de la république Galactique. Ce statut faisait la force de la cité. Mais l'avenir s'annonçait incertain, et les bonnes décisions devaient être prises au bon moment.

— Tu es en train de me dire que tu es prêt à céder à Landers ?

— Je ne te parle pas de céder quoi que ce soit, Taylor ! Je dis qu'il faut voir ses propositions comme un partenariat. Le matériel coute de plus en plus cher, la roche du plateau est de plus en plus dure. Nous allons devoir commander de nouvelles machines, tout cela a un prix. À terme, comment allons-nous nous en sortir ?

— Barry, l'exploitation du minerai est on ne peut plus rentable ! protesta McBride. C'est à nous de négocier !

— Nous n'y arriverons pas seuls. Carson Landers a de l'expérience dans ce domaine, il représente une valeur sure. Je pense que nous pouvons nous arranger pour établir un partenariat entre lui et nous.

— Tu as vu où menaient ces différents « partenariats », objecta Taylor. Ceux qui ne veulent pas obéir doivent partir. Je n'ai pas envie de subir la dictature d'un type dont le maitre mot est rentabilité ! Que vont faire nos concitoyens s'il décide de les virer ? Les personnes âgées qui ne peuvent plus travailler, les enfants ?

Barry Underwood leva les mains en l'air en signe d'apaisement.

— Allons, Taylor, laisse-le venir et écoute ce qu'il a à dire. Il sera toujours temps de refuser si nous ne sommes pas d'accord. Mais laisse-le au moins s'exprimer. Il peut nous apporter une meilleure mécanisation, peut-être aussi plus de sécurité...

— En échange de quoi, Barry ? D'une simple participation ? Ou de nos maisons, de notre ville, de nos vies même ? Tu connais Carson comme moi.

— Justement, nous ne le connaissons pas, coupa Barry Underwood. Il est en tournée sur Artus 4 pour voir ses mines, il a prévu de faire une halte ici dans l'après-midi. Je compte sur toi pour lui faire visiter nos installations. Il nous fera part ensuite de ses projets.

Taylor McBride eut soudain la très désagréable impression que pour Barry, l'affaire était déjà entendue.

— Combien ? demanda-t-il.

— Combien quoi ? Je ne te suis pas…

— Combien Carson Landers t'a-t-il proposé pour lui filer les clés de la ville ?

— Il n'est pas question d'argent ! protesta le maire avec une véhémence suspecte. Maintenant, si tu veux bien me laisser, j'ai à faire.

McBride quitta le bureau. Il fallait qu'il parle à ses collègues au plus vite.


Lorsque la navette de Carson Landers se posa sur la plateforme d'embarquement, Taylor McBride achevait de briefer ses collègues. La consternation avait envahi la plupart des visages autour de lui. Beaucoup n'osaient plus croire à un miracle, l'affaire était pliée, certains parlaient déjà d'aller faire la peau à Barry Underwood. Mais McBride voulait voir jusqu'où Landers était prêt à aller, et si c'était avec la promesse d'un partenariat qu'il se rendait sur Artus 4. Cependant, ses espoirs s'envolèrent dès qu'il jeta un œil sur le vaisseau du milliardaire. Il s'agissait d'un petit engin de guerre, aux formes torturées d'où jaillissaient des canons à protons ne laissant aucun doute sur sa fonction primaire. Le vaisseau ne portait pas d'inscription de la République. À côté de McBride, Underwood tentait de faire bonne figure, mais il ne cessait de mordiller sa moustache poivre et sel en signe de nervosité. La trappe de sortie s'abaissa avec un sifflement aigu. Malgré lui, Taylor se sentait piqué par la curiosité. Peu de personnes autour de lui avaient eu l'occasion de croiser d'aussi près le chemin de Landers. Après un moment qui parut interminable à l'assemblée, les premières silhouettes se découpèrent en ombre chinoise à la porte du vaisseau, et leur apparition déclencha un bref mouvement de recul ainsi que des soupirs d'angoisse.

— Des poulpards ! lança quelqu'un.

Il était facile de reconnaitre les créatures venues de la planète liquide Zoxx. Hauts de près de deux mètres, massifs, le corps grisâtre, ils portaient sur la tête une série de longs tentacules de la même couleur, agités de tremblement comme les feuilles sous le vent. Ces tentacules avaient la particularité de virer au rouge violacé et d'exsuder une substance visqueuse lorsque le poulpard était excité ou menacé. Ils répandaient alors une puissante odeur marine, écœurante, insupportable pour celui qui n'était pas habitué. Entre ces tentacules épais comme des bras, on pouvait parfois distinguer de petits yeux noirs et ronds, d'une fixité minérale, et une bouche cornée émettant des sons comme des claquements brefs et sonores. Les premiers poulpards qui sortirent portaient tous une ceinture où s'accrochait un fusil blaster à canon court, qu'ils savaient utiliser avec dextérité. Ces combattants émérites, endurcis, ne craignaient ni la faim, ni la soif, ni la douleur et étaient insensibles au froid. Les grandes chaleurs pouvaient tout au plus les ralentir. Que Carson Landers les ait choisis comme gardes du corps inquiéta McBride au plus haut point. Lorsque les poulpards se furent alignés devant le vaisseau, observant la foule muette d'effroi à la recherche du moindre signe de menace, Landers fit son apparition. De taille moyenne, le visage osseux et les yeux clairs enfoncés profondément dans leurs orbites, il portait un couteux manteau de cuir noir au col relevé. Les lèvres se confondaient avec la carnation pâle, presque anémique de sa peau, et se réduisaient à un simple trait telle une plaie mal cicatrisée. Il toisa un instant les habitants d'Artus Town avec une moue en disant long sur le peu d'intérêt qu'il portait au peuple, s'approcha d'Underwood. Quelques tentacules se mirent à palpiter à ses côtés. Le maire esquissa quelques pas dans sa direction, affable, tendit la main en direction du milliardaire :

— Soyez le bienvenu à Artus 4, monsieur Landers !

L'homme lui adressa à peine un coup d'œil et refusa de serrer la main tendue. Il détestait le moindre contact humain. Prenant la direction de la ville, il prit l'assemblée de court et força Underwood à lui courir après.

— Je n'ai pas beaucoup de temps, allons-y ! déclara-t-il.

Un pas en arrière, McBride s'efforçait de ne rien perdre du discours du maire vantant les mérites de la cité, l'engagement professionnel des Artusiens, le climat de paix qui régnait. Landers ne se donnait même pas la peine de dissimuler le fait qu'il n'en avait rien à faire. Il s'arrêta au milieu de l'artère, observa les unités de logement :

— Nous sommes assez fiers de ça, indiqua Underwood.

— Trop de place perdue, commenta Landers. Il y a moyen d'optimiser ça. Un ouvrier n'a pas besoin d'autant d'espace pour vivre. Il est là pour la rentabilité, pas l'oisiveté !

Un murmure de colère parcourut la foule. Carson Landers s'arrêta, se tourna vers elle, guettant une remarque, mais les poulpards constituaient un solide moyen de dissuasion à toute rébellion. Satisfait, il continua :

— Idéalement, il faudrait pouvoir agrandir la ville et le spatioport, ou au moins les connecter à des constructions annexes. Nous aurons sans doute besoin dans l'avenir de davantage de main d'œuvre.

— Tout cela coute horriblement cher, objecta McBride. L'économie d'une petite ville comme Artus 4 n'y suffirait pas !

Carson Landers se tourna vers lui :

— Et vous êtes ?

— Taylor McBride, s'empressa de répondre Underwood. Il est le représentant des ouvriers de l'exploitation. Un homme de valeur, vous pouvez en être sûr !

— Oh vraiment ? Alors, allons voir les forages de plus près, je suis curieux de voir comment vous vous y prenez !


Le petit train menant à l'exploitation était blindé de monde, mais McBride n'avait pris avec lui que quelques solides ouvriers à même de donner des détails techniques sur le forage. Le reste du train était occupé par les poulpards. Ils répandaient une odeur de poisson pourri insupportable, et seul Landers semblait s'en accommoder. Arrivés au hangar, ils se changèrent. Deux poulpards transportaient la combinaison de Landers. Plus fine, plus souple, elle représentait le dernier cri en matière de protection thermique. McBride en avait déjà vu mais uniquement sur catalogue, et le prix était tel que la mairie avait dû renoncer à un tel achat. Landers sortit et se fit mener au plus près des foreuses. McBride saisit la lueur de convoitise qui s'allumait dans son regard en apercevant les pépites de minerai dans la roche. Puis il examina les foreuses à l'arrêt.

— On perd du temps, là ! Il devrait y avoir beaucoup plus d'engins en route. Et un système de récupération et de traitement plus proche et plus rapide.

— La roche est très dure, ce qui rend l'exploitation moins facile au fur et à mesure que l'on creuse, répondit McBride. Nous progressons plus rapidement durant les jours éclairés, la température étant plus clémente pour les organismes et les machines.

— Remplaçons les machines et tout ira bien ! Ces foreuses sont désuètes, elles ne sont plus rentables.

— Monsieur, nous livrons suffisamment de minerai à l'heure actuelle. Nous tenons nos engagements.

— Il faut produire plus et livrer plus sous peine de se voir dévorer par ses concurrents ! Artus 4 est l'une des seules planètes à bénéficier d'une mine de Takhium et de Mandrinium à ciel ouvert, profitons-en ! Cette exploitation tourne à peine au quart de ce qu'elle pourrait produire !

— Les hommes ne tiendront pas ce rythme ! Je ne sais pas si la main-d'œuvre acceptera de venir se geler ici pour trimer du matin au soir, et nous n'aurons pas de place pour les loger tous !

— Taylor, prévint Barry.

— Non, Barry, laisse-moi terminer : notre mine fonctionne bien, les types ici bossent bien, nous arrachons à la roche assez de minerai pour fournir les principales usines de Jezzarryyk et des environs. Personne n'a jamais eu à se plaindre des délais.

— Nous n'avons pas besoin d'ouvriers. Mes machines peuvent accomplir le travail de dix hommes en dix fois moins de temps. Et s'il le faut, j'engagerai des poulpards, eux ne se plaignent pas.

— Vous n'avez pas le droit ! protesta McBride. Nous sommes chez nous ! La République nous a délivré un droit d'indépendance et d'exploitation inaliénable !

— Le gouvernement saura très bien où est son intérêt lorsque j'évoquerai l'importance de l'exploitation minière. Je suis déjà propriétaire des deux tiers de cette planète, Artus 4 n'est qu'une simple verrue dans le paysage. Je vous propose donc la meilleure solution pour tous : une amélioration du rendement avec une automatisation plus importante.

— Laissez-nous au moins un délai de réflexion ! intervint Barry Underwood. Vous ne nous avez encore rien dévoilé en ce qui concernait Artus

Town. Nous avons des familles ici, des hommes, des femmes et des enfants ! Ils vivent par et pour la mine. Que feront-ils demain ?

— Nous tâcherons de les employer au mieux.

— Et ceux qui refusent de se plier ? demanda McBride.

— Personne ne les retiendra. Libres à eux d'aller voir ailleurs, la galaxie est vaste.

— En fait, vous voulez nous voir crever, c'est ça, hein, Carson !

Le maire tenta de retenir Taylor, mais il se dégagea d'un geste sec.

— Non Barry, je veux entendre la vérité de la bouche de ce salopard ! Qu'est-ce que vous allez faire de nous ? Nous envoyer sur Dzeta Proximus ? Nous traiter comme des criminels ? Nous enterrer sous la roche ? On a besoin de l'humain, Carson ! Que ferez-vous quand vos putains de machines tomberont en panne ? Qui les réparera ?

Landers fit mine de regagner le hangar. McBride l'attrapa par la manche de sa combinaison :

— Reste ici, salopard ! Je n'en ai pas fini avec toi !

Il avait à peine prononcé ces mots qu'il se sentit projeté en arrière, ceinturé, à moitié étranglé par une horde de poulpards belliqueux. Plusieurs ouvriers firent mine d'aider leur collègue, et les tentacules virèrent au cramoisi.

— Arrêtez ! supplia Barry.

Carson Landers contempla la manche de sa combinaison avec dégout. Fit signe aux poulpards de maintenir solidement Taylor McBride. Il s'approcha de lui en prenant l'assemblée pour témoin.

— Voilà où mène le laxisme dans une société ! clama-t-il. On commence par critiquer les conditions de travail, on refuse l'effort pour le bien de tous ! Je suis venu vous apporter mon aide, des solutions pour améliorer la rentabilité, et qu'est-ce que je trouve en échange ? De l'hostilité ! Du dénigrement ! Est-ce sain ? Non je ne crois pas !

Il brandit l'index en direction de McBride :

— Dites-moi comment je dois interpréter les propos de ce monsieur ? Il parle de pannes de machines sans personne pour les réparer ? Dois-je redouter des gestes de sabotage ? Une mutinerie ? Des dégradations volontaires ?

— Monsieur Landers, il exprimait juste notre crainte à tous...

— La ferme, Underwood ! Vous êtes un incapable !

Carson Landers s'approcha de la première foreuse, grimpa à bord, la mit en route.

— En voilà une en parfait état de fonctionnement ! Les miennes seront encore plus performantes ! Et une machine, ça se répare, monsieur McBride ! On change une pièce, et ça repart !

D'un bond léger, il sauta de la foreuse, ramassa une pelle au passage et vint se placer juste devant son captif.

— Combien de temps faut-il pour réparer un humain, McBride ?

Il leva la pelle, et l'abattit sur le système hydraulique. Un liquide glacé s'échappa en sifflant au contact de l'air, pour être aussitôt bu par la terre aride. Landers indiqua la main droite de McBride. Aussitôt, les poulpards lui remontèrent sa manche. Taylor tenta de se débattre, tandis que le milliardaire approchait le tuyau percé.

— Arrêtez ! Je vais geler !

— C'est l'idée, répondit Carson.

McBride sentit le froid mordre sa peau, racornir ses doigts pour en faire une griffe inutile. La douleur grimpa le long de son bras. Il se mit à hurler. D'un coup de crosse, un poulpard éloigna un des ouvriers qui voulait s'interposer.

— Vous en voulez aussi ? gronda Landers. L'autre maintenant !

— Pitié, monsieur Landers ! supplia McBride.

— Je ne suis plus Carson, maintenant ? Je ne suis plus un salopard ?

La gauche gela encore plus vite. Avec horreur, Taylor McBride contempla ces deux bouts de branche morte, durs comme des glaçons.

— Mes mains ! Mes mains !

La pelle s'abattit d'un coup sec sur les mains gelées. Elles se détachèrent comme des stalactites que l'on brise, ne laissant que deux moignons sanguinolents. McBride perdit connaissance et s'effondra sur le sol.

— Trois semaines ! lança-t-il à Barry Underwood. Vous avez trois semaines pour étudier le dossier que je vous ai envoyé. À l'issue, je reviendrai et vous me ferez connaître votre décision. Ceux qui ne plieront pas devront quitter la ville à bord des vaisseaux de commerce. Et inutile de tenter quoi que ce soit : à partir de maintenant, les poulpards prennent le contrôle du port d'embarquement. Et je me chargerai personnellement de tous ceux qui chercheront à me nuire, en contactant le gouverneur du Jezzarryyk. Inutile de me raccompagner : je connais le chemin.

Entouré de ses gardes humanoïdes, le milliardaire s'éloigna, laissant les ouvriers abasourdis porter secours à Taylor McBride.

Trois semaines. C'était tout ce qu'il leur restait de temps à être indépendants.

## 2

Pour tous ceux qui fréquentaient les docks d'embarquement de Jezzarryyk, le Khalistos Bar était le lieu de rendez-vous obligé après une journée de travail. Une immense salle, dont les baies vitrées donnaient sur l'incessant ballet des vaisseaux de commerce chargeant et déchargeant leurs marchandises et leurs voyageurs. En plus du bar, on dénombrait deux salles de jeux, une piste de danse, un hôtel dans les étages. Les chambres servaient tout autant la nuit que le jour, puisqu'elles accueillaient aussi bien les voyageurs en souffrance que les passes rapides avec les putes de la galaxie. Il y en avait pour tous les gouts, puisque toutes les races intergalactiques se côtoyaient dans un gigantesque choc culturel.

Quand Garrison Riss pénétra dans l'établissement, la salle de bar du Khalistos affichait complet. Une musique criarde giclait des haut-parleurs disséminés, couvrant le brouhaha des voix des consommateurs. Un épais nuage de fumée flottait dans l'air, comme un paquet de brume. Ça sentait la sueur, la crasse, le foutre hâtivement répandu, mais aussi d'autres odeurs difficilement identifiables pour quelqu'un non habitué aux voyages interstellaires.

Mais Riss en avait vu d'autres depuis le temps qu'il bourlinguait à travers l'espace. Sa haute silhouette, entièrement vêtue de noir, son ceinturon sur lequel pendaient deux blasters rutilants, son long manteau de cuir élimé, tout concourrait à attirer l'attention sur son passage. D'ailleurs, quelques individus louches relevèrent la tête à son arrivée, et quelques traits se crispèrent. Embrassant l'étendue du bar, il écarta quelques putes un peu trop entreprenantes – il n'avait pas vraiment le cœur à la bagatelle – et se dirigea droit vers le comptoir. Le serveur le regarda s'approcher, et libéra un de ses quatre bras pour passer un rapide coup d'éponge sur le zinc devant lui.

— Qu'est-ce que je vous sers ? demanda-t-il d'une voix caverneuse.

Il devait mesurer au moins deux têtes de plus que Riss et possédait un crâne dégarni, posé comme une motte de beurre sur le haut de son tronc massif. La peau jaunâtre était lisse comme du marbre poli, et les yeux sans paupières étaient les seules choses de dimensions modestes chez l'individu.

Riss ne se laissa pas démonter par les deux pupilles noires d'encre.

— Quelque chose de fort, dit-il. Vous avez quoi en stock ?

La main du barman fila sous le comptoir et en tira une bouteille d'un liquide aux reflets de vieux bronze. Garrison Riss approuva d'un hochement de tête.

— De l'alcool des Marais ! Ça fait une paille !

Il déposa cinq crédits à côté de lui. La main protéiforme s'en empara et l'argent disparut comme par enchantement. Riss porta le verre à ses lèvres, savoura, laissant le feu lui déchirer les entrailles. Pas à dire, celui-là était parfaitement réussi. L'alcool des Marais faisait l'objet d'une contrebande effrénée, et tomber sur du bon relevait parfois du miracle. Il reposa le verre sur le bar, fit demi-tour pour observer la foule bigarrée face à lui. Le visage qu'il cherchait ne s'y trouvait pas.

— Un autre ! commanda-t-il au barman.

Il glissa de nouveaux crédits en direction de la masse, mais arrêta le geste du serveur.

— Et une question : je cherche une personne et je pense qu'elle se trouve ici.

— C'est possible. Tellement de monde défile au Khalistos, on ne peut pas avoir l'œil sur tout ! Moi je me contente de servir.

— Est-ce que dix crédits supplémentaires pourraient te faire retrouver la mémoire ?

Les petits yeux noirs se mirent à luire. Un bref instant. Riss tendit l'argent qui disparut encore plus rapidement que la première fois.

— On n'aime pas trop les curieux par ici.

— Je le sais très bien, mon gros !

— Ce monsieur t'embête, Mhog ? fit une voix dans son dos.

Un type crade, vêtu d'une combinaison marron de docker, le cheveu fou et la barbe grasse, se tenait juste derrière Garrison Riss. Il n'était pas venu seul, trois autres types l'accompagnaient. Ses dents complètement pourries lui déformaient le visage en un rictus grotesque. Il souffla son haleine fétide en direction de Riss.

— Mhog, c'est quelqu'un de bien, ajouta-t-il. Au moins, il ne nous sert pas de la saloperie frelatée. Et comme il t'a dit, on n'aime pas les curieux par ici.

Personne ne semblait faire attention à eux. Riss savait parfaitement que ce genre de provocation était fréquent dans les bars des grandes zones portuaires, et qu'elle finissait en règle générale par un *gunfight*. Mais il n'était pas là pour ça. Du moins, pour le moment. Il adressa un sourire au docker en désignant le barman du pouce.

— Je pense qu'il n'attend pas après toi pour se défendre. Et puis, on causait tranquillement tous les deux quand tu es venu te mêler de ce qui ne te regardait pas. Et, tu vois, je n'aime pas ça...

Sous des intonations paisibles, la voix était ferme, le ton lourd de menaces. Le docker jaugea son adversaire. Il était plus grand que lui, certes, son manteau ne cachait pas seulement une artillerie dont il devinait les crosses, mais aussi une musculature assez conséquente. Il observa ce visage aux pommettes saillantes, les yeux sombres dissimulés en partie par une mèche de cheveux, la mâchoire volontaire, et sentit sa belle assurance s'évaporer. Il lui restait l'aide de ses compères, mais ceux-ci attendaient de lui qu'il fasse le premier pas. Contre toute attente, ce fut son adversaire qui bougea. Décollant son dos du bar, Garrison Riss tendit un papier dans sa direction.

— Mais peut-être que tu pourrais me renseigner après tout ! Je cherche un homme. Il se fait appeler *Typhoon*.

— On n'est pas des balances, grogna le docker en chassant le papier d'une main.

— Son véritable nom, ce serait plutôt Buck. Enfin, son prénom, je ne suis pas sûr que lui-même connaisse son nom. Quant à son sobriquet, c'est en rapport avec les dégâts qu'il fait partout où il passe. Un vrai cauchemar, ce type.

— T'as pas compris ? On ne sait rien ! Que dalle ! Tu t'es trompé d'adresse, mon gars ! Et si tu insistes, tu vas avoir des…

Sa voix s'étrangla. En un mouvement si rapide que l'œil humain n'aurait pu le saisir, Riss avait dégainé un de ses blasters et l'avait collé sous le nez du docker, poussant vers le haut de façon à lui rejeter la tête en arrière. Ce faisant, son manteau s'était ouvert, dévoilant l'insigne placardé sur sa poitrine. Les acolytes du docker firent deux pas en arrière.

— Un Space Marshal ! lança l'un d'eux d'une voix blanche.

— Je suis effectivement le Space Marshal Garrison Riss, du premier district intergalactique, et je suis chargé de traquer les criminels qui tentent de se soustraire à la justice souveraine de la République. Buck est de ceux-là. Il doit répondre d'au moins cinq chefs d'accusation, dont pillage, meurtres, agression. Il est recherché sur une demi-douzaine de planètes... Alors, tu ne te rappelles vraiment pas de lui ?

Une des mains de Mhog le barman se posa sur son épaule.

— Premier étage ! Chambre 307. Il est avec une fille.

Riss relâcha la pression sur le nez du docker, pivota pour avaler le reste de son verre d'alcool des Marais.

— 307, tu disais ? OK, allons y faire un tour.

Les hommes qui le menaçaient une seconde plus tôt s'écartèrent. Même les discussions qui allaient bon train se firent plus modérées. Sans se presser, Riss fendit la foule et commença à gravir l'escalier.

Le Khalistos n'avait pas d'ascenseur. L'accès aux trois étages se faisait par une unique volée de marches, desservant les chambres à droite et à gauche. La plupart des chambres avaient une vue sur la baie vitrée et le bar en contrebas. Quelques plantes, fixées à la rambarde, donnaient une vague impression de jardin exotique, à condition d'avoir beaucoup d'imagination. Les logements sur la gauche étaient destinés à la location pour une nuit ou plus, ceux de droite se réservaient pour une heure, voire beaucoup moins. Le Space Marshal posa le pied sur le palier. La 307 se trouvait au bout du couloir. Au passage, il bouscula un type qui se rajustait rapidement, laissant une prostituée sur le pas de la porte. La pute lui adressa un petit signe de la main.

— Tu viens chéri ? La place est chaude...

Garrison Riss secoua la tête avec un sourire. Il s'agissait d'une synthé-pute, le genre de fille recherché par ceux dont les fantasmes ne connaissaient guère de limites. Son corps protoplasmique se déformait à volonté, laissant apparaître aussi bien huit seins que trois vagins, à des endroits divers de son anatomie. Pas vraiment le style de Riss. Il ne goutait guère l'artificiel. Il s'avança jusqu'à la porte 307, replia son index contre le battant, et frappa plusieurs fois. Un bref remue-ménage se fit entendre, puis une voix d'homme demanda :

— C'est pour quoi ?

— Service d'étage ! répondit le marshal.

— Service d'étage ? Qu'est-ce que c'est que cette connerie ? grogna la voix. Je n'ai rien demandé !

La clé tourna dans la serrure. Riss se plaqua sur le côté. D'un violent coup de pied, il projeta le battant vers l'intérieur, tandis qu'il reculait aussitôt. Il perçut le grésillement du blaster, et le coup rasa l'endroit même où il se tenait deux secondes plus tôt. Dans la chambre, la fille poussa un cri.

— Je sais que c'est toi, Buck ! cria Garrison Riss. Rends-toi !

Un second tir répondit à son injonction. Riss s'accroupit, plongea en avant, en usant de ses deux armes. Il eut juste le temps de voir son adversaire bondir dans la pièce voisine en claquant la porte. Nue au milieu du lit, la fille le dévisagea, affolée.

— C'est quoi, à côté ?

— La salle de bains ! balbutia-t-elle.

Riss tira à plusieurs reprises à travers la porte. Un énorme fracas retentit : Buck venait de défoncer la cloison pour passer sur le balcon, et tentait de descendre le long de la rambarde.

— Merde ! jura Garrison.

Il sortit en courant. Buck avait atteint l'étage inférieur. À demi nu, il courait en direction des escaliers. Riss pouvait encore lui couper le passage. Le bandit avisa les poutrelles métalliques formant l'ossature de la baie vitrée. Il recula au bout du couloir, prit son élan, sauta. Ses mains accrochèrent de justesse une des poutres, il effectua un rapide rétablissement, et commença à se laisser glisser jusqu'en bas.

— Stop ! cria Riss.

Buck *Typhoon* pointa son arme. Le Space Marshal fut plus rapide. Deux tirs, atteignant le fuyard en pleine poitrine. Buck lâcha son arme, tomba deux étages plus bas, et vint s'écraser au milieu d'une table de poker.

Riss redescendit jusqu'au bar. La musique s'était tue, et aux bruits de la bagarre avait succédé le silence. L'agent de la loi s'approcha du corps de Buck. Dans la chute, il s'était brisé la nuque. Riss laissa retomber la tête sur le sol. Venant de la rue, une sirène se fit entendre. La police portuaire intervenait. Il la laissa entrer, exposant son étoile et extirpant de sa poche son titre ainsi que son ordre de mission. Les policiers firent irruption dans le bar, fusil au poing, harnachés dans leurs uniformes pare-balles noir et blanc. Garrison Riss leva les mains en l'air. Il fut aussitôt entouré.

— Lâchez vos armes et couchez-vous sur le sol immédiatement ! tonna la voix du plus proche, déformée par le vocodeur intégré au casque.

— Space Marshal Garrison Riss ! répondit-il. Je suis en mission. Cet homme est recherché pour le meurtre d'au moins trois personnes. Voici mon accréditation officielle !

Le policier qui lui avait intimé l'ordre de se rendre récupéra la carte, l'examina un bref instant et fit signe aux agents qui l'accompagnaient de baisser leurs fusils.

— C'est parfait, tout est en ordre, Space Marshal. Que doit-on faire du corps ?

— Transportez-le au bureau de police local, je viendrai enregistrer la dépouille et toucher la prime, répondit Riss.

— Bien reçu, Space Marshal ! Allez, dégagez vous autres ! Vous pouvez reprendre votre activité !

Le corps de Buck fut emporté. Les conversations reprirent peu à peu. Riss regagna le comptoir. Mhog attendait, la bouteille d'alcool des Marais en main.

— Joli tir, marshal !

— Merci Mhog. Je crois que je vais me laisser tenter par un autre verre.

Alors seulement, le barman parut remarquer le collier autour du cou du marshal. On aurait dit une série de griffes, ou de dents, plutôt des crocs d'ailleurs, dont les plus petits mesuraient au bas mot cinq bons centimètres.

— Je peux vous demander en quoi c'est fait ? demanda Mhog.

— Oh, ça ? fit Riss en levant le collier. Ce sont des dents de Drak.

L'étonnement le plus complet se dessina sur le visage de l'immense serveur. Autour de Riss, la même surprise teintée de respect se dessina. Des dents de Drak, sans doute l'une des créatures les plus féroces de toute la galaxie. Le docker qui avait provoqué le policier se dit qu'il avait eu beaucoup de chance.

— Tu aurais une chambre pour moi, Mhog ? Je ne vais pas repartir tout de suite.

— Certainement, marshal. Si le troisième ne vous rebute pas...

— Aucun souci, je prends.

— Vous voulez une fille aussi ?

— Pas pour le moment Mhog. Je vais déjà aller faire un tour au poste. On verra plus tard.

Le poste de police portuaire, sorte de tour rectangulaire flanquée d'un large plateau circulaire au sommet, dominait tout l'astroport de Jezzarryyk. En dehors de celui du gouverneur et des représentants de la République Galactique, c'était le bâtiment le plus haut de toute la région. Garrison Riss s'y rendit à pied. Il n'était distant du Khalistos que d'un kilomètre à peine. En passant, Riss pourrait se rendre dans une ou deux boutiques afin d'acheter quelques pièces indispensables à son arsenal. La journée ne s'annonçait pas mal : Buck allait lui rapporter cinq mille crédits. De quoi rafistoler le propulseur gauche de son vaisseau qui donnait quelques signes de faiblesse ces derniers temps. Il traversa le marché bigarré où l'on trouvait un peu de tout et à tous les prix, s'arrêta sur un stand, alléché par l'odeur de viande grillée, et prit une portion de lézard des sables. La viande gouteuse craquait sous la dent, il dut s'y reprendre à plusieurs fois pour éviter de se bruler la langue. Il sentait les regards rivés sur lui lors de son passage, mais la vue des deux blasters, de l'étoile de marshal et du collier de dents calmait les ardeurs des plus téméraires.

Juste avant d'atteindre le poste de police, il ralentit et fit mine de s'intéresser à un étal de pièces détachées. Il se fendit de quelques crédits pour quelques joints pouvant s'adapter sur les circuits de refroidissement. Du coin de l'œil, il surveillait les allées et venues. Quelqu'un le suivait, sans faire preuve de discrétion excessive, comme s'il hésitait à l'aborder. Il était jeune, encore un gamin, n'avait pas l'air miséreux même si sa tenue accusait un usage prolongé. Riss lui donna une chance de l'accoster, mais, voyant qu'il ne bougeait pas, il reprit sa route vers le poste. Le jeune lui emboita aussitôt le pas.

« Si tu ne te décides pas, c'est moi qui vais aller te trouver ! songea Riss. Je te laisse jusqu'au retour du poste de police ».

Un cri de colère interrompit ses pensées. Son poursuivant venait de heurter un étal, et la pyramide érigée par le vendeur s'effondra sur la chaussée, les fruits roulant dans toutes les directions.

— Espèce d'abruti ! hurla le commerçant. Tu ne pouvais pas faire attention ?

— Je suis désolé ! balbutia le garçon. Je ne l'ai pas fait exprès.

— Manquerait plus que ça ! regarde-moi ça, crétin ! Tous les fruits sont tombés !

— Je vais vous aider à les ramasser !

— Et m'en piquer par la même occasion ? Jamais ! En plus, certains sont abimés et invendables ! Va falloir payer !

— Je n'ai pas d'argent ! gémit le gamin, épouvanté.

Il chercha à reculer de deux pas. Le commerçant le cueillit par le bras.

— Reste ici, jeune voyou ! Tu vas payer je te dis, ou gare à toi !

Il tira de sa blouse une courte matraque qu'il brandit au-dessus de sa tête. Jack se recroquevilla sur lui-même.

— Je vais t'apprendre les bonnes manières, moi ! gronda le vendeur.

En deux bonds, le Space Marshal fut sur lui. Il bloqua le poignet qui tenait le gourdin, le tordit pour lui faire lâcher prise. Le commerçant poussa un cri de douleur et laissa tomber son arme.

— Oh ! De quoi je me mêle ! râla-t-il.

— De la matraque pour quelques fruits, tu ne crois pas que tu exagères ?

— Et ceux qui sont abimés, hein ? Je les vends comment, maintenant ?

— Tes fruits étaient déjà abimés lorsque je suis passé il y a deux minutes. Et si le gamin n'était pas passé à ce moment, ton étal aurait fini par dégringoler. Jamais vu un truc aussi peu stable.

Le vendeur se fit mauvais.

— Ah ouais ? Vous voulez m'apprendre mon métier peut-être ?

— Non, juste t'empêcher de faire une connerie, répliqua Riss.

Ce disant, il ouvrit davantage son manteau. Le marchand aperçut le reflet de l'étoile.

— un Space Marshal, grogna-t-il. Parfait, je vous le laisse ! Mais je ne veux plus le voir ici !

Garrison Riss entraina le gamin avec lui. Il tremblait encore comme une feuille, mais son regard était surtout rivé sur les restes de viande de lézard. Riss lui tendit, et il se jeta dessus avec voracité.

— Tu n'as pas mangé depuis combien de temps, mon garçon ?

— Quatre jours, monsieur, répondit-il.

— Quatre jours ? Tu as de la chance d'avoir encore assez d'énergie pour me suivre... car tu me suivais, n'est-ce pas ?

Hochement de tête affirmatif.

— Et pourquoi me suivais-tu ?

— Je vous ai vu dans le bar. Comment vous avez abattu ce truand. C'était impressionnant. Je n'avais jamais vu quelqu'un tirer aussi vite que vous.

— Merci mon garçon. Mais c'est mon métier... Et, dis-moi, qu'est-ce que tu faisais près d'un bar comme le Khalistos ? Ce n'est pas un endroit pour un gamin comme toi. Quel âge as-tu ?

— Seize ans, monsieur.

— Et j'imagine que tu as un nom ?

Nouveau hochement de tête affirmatif.

— Je m'appelle Jack McBride, d'Artus 4.

— Eh bien, Jack McBride d'Artus 4, enchanté de faire ta connaissance ! Mais tu es un peu loin de chez toi, non ? Où sont tes parents ?

Le gamin baissa la tête.


— Ils sont sur Artus 4. Mon père a été grièvement blessé. C'est pour ça que je suis ici. Pour chercher des gens comme vous.

— Des gens comme moi ?

— Oui m'sieur. Comme vous. Pour m'aider à venger mon père, et à sauver notre ville.

— Vaste programme, Jack d'Artus 4 ! Je te propose de m'attendre au poste de police, j'en ai juste pour une minute, et tu me racontes ça après, on est d'accord ? Et ne t'inquiète pas, ce n'est pas pour toi que je vais au poste.

Le gamin hocha la tête. L'affaire de Garrison Riss dura à peine cinq minutes. Il en profita pour faire le point sur les quelques repris de justice susceptibles de trainer dans les environs, et ressortit plus riche de ses cinq mille crédits. Il invita le jeune McBride à le suivre jusqu'au bar, grimpa dans sa chambre. Après avoir invité Jack à s'asseoir et commandé de quoi manger, Garrison alluma une cigarette, s'installa confortablement sur le lit.

— Alors, Jack McBride d'Artus 4, si tu me disais ce que tu attends de moi ?

## 3

Pour Jack McBride, la vision de son père sur son lit d'hôpital, amputé des deux mains, était à jamais marquée au fer rouge dans son esprit. Il avait fallu lui poser d'urgence deux garrots pour pouvoir le rapatrier en ville, où la température aurait aussitôt fait dégeler ses moignons et pisser le sang par les plaies. Le médecin d'Artus Town avait fait ce qu'il avait pu. Taylor McBride était hors de danger. Mais il n'avait plus de mains. Lourdement handicapé, il allait devoir dépendre de sa femme et de son fils pour simplement vivre. Des chirurgiens spécialisés dans la greffe de membres artificiels opéraient sur Jezzarryyk, mais leurs tarifs étaient au-delà du raisonnable. En une seule vie, Jack n'était pas sûr de pouvoir récupérer assez de crédit pour offrir cette intervention à son père. Il avait bien pensé demander au maire si la ville pouvait y subvenir, mais il avait compris qu'un autre problème les menaçait tous, un problème qui avait pour nom Carson Landers.

Il avait fini par s'échapper de l'hôpital où sa mère veillait son père, pour trainer au hasard dans les rues, en proie à un désespoir sans borne. Une lumière avait attiré son attention. La plupart des ouvriers de la mine s'étaient réunis pour discuter de la situation et de l'ultimatum lancé par Landers. Il s'était discrètement approché de la réunion qui se tenait à l'arrière de la boutique de chez Jarred, le gérant du petit commerce de la ville.

— Landers va nous laisser crever, dit un ouvrier. Et vous avez vu Barry ? Il ne bougera pas d'un cil. Je parie qu'il a été acheté !

— De toute façon, qu'avons-nous comme choix ? Soit céder à Landers, trimer comme des forçats pour quelques malheureux crédits, perdre nos maisons et tous nos biens, ou foutre le camp.

— Et qu'est-ce que tu comptes faire ?

— Je vais partir. Je me suis laissé dire qu'on cherchait des bras sur Callypos. De mineur, je deviendrai fermier.

— Mais c'est à l'autre bout de la galaxie ! s'exclama quelqu'un. Tu vas faire comment pour payer ton voyage ?

— J'ai mon beau-frère qui bosse aux docks de Jezzarryyk. Je vais me faire embaucher sur un transporteur. Même si je dois y laisser ma chemise, ce sera toujours mieux que de travailler pour ce porc de Landers.

Il y eut un moment de silence, chacun réfléchissant à ces propos.

— On doit bien pouvoir prévenir le gouverneur ! Landers ne peut s'opposer à un acte dûment signé !

— Il te l'a dit : il a ses entrées là-bas. Et puis, en admettant que tu puisses passer à travers son barrage, qui te dit que tu pourras rencontrer quelqu'un du gouvernement ? Pour ces types, on n'est rien !

— Il fait fouiller chaque vaisseau qui entre et qui sort de notre port, confirma Jarred. J'ai de la marchandise qui a été détériorée. Et tout ça par ces maudits poulpards ! Ces créatures stupides sans cervelle lui obéissent au doigt et à l'œil. Mais c'est surtout à la sortie de la ville que le contrôle est strict.

— Il n'a pas le droit ! Nous sommes des gens libres !

— Ouais, eh bien va lui dire en face ! Tu as vu ce qu'il a fait à ce pauvre McBride ? Sa femme et son gosse vont être obligés de bosser pour lui maintenant !

À cette évocation, le cœur du jeune Jack se serra. Mais personne dans l'assistance ne remarqua sa présence. Il avait pris soin de porter un manteau à capuche et de demeurer dans l'ombre.

— Ce qu'il faudrait, reprit quelqu'un, c'est deux ou trois types, des costauds qui n'ont peur de rien. Ils commenceraient par dégommer ces foutus poulpards et ils attendraient Landers de pied ferme ! Et quand ce salopard ramènerait sa fraise, il trouverait à qui parler !

— Fais gaffe à tes propos, les murs pourraient avoir des oreilles !

— Il n'empêche qu'il a raison ! Je suis sûr que des types costauds...

— Ce sont des mercenaires, coupa Jarred. Tu irais les chercher où ?

— À Jezzarryyk. Il y en a plein du côté de l'astroport, qui trainent dans les docks.

— Et tu les paierais comment ? Ce n'est pas avec nos misérables crédits qu'on irait loin ! Ces types ont l'habitude de se faire grassement rémunérer, or ici personne n'a de gros moyens.

— On pourrait les payer en Takhium et en Mandrinium, proposa une voix. Une grosse quantité de minerai. Nous avons ce qu'il faut ici, non ? En plus, nous avons de quoi en raffiner pour notre usage personnel, il suffirait de se serrer un peu la ceinture pour offrir notre production...

— Ouais... je doute que des types se battent pour du Takhium. Eux, ce qu'ils recherchent, ce sont des crédits, rien de plus ! Sans compter que je me vois mal quitter Artus Town pour dire à ces saloperies de têtes de tentacules que je pars sur Jezzarryyk trouver quelqu'un qui pourra les dégommer !

— Alors on est foutus ! murmura un autre, d'une voix blanche.

— On doit tous se serrer les coudes. Il faut mettre notre savoir-faire en avant. Dès demain, on doit demander à Underwood de nous montrer les détails du contrat de Landers, voir ce qu'on peut y apporter. Ce type est immensément riche, il doit bien pouvoir faire un petit effort, au moins au niveau de nos logements !

La réunion s'acheva sur ces paroles pieuses que tout le monde voulait entendre, tout en sachant qu'elles étaient irréalisables. Jack s'éclipsa discrètement, regagna son domicile. Sa mère venait de rentrer. Linette ne fit aucun commentaire en voyant apparaître son fils. Abrutie de douleur, elle errait dans les pièces comme une âme en peine, ne parlant pas, les yeux rougis d'avoir trop pleuré. Jack se contenta de grignoter quelques bricoles retrouvées dans le placard. Il trouva sa mère affalée sur le canapé du salon, endormie d'un sommeil agité, marmonnant des mots sans suite. Il déposa un rapide baiser sur son front, la couvrit d'une couverture, et s'enferma dans sa chambre le cœur lourd.

Pourtant, même fatigué, il ne parvint pas à s'assoupir. Il revoyait sans cesse les mains tranchées de son père, il entendait le discours du médecin indiquant qu'il ne pouvait rien faire dans l'immédiat. Cet homme qui était tout pour lui s'était effondré de son piédestal. Il était humain. Il souffrait. Il pouvait mourir. Tournant et retournant dans ses draps, Jack essayait de se vider l'esprit en vain. Le sommeil le fuyait. Il se mit assis, les jambes hors du lit, observant le ciel étoilé par le petit hublot de sa chambre. Là-haut, à quelques milliers de kilomètres, les poulpards devaient patrouiller à l'affut du moindre vaisseau suspect. Et Artus 4 était une trop petite planète pour que quelqu'un en haut lieu puisse s'émouvoir de son sort.

Des mercenaires. C'était Jarred qui avait parlé de ces hommes. Jack McBride n'avait qu'une vague idée de qui ils pouvaient être. La galaxie regorgeait de mythes et de légendes, et sans doute certains de ces mercenaires en faisaient partie. Pouvait-on réellement trouver des hommes prêts à tout pour de l'argent ? Cela paraissait juste incroyable. Et pourtant...

Peu à peu, une idée folle germa dans son esprit. Au départ, il tenta de la chasser, mais elle le maintint éveillé tout le restant de la nuit. Lorsqu'il se rendit à son travail, son patron le congédia en voyant sa tête. Il devait d'abord surmonter son chagrin. Plutôt que de rentrer chez lui, il passa la journée au port, surveillant les allées et venues des poulpards, observant les navettes de minerai quitter Artus 4 pour Jezzarryyk.

Jezzarryyk. Les docks. Les mercenaires.

Finalement, il n'y tint plus. Il profita du fait que sa mère était à l'hôpital pour rédiger une courte lettre, lui expliquant qu'il ne fallait pas qu'elle s'inquiète, qu'il allait juste chercher de quoi les aider elle et son père, et tous les habitants de la ville. C'était sans danger – du moins voulut-il s'en persuader – et il serait de retour rapidement. Il prit de quoi manger dans ses poches, retourna au port. Même s'il bénéficiait d'une infrastructure isolante, l'astroport d'Artus Town était glacé. Frissonnant sous ses faibles vêtements, Jack parvint à se glisser au milieu d'un wagonnet de Takhium. Le contenu fut embarqué dans une navette. Terrorisé à l'idée qu'on le découvre, il se tapit entre les conteneurs, risquant à chaque instant de se faire écraser par la masse de minerai. Lorsque le chargement fut effectué et que la navette quitta l'astroport en direction du croiseur de commerce, il comprit qu'il était trop tard pour faire demi-tour.

Le chargement parut durer une éternité. Lorsque le vaisseau quitta l'atmosphère d'Artus 4 pour se préparer à prendre la vitesse subluminique, Jack se cala du mieux qu'il put. Il ressentit l'accélération comme si tout son corps se désintégrait, poussa un cri de douleur avant de perdre connaissance. À son réveil, le croiseur avait retrouvé une vitesse normale. À sa grande honte, Jack remarqua qu'il s'était pissé dessus. Il s'empressa de se déshabiller pour enfiler le seul pantalon de rechange qu'il avait cru bon d'emporter. L'autre empestait l'urine et il se résolut à l'enterrer au fond du vaisseau. Puis il se demanda où il pouvait se trouver. En vitesse lumière, le croiseur avait probablement dévoré la distance le séparant de Jezzarryyk en quelques heures à peine. Chancelant, il se mit debout. Les caisses de minerai étaient si serrées qu'il pouvait à peine bouger. Il parvint cependant à se hisser au sommet de l'une d'elles, dans l'obscurité complète. Il tira de sa poche sa petite lampe-torche, promena le faisceau aux alentours, sans repérer les limites du vaisseau. Enroulé dans de vieux sacs et de vieilles bâches, il tenta de lutter contre le froid qui le gagnait. L'obscurité perturbait ses sens. Il s'avança au jugé, d'abord droit devant, puis dévia insensiblement sa route, et finit par atteindre le fond de la soute. Un rectangle lumineux se détachait au-dessus de sa tête, avec un escalier métallique menant au poste de pilotage. Jack abandonna les sacs, gravit les escaliers aussi vite que possible. La porte d'accès aux espaces du personnel était verrouillée au moyen d'un simple interrupteur. Le jeune garçon hésita : y avait-il une alarme ? Il imagina que celle-ci ne devait se déclencher qu'en cas d'ouverture en hyper-vitesse, or, le croiseur semblait désormais presque faire du sur-place. Légèrement inquiet, il appuya sur la commande, la porte s'escamota avec un chuintement pneumatique, et il se retrouva dans un couloir. Des bruits de pas se firent entendre, tout proches, ainsi que le son de plusieurs voix. Paniqué, Jack McBride chercha une cachette autour de lui. Un minuscule réduit s'ouvrait sur la gauche, sorte de local technique. Il s'y engouffra en refermant le volet métallique qui le condamnait, priant pour que personne n'ait l'idée de venir y jeter un œil. Mais les deux hommes qui s'avançaient vers lui passèrent sans s'arrêter.

À l'étroit dans son placard, Jack perçut les vibrations des moteurs du transporteur alors qu'il gagnait l'atmosphère de Jezzarryyk, puis les chocs sourds à l'arrimage et enfin les sons du débarquement des marchandises. Il patienta ainsi plus d'une heure, jusqu'à ce que, ankylosé, il se décide à sortir pour gagner l'extérieur du vaisseau. Il repassa par le sas menant à la cale, désormais vide, profita de ce que la porte d'accès était ouverte pour se glisser au-dehors et se perdre sur les docks. Il n'avait jamais vu autant de monde de toute sa petite existence, une fourmilière à l'échelle humaine, des milliers d'individus pilotant des milliers de machines dans un incessant vacarme. La tête lui tourna, il courut se réfugier dans un endroit plus calme, le temps de réfléchir à la suite de son escapade. Il était seul, sans argent en dehors de deux ou trois crédits qu'il avait tirés de sa tirelire, ne savait pas où aller, où manger ni où dormir. Il se mêla à la foule, observant ce que ses semblables faisaient en pareil cas. Il eut tôt fait de dilapider ses quelques économies pour se nourrir, dormit d'un œil dans des caisses vides, redoutant d'être surpris et agressé. Il finit par remarquer que les dockers se rendaient tous au même endroit, le Khalistos Bar, un établissement monstrueusement gros où toute la vermine de l'univers se donnait rendez-vous. C'est là qu'il attendit patiemment que quelqu'un qui lui inspirerait confiance apparaisse, pour l'accoster et lui proposer de l'aider lui, sa famille et toute la ville. Il allait finir par renoncer, désespéré, l'estomac criant famine, lorsqu'au quatrième jour d'attente était apparu cet homme armé de deux blasters, vêtu de noir, l'air décidé. La façon dont il avait abattu le bandit – Jack avait assisté à la scène depuis la rue, le nez collé à la vitre – prouvait que c'était quelqu'un de courageux. Restait à oser l'interpeler.

Le jeune garçon se tut, laissant le silence s'installer. Garrison Riss se servit un verre d'alcool, le fit miroiter à la lueur de la lampe, avant de l'avaler par petites lampées gourmandes.

— Alors monsieur, qu'est-ce que vous pensez de mon histoire ?

— Ce que j'en pense ? Pourquoi ne rentres-tu pas chez toi, petit ? Tes parents vont s'inquiéter, ça fait quatre jours que tu es parti. Tu seras surement plus utile à Artus Town qu'ici. Je suis désolé de ce qui est arrivé à ton père. Peut-être qu'avec le temps, il pourra se faire équiper de prothèses. Si tu veux, je pourrai te donner une adresse, je connais quelqu'un sur

Jezzarryyk, il pourra t'aider, surtout si tu viens de ma part...

Jack se leva, les yeux pleins de larmes et de colère :

— Ce n'est pas de cette aide dont j'ai besoin ! Cet homme-là, Carson Landers, va prendre possession de toute la ville ! Il va chasser ceux qui ne travaillent pas pour lui, et les autres ils n'auront plus rien, jusqu'à ce qu'ils meurent !

— Tu exagères sans doute, Jack. Certes, Landers a une sale réputation, mais...

— Si vous ne me croyez pas, renseignez-vous autour de vous ! Des planètes complètes sont tombées sous ses ordres, tout ça pour ce foutu minerai ! Et moi, je vais devoir obéir et courber la tête, tout ça parce que mon père a perdu ses mains ! Je suis sûr qu'Artus Town aurait été prête à vous donner des crédits. Peut-être pas beaucoup, mais aussi du Takhium et du Mandrinium ! Beaucoup, même !

— Je ne fais pas vraiment dans le trafic de minerai, gamin.

— Tant pis ! Je trouverai bien quelqu'un qui acceptera de m'aider !

Il se détourna du Space Marshal et mit la main sur la poignée de porte. Son visage était rouge de colère, mais une profonde déception se lisait aussi dans son regard. Riss poussa un soupir, vida son verre et le reposa sur la table de nuit.

— Attends, Jack d'Artus 4, je n'ai pas fini. Assieds-toi !

Mais le jeune homme resta debout devant la porte, se balançant d'un pied sur l'autre. Garrison voyait beaucoup trop d'espoir dans son regard, et il détestait décevoir les personnes qu'il croisait.

— Écoute-moi, Jack. J'ai déjà entendu parler de Landers, je te l'ai dit. Admettons que tout ce que tu racontes soit vrai...

— Mais ça l'est ! protesta Jack.

— J'ai dit, admettons... Laisse-moi finir. Tu réalises quand même ce que ça représente, de s'attaquer à un type comme lui, avec ses moyens financiers ? Et puis, je ne sais pas si tu t'es déjà frotté à des poulpards. Moi, oui. Ces créatures ne connaissent ni le froid, ni la peur, ni la douleur. Il faut quasiment les couper en deux avant qu'ils ne commencent à ressentir quelque chose. Leur force est essentiellement localisée dans leurs tentacules sur leur tête, mais je te déconseille d'essayer d'en toucher un...

Il se pencha pour attraper la bouteille d'alcool.

— Tout ça, pour te dire que, même si tu m'as trouvé courageux, je ne ferais pas le poids une minute contre une armée de poulpards, tu comprends ? Non, en fait... il faudrait être plusieurs...

Riss se leva. L'idée était folle, bien sûr, mais la détresse du gamin l'avait touché. Et puis, il ne supportait pas l'injustice. Carson Landers était riche, très riche, mais il aurait pu avoir sa tête mise à prix. Finalement, il n'y avait guère de différence entre un type comme lui qui faisait arracher les mains d'un ouvrier, et Buck le Typhon qui avait massacré un commerçant pour lui tirer sa recette.

— Ça veut dire que vous allez m'aider, monsieur ? demanda Jack, soudain à nouveau plein d'espoir.

— Je vais essayer, Jack d'Artus 4, je vais essayer. Dans un premier temps, voyons si nous pouvons trouver des fous furieux tels que moi. Suis-moi, nous allons faire un tour.

Riss quitta la chambre, le garçon sur ses talons.

— Où va-t-on, monsieur ?

— Dans des endroits bien plus dangereux que le Khalistos Bar. Reste à mes côtés si tu ne veux pas prendre un mauvais coup.

Ils s'enfoncèrent dans les rues de l'immense cité portuaire. Là encore, l'animation était à son comble. Ébahi, Jack se retrouva à la traine lorsqu'il contempla les alignements de boutiques de part et d'autre de l'avenue qu'ils remontaient. Il pensa à Jarred et à sa petite échoppe fourre-tout à Artus Town. Était-il déjà venu ici auparavant, pour achalander sa boutique ou simplement se perdre en s'émerveillant ?

— Tu avances, Jack ? Je ne peux pas m'arrêter toutes les dix secondes !

— Je suis désolé, monsieur Riss ! Je n'avais jamais vu autant de magasins côte à côte. Je ne pensais même pas que ça existait.

— Méfie-toi quand même : dans le lot, certains sont loin d'être honnêtes, et ils te plumeraient sans hésiter. Tu vois celui-là, juste sur la droite ? J'ai déjà eu maille à partir avec lui.

Comme pour confirmer ses dires, le commerçant fixa Garrison droit dans les yeux, fit une grimace qui se voulait cruelle, avant de disparaitre au fond de son échoppe.

— On dirait qu'il ne vous porte pas dans son cœur, remarqua Jack.

— C'est sans doute parce qu'il est en liberté surveillée. Je l'ai déjà coffré trois fois.

Ils laissèrent passer quelques glisseurs au croisement, puis le Space Marshal s'engagea résolument sur la gauche. Il s'éloignait du quartier des docks pour pénétrer dans celui, interlope, des trafiquants en tout genre. Une créature haute de près de trois mètres les croisa, manquant bousculer le garçon, et se détourna en bougonnant. Riss laissa échapper un petit rire.

— J'ai l'impression que tu lui as tapé dans l'œil !

Jack regarda l'étrange créature s'éloigner. Elle avait de fines jambes, très longues, une combinaison ressemblant à une carapace vert bronze, une large tête plate et triangulaire sur laquelle s'articulaient deux petits yeux noirs.

— Mon Dieu, c'était quoi ?

— Un Mantodien… ou plutôt une Mantodienne, de la planète Mantodée. On dit que les femelles sont des reines au lit, jamais satisfaites. Mais méfie-toi mon garçon : les Mantodiennes sont cannibales.

Jack eut un sursaut de terreur.

— Quoi ? Cannibales ?

— Oui. Elles aiment bien dévorer leurs amants après l'acte…

Garrison Riss s'arrêta devant une boutique qui ne payait guère plus de mine que ses voisines. Faite en matériau rappelant la pierre, grossièrement assemblée, elle semblait sur le point de s'effondrer au moindre coup de vent. Une musique criarde s'échappait de sa porte battante, en même temps que des rires gras et des tintements de verre heurtés les uns contre les autres.

— À partir de cet instant, tu ne dis rien, tu ne réponds rien, et tu restes à mes côtés, nous sommes bien d'accord ?

Jack hocha vigoureusement la tête.

— On cherche qui, monsieur ?

Il ne fallut que quelques secondes au Space Marshal pour trouver celui qu'il cherchait :

— Lui ! dit-il en montrant un homme assis à une table.

# 4

Le bar n'avait pas de nom, ou alors il en avait eu un par le passé, et tout le monde avait fini par l'oublier. C'était un de ces rades miteux, qui voient prospérer une faune aussi agressive que dotée d'une espérance de vie courte. La mort y avait ses entrées en VIP. Si la plupart des habitués savaient comment y pénétrer, peu en revanche savaient comment ils en sortiraient. S'ils en sortaient. À côté, le Khalistos faisait figure d'hôtel de luxe. Une forte odeur de fumée et de sueur acre occupait l'espace, et les agressa presque physiquement lorsque Garrison Riss et Jack pénétrèrent dans les lieux. La pénombre empêchait de bien distinguer les visages, néanmoins le jeune garçon put constater qu'ils ne passaient pas inaperçus. Il se serra un peu plus contre le Space Marshal. Ce dernier, sans s'émouvoir, s'approcha du bar. Le miroir défraichi et piqueté lui donnait une vue d'ensemble sur les lieux, en particulier sur l'homme qu'il avait désigné à Jack.

— Un alcool, demanda Riss. Et toi, mon garçon, que veux-tu ?

— Euh...

— Ce que vous avez de moins fort, ajouta Riss au barman, qui éclata d'un rire gras.

— On ne sert pas les mauviettes ici ! clama-t-il, ce qui eut le don de vexer le jeune homme. Il désigna le verre du marshal et demanda le même.

— Tu es sûr de toi mon gars ? fit le barman.

Jack hocha la tête, sous l'œil amusé de Garrison. Curieux, il porta le verre à son nez, renifla. L'odeur lui rappela vaguement l'huile spéciale qu'on injectait dans les pistons des foreuses pour qu'elles continuent à fonctionner sans être grippées par la poussière. Il y porta les lèvres. Une sensation curieuse de picotement envahit sa peau, puis sa bouche et enfin son œsophage lorsqu'un peu d'alcool passa dans sa gorge. Jack crut avoir avalé une torche en feu. Le visage rouge, s'étranglant à moitié, les yeux baignés de larmes, il reposa le verre sur le comptoir pour tenter de reprendre son souffle. Riss lui donna une tape amicale dans le dos.

— Ça va, Jack d'Artus 4 ?

Jack hocha la tête, incapable de parler. Quelqu'un le poussa dans le dos et il faillit s'étaler, se raccrocha au bar in extrémis pour se retourner. Et reculer avec horreur. Son agresseur devait mesurer un mètre soixante à peine, le visage plat, comme écrasé, couvert de pustules, au sein duquel dépassait un nez en forme de limace, quelques poils qui se voulaient une moustache, et deux billes d'un bleu sombre, qui pour l'heure rougissaient sous l'effet de l'alcool frelaté. L'individu n'avait quasiment plus de dents, seuls quelques reliquats jaunes et de travers occupaient une bouche qui, en s'ouvrant, exhalait l'odeur d'une bête morte sous la chaleur.

— Quand on ne sait pas boire, on ne vient pas ici ! gueula l'ivrogne.

— Laisse tomber, la verrue ! lâcha le barman.

— Moi je dis qu'un gamin comme ça n'a rien à foutre ici ! Ou même, une gonzesse ! Vous en pensez quoi, vous autres ? On ne dirait pas une gonzesse ?

Il rit de sa propre blague. Jack plissa les yeux et détourna la tête, écœuré par l'odeur pestilentielle. Le dénommé la verrue voulut le saisir par le col.

— Oh ! J'te parle ! On me regarde quand je parle !

— Ce jeune homme est avec moi, intervint Garrison Riss en repoussant la main de l'ivrogne.

— Ah ouais ? Alors tu te tapes des jeunots ? Ça te fait de l'effet ?

— Je crois surtout que vous avez trop bu, mon ami, répondit Riss. Et surtout, votre haleine incommode tout le monde ici. Vous devriez aller faire un tour dehors.

La verrue se détacha du bar, main à la ceinture.

— Qu'est-ce que tu as dit, espèce de salaud ? Qu'est-ce qu'elle a mon haleine ? Tu es en train de dire que je pue de la gueule ? Répète un peu ça, baiseur de minets, pour voir si tu as des couilles ?

En une fraction de seconde, Jack McBride jaugea la situation. L'alcoolique allait sortir son arme de sa ceinture. Il était peut-être ivre, mais il savait surement s'en servir. Et il allait faire un carnage. Pourtant, cette arme, il n'eut pas le temps d'en user. Un bref sifflement retentit près de l'oreille de Jack, une vague de chaleur lui frôla la peau. À la place de la main qui tenait le pistolet, il n'y avait plus désormais qu'un gros trou sanguinolent. Main, ceinture et arme n'existaient plus, réduites en cendres fumantes. La verrue bascula en arrière en hurlant de douleur. Jack se tourna vers Garrison Riss. L'homme avait tiré tellement vite qu'il avait à peine aperçu le blaster avant qu'il ne le remette dans son étui. Le Space Marshal se servit un second verre.

— Évacuez-moi ça ! commanda-t-il aux spectateurs muets derrière la verrue. Et la prochaine fois, réfléchis avant de l'ouvrir, ou c'est ton sale museau que je ferai disparaitre. Tu pues tellement que ce sera une bénédiction !

Jack regardait le blaster, subjugué.

— Comment avez-vous fait pour être aussi rapide, monsieur ?

— L'entrainement, mon garçon. Dans mon métier, on a intérêt à être rapide.

— Vous pourrez me montrer, monsieur ?

— On verra...

Il ne finit pas sa phrase. Ses traits se crispèrent en observant le reflet de la salle dans le miroir. Sa main gauche fila vers la crosse du pistolet à la vitesse d'un crotale à l'attaque, mais il ne finit pas son geste et se détendit. Il y eut un choc sourd, un bruit de chute, et le silence. Jack se retourna en même temps que Riss. L'homme que le Space Marshal avait désigné était toujours assis, mais il avait repoussé son chapeau, dévoilant un visage mal rasé aux yeux très clairs. Il souriait en direction de Riss. De la main droite, il faisait tourner et retourner un paquet de cartes. Les autres joueurs s'étaient écartés de la table, excepté celui de gauche, qui pour l'heure gisait sur le sol, inconscient, l'arme qu'il avait tenté d'utiliser posée bien en évidence devant lui. D'un petit geste, l'homme au chapeau congédia les joueurs qui s'enfuirent sans demander leur reste. Il fit glisser les crédits dans la poche de sa chemise et fit signe à Riss de s'approcher.

— Je te l'ai pourtant déjà dit, Riss, tu ne surveilles pas assez tes arrières !

— Je savais que tu étais là à plumer les pauvres dockers, rétorqua Riss en s'asseyant. Tu dois être en panne pour venir traficoter ici. D'habitude, tu traines plutôt au Khalistos.

L'homme au chapeau fit la grimace.

— Le patron en a un peu marre que je plume ses clients, ça lui fait mauvaise presse !

Garrison se tourna vers le gamin qui ne pipait mot :

— Jack d'Artus 4, je te présente Lee. Tricheur, menteur, joueur de poker imbattable, magicien à ses heures, mais un bon bougre.

— Tu me flattes ! fit Lee. Enchanté, Jack d'Artus 4 ! Moi, c'est Lee. Juste Lee. De partout et de nulle part en même temps.

Il tendit son paquet de cartes devant lui.

— Choisis-en une !

Tandis que Lee et Riss parlaient, Jack ne pouvait s'empêcher de contempler la dextérité avec laquelle l'homme au chapeau faisait voler les cartes Il l'avait bien eu. Après avoir quêté l'approbation du Space Marshal, il en avait pris une, l'avait regardée et remise dans le jeu comme demandé par Lee. Le joueur avait fait mine de la chercher, avait sorti le neuf de trèfles, mais Jack n'avait pas reconnu son sept de cœur. Jusqu'à ce que Lee lui dise de regarder dans la poche de sa chemise. La carte s'y trouvait. Lee la récupéra sous les yeux ébahis du gamin, et Garrison crut bon de le renseigner :

— Il fait ce coup avec tout le monde, ne t'en fais pas !

— Sauf que là, nous avons le sept de cœur... lourd de signification ! Dis-moi, Jack d'Artus 4, ne serais-tu pas venu chercher de l'aide sur Jezzarryyk, par hasard ?

— Laisse-moi tout t'expliquer, dit Riss.

Le joueur de poker se laissa raconter toute l'histoire. Jack trouva que Riss la racontait aussi bien sinon mieux que si c'était lui qui avait été la victime de Carson Landers. Lorsque le marshal se tut, le jeu retomba sur la table, et Lee se gratta la joue d'un air pensif.

— Donc, si j'ai bien compris, on débarque sur Artus 4, une planète où on se gèle le cul, pour botter celui de Landers, qui n'est rien d'autre que le type qui doit posséder la moitié de la galaxie, et qui se balade avec une armée de poulpards fous furieux, tout ça pour une poignée de minerai de Takhium ?

— Tu as parfaitement résumé la situation. Je reconnais bien là ton exceptionnelle faculté de raisonnement.

— Fous-toi de moi, c'est ça ! Plus sérieusement, nous sommes combien ?

— Deux... avec toi.

Lee haussa les épaules.

— J'ai dû piquer toute l'oseille de ces péquenots pour le prochain mois, il est peut-être temps de changer un peu d'air, même si je ne raffole pas du froid. J'en suis !

Il tendait la main à Riss, puis à Jack, qui ne parvenait pas à croire ce qu'il avait entendu. Tout lui paraissait trop facile.

— Reste que tu m'as dit que Landers avait donné trois semaines comme ultimatum, et que la première semaine est bien entamée. Tu comptes faire comment pour trouver d'autres volontaires ?

— Je pensais aller faire un tour plus au sud, du côté de Preston. Tu sais si Wallace s'y trouve par hasard ?

— Wallace ? Ça fait une éternité que je ne l'ai pas vu ! Aux dernières nouvelles, il aiguisait effectivement ses canifs de ce côté. Tu veux y aller faire un tour ?

— Si tu veux nous accompagner.

— OK ! Juste le temps de vider cette excellente gnole et de régler mes dettes, et on file !


Lee avait garé son aérospeeder à quelque distance du bar. Pendant qu'il allait récupérer son glisseur, Riss effectua un crochet jusqu'à l'astroport pour prendre le sien, amarré à la soute de son vaisseau interstellaire. Jack l'accompagna, pressé de découvrir dans quel engin le Space Marshal était venu jusqu'à Jezzarryyk. Il resta subjugué en le découvrant : tout en longueur, agressif, couleur de métal poli, il évoquait par sa forme grossièrement rectangulaire un fusil blaster sans la crosse. L'arrière était équipé de quatre réacteurs à propulsion subluminique, et l'avant, dominé par le cockpit de pilotage, se divisait en deux branches ornées de canons à protons. Un tel engin devait valoir une fortune, bien plus que ce que Jack pouvait imaginer. Riss contourna son vaisseau, actionna la trappe d'accès ouvrant la soute. Elle contenait un aérospeeder assez semblable à celui de Lee.

— Allez mon garçon, grimpe ! fit Riss.

Le speeder se mit en route, laissant le vaisseau sur le tarmac. Assis à l'arrière, Jack profitait du spectacle. C'était grisant de sentir le vent dans ses cheveux, de regarder les gens sur les trottoirs, comme figés sur place, tandis qu'ils filaient à toute allure. L'aérospeeder était l'unique moyen de se déplacer rapidement dans ces contrées où chaque ville et village étaient au minimum à cinq jours de marche. Le jeune garçon observa Garrison Riss à la dérobée. Il faisait un superbe guerrier de l'espace… Était-il riche ? Sans aucun doute, sans atteindre la fortune de Carson Landers – personne ne pouvait être aussi riche que lui – mais suffisamment aisé pour se permettre de posséder un petit croiseur de combat. Le speeder n'était certes pas flambant neuf, il portait des traces de multiples réparations et d'impacts en tout genre, mais Riss en avait un. Comme Lee. Jack se dit qu'il aimerait aussi posséder un jour un glisseur à lui. Il s'en ouvrit au Space Marshal :

— Dites monsieur, est-ce qu'il faut beaucoup de crédits pour acheter un speeder ?

— Ça coute assez cher, effectivement. Mais j'ai eu celui-ci d'occasion, et je l'ai rafistolé comme tu as pu le remarquer.

— Si ça coute cher, alors un vaisseau comme le vôtre doit valoir une fortune !

Riss éclata de rire :

— Ne crois pas que je roule sur l'or, Jack d'Artus 4 ! Ce vaisseau, il m'a fallu longtemps pour l'avoir. Et beaucoup, beaucoup de sang…

Ses traits se fermèrent.

— C'est mon unique bien, mon foyer, ma vie. Je n'ai personne, tu sais. Je dois régulièrement me trouver un port d'attache, pour faire des réparations, entretenir les moteurs, acheter de quoi me ravitailler…

— C'est pour ça que vous êtes devenu marshal ?

— Pour ça. Et pour d'autres raisons que je ne préfère pas t'expliquer.

Le speeder de Lee les attendait à la sortie de l'astroport. Rouge vif, il arborait un as de pique sur le flanc. Un speeder de frimeur, remarqua Riss. Poussant leurs moteurs, le Space Marshal et le joueur de cartes se mirent en route, laissant un double rayon de poussière en arrière de leurs machines.

Preston était l'exemple même de ces villes-champignons issues de la poussière, apparues comme par miracle sur une terre pas foncièrement fertile. Le sol de la planète à cet endroit était recouvert de plantes d'un jaune verdâtre, poussant par touffes, à la saveur très acide. Pour les consommer, certains disaient qu'il fallait les faire bouillir pendant au moins trois heures. On les rendait alors un peu moins dures, un peu moins acides, et leurs arêtes moins coupantes. À défaut de mourir de faim… Par chance, cette plante était le repas préféré d'un ruminant local, devenu par la force des choses le principal intérêt de la région, et exploité essentiellement pour sa viande. Jack n'avait jamais rien vu de semblable : ce quadrupède, haut comme un homme, était trapu et massif, le crâne doté de trois cornes torsadées s'emmanchant directement dans le poitrail sans qu'il y ait de cou. Il avait la peau recouverte d'une sorte de duvet marron. Riss apprit au garçon que l'animal était surnommé un « trois-cornes » par souci de simplicité. Son véritable nom, visiblement trop compliqué à retenir, était tombé aux oubliettes.

Riss et Lee stoppèrent les aérospeeders à l'entrée de la ville, en fait une simple bourgade faite de maisons ressemblant à des cabanes, s'étendant sur une seule longue rue. Tout autour, ce n'était qu'espaces désertiques, entre sable et roche, parsemés de cette fameuse plante. Un peu plus loin, un immense enclos rassemblait une trentaine de trois-cornes qui meuglaient à n'en plus finir. Les éleveurs s'échinaient à séparer les bêtes pour en isoler une et la conduire selon toute vraisemblance à l'abattoir. Assis à califourchon sur la barrière, un homme assistait au spectacle d'un air de profond ennui. Grand, le visage osseux, presque ascétique, le nez fin et long surmontant une bouche un peu épaisse et tombante s'ouvrant sur une dentition immense et parfaitement alignée, il avait des yeux très clairs, légèrement bridés, qui vous transperçaient plus qu'ils ne vous fixaient. Il était vêtu d'une chemise et d'un pantalon de toile poussiéreux, presque trop courts pour lui, laissant apparaître ses bras noueux. À sa ceinture, Jack remarqua la présence d'un petit blaster, mais surtout plusieurs petites lames qui brillaient sous le soleil de Jezzarryyk. Alors qu'ils s'approchaient, Garrison et Lee le virent sauter dans l'enclos, écarter les éleveurs de façon brutale, repousser les bêtes qui déambulaient lourdement et diriger l'animal sélectionné vers le passage. Le trois-cornes obéit malgré lui et il referma la trappe en bougonnant.

— Même ça, vous ne savez pas le faire correctement ! Vous êtes encore plus stupides que ces bestiaux !

— Ils sont peut-être idiots, mais s'ils chargent on est foutus ! remarqua un des types dans l'enclos.

— Le temps qu'il se mette en route, tu peux largement le larder. Le trois-cornes est tellement lent que j'ai tout le loisir d'aller pisser avant qu'il ait fait un pas. Ensuite, tu lui plantes une lame, comme ça (il mima la portée du coup) et tu le stoppes net. Après, tu as le temps de l'emmener à l'abattoir.

— Je préfère mon blaster, fit l'éleveur. Plus rapide.

— Avec ton blaster, ou tu lui casses une patte, ou tu lui explopses le crâne. Et après il te faut tirer une bestiole d'une demi-tonne... Tu fais comment ? Sur ton dos ? Le trois-cornes a un point faible, juste entre les deux yeux et pile au-dessus de la corne la plus haute. Un coup à cet endroit et tu le désorientes. Je préfère mon couteau. Je dose mon élan et je le blesse sans le tuer.

— Un couteau ne remplacera jamais un blaster, Wallace !

— C'est toi qui le dis, Hank.

— Ouais ! Je parie même que si on s'affrontait, je gagnerais.

— Eh ! intervint un autre gardien. Fais gaffe ! Wallace est un champion du lancer de poignard, personne ne peut le battre !

— Et moi je te dis qu'un blaster est supérieur ! Allez, Wallace, faisons un concours. Le poteau derrière toi, et celui derrière moi. Le premier qui le touche a gagné.

Wallace secoua la tête, traversa l'enclos pour s'éloigner d'une trentaine de pas. Il se mit de profil et attendit. Le fermier se plaça légèrement sur sa droite, face au poteau.

— Tu fais signe d'y aller ! demanda-t-il à son acolyte.

Garrison Riss et Lee s'étaient approchés. Jack McBride se glissa entre eux, ne voulant pas perdre une miette du spectacle. Le deuxième éleveur ramassa une pierre, la soupesa et la maintint juste au-dessus de la rambarde.

— Quand je frapperai la barrière, vous y allez ! prévint-il.

Wallace ne bougea pas d'un cil. De l'autre côté, Hank se léchait les lèvres en signe de nervosité.

La pierre heurta la barrière avec un bruit sec. Le gardien sortit son blaster et tira, provoquant un petit mouvement de panique dans le troupeau. Jack observa le poteau derrière Wallace : une encoche fumante venait de se former. Le lanceur de couteau, main encore tendue, était légèrement incliné en avant.

Le poteau derrière l'éleveur était entamé par une petite lame profondément fichée dans le bois. Wallace se redressa, marcha tranquillement vers Hank sans le regarder, le dépassa pour retirer son arme.

— Alors ? demanda le type. J'ai gagné, hein ? Vous avez vu ? Mon blaster a arraché un morceau de bois, alors que sa lame s'est juste plantée sans faire de dégâts !

— Si c'était un homme, il serait mort ! lança quelqu'un.

— Ouais, peut-être ! Mais en attendant, j'ai gagné !

— Perdu ! répondit Wallace.

— Qu'est-ce que tu dis ?

— Tu as perdu. Mon couteau était déjà dans le poteau quand tu as dégainé.

— C'est toi qui le dis ! Moi je l'ai parfaitement entendu se planter après mon tir !

— Allez, Hank laisse tomber ! De toute façon, vous êtes foutrement rapides tous les deux ! Il n'y a aucun moyen de savoir qui a gagné.

— C'est moi, vous entendez ! Et surement pas ce lanceur de couteaux ! Avoue-le, Wallace !

Sans rien dire, Wallace regagna son poste sur la barrière, essuya sa lame et la rangea dans son étui.

— Je te parle, Wallace ! Réponds au moins ! Admets que j'ai gagné !

— Perdu ! répondit laconiquement le lanceur.

— Laisse tomber bon sang, Hank !

— Je n'aime pas être traité de menteur ! s'écria Hank. On va vite être fixé ! Eh, lanceur de couteau ! Cette fois on change les règles : le premier qui a touché l'autre est le vainqueur !

— Hank, pas avec un blaster ! Tu es cinglé !

— Justement, s'il est aussi fort qu'il le dit, ça ne devrait pas poser de problème ! À moins que tu aies la trouille, Wallace ? Tu te dégonfles ?

Immobile, l'interpelé ne réagit tout d'abord pas. Puis, d'un coup, alors que l'éleveur ne cessait de le houspiller, il sauta soudain dans la poussière, vint s'aligner au même endroit que précédemment, légèrement de profil. Avec un ricanement qui voulait passer pour de l'assurance, Hank désigna le précédent éleveur ayant servi d'arbitre pour recommencer avec le caillou. Il resta sourd aux suppliques de ses collègues de laisser tomber. Jack se crispa. Il tira le manteau du Space Marshal, pour attirer son attention :

— Faites quelque chose ! Il va se faire tuer

Riss lui intima de ne pas bouger. Les yeux écarquillés, le jeune garçon n'arrivait pas à savoir s'il devait fixer le caillou, le couteau ou le pistolet.

Il eut l'impression de voir la main de l'éleveur s'abaisser au ralenti sur la barricade. Le choc parvint à ses oreilles et, éperdu, il regarda en direction des duellistes. Wallace était à nouveau légèrement incliné en avant, bras tendu, mais cette fois il n'y eut pas de tir. Hank fixa Wallace, incrédule, la lame du couteau figée en pleine poitrine. Puis il s'effondra, mort. Tranquillement, Wallace se dirigea vers Hank, retira le couteau de la poitrine, l'essuya sur la chemise du mort et quitta l'enclos sous une chape de silence. Ce fut au moment où il sortait qu'il reconnut les deux hommes qui l'observaient. Un large sourire s'étala sur ses traits.

— Garrison ! Lee ! Qu'est-ce que vous venez foutre ici ?

— Et toi, Wallace ? répondit Riss.

— Que veux-tu, fit Wallace en haussant les épaules. Faut bien bouffer ! Mais qu'est-ce que je me fais chier ! Je pue la merde de trois-cornes, j'en ai même sous les ongles, je dois composer avec des connards comme ce Hank ! Je donnerais cher pour foutre le camp d'ici !

— Je crois qu'on peut arranger ça, dit Riss avec un sourire. Viens, je t'offre un verre et je te fais une proposition...

Jack surprit le geste de Lee. Main levée, il tendit trois doigts en l'air. Ils étaient désormais trois.

# 5

Le vaisseau de Garrison Riss s'arracha du tarmac de Jezzarryyk dans le hurlement de ses réacteurs, prit rapidement de l'altitude et quitta l'atmosphère de la planète pour se retrouver dans l'espace. Le Space Marshal amena le vaisseau en position de vitesse subluminique, entra des coordonnées dans l'ordinateur de bord.

— On va où ? demanda Lee, son éternel jeu de cartes en main.

— Sur Callypos.

— Tu veux te convertir en fermier, Riss ? se moqua Lee.

Assis à l'arrière du croiseur, Jack vivait un rêve éveillé. Il n'avait pas assez d'yeux pour tout voir. De l'autre côté du poste, Wallace astiquait ses couteaux comme si de rien n'était, totalement détaché de ce qui l'entourait. Une heure plus tôt, il avait accepté la proposition du Space Marshal, avait enfourché son aérospeeder et accompagné les deux hommes et le garçon jusqu'au vaisseau de Riss. Les speeders rangés dans la soute, ils avaient ensuite procédé au chargement du nécessaire pour s'alimenter, ainsi que de recharges pour les blasters. À présent, le garçon contemplait le vide intersidéral devant lui. Il était excité, mais en même temps inquiet pour ses parents.

Il aurait tant voulu les rassurer et leur dire que tout allait bien ! Garrison Riss ajusta les derniers réglages avant de répondre :

— Je me suis laissé dire que Josh Davis s'était retiré dans le coin.

— Par la culotte de la vierge ! s'exclama Lee. Davis ? Monsieur « Peaceful » en personne ? Tu déconnes ?

— Qui c'est, ce Josh Davis ? demanda Jack.

— Tu vois, Jack, répondit Lee, Josh Peaceful Davis était un tireur d'élite dans l'armée de la république il y a de cela une vingtaine d'années. Capable de t'abattre trois types à plus de deux cents mètres simultanément, sans même qu'ils s'en rendent compte. Et puis, un jour, il en a eu marre de la violence gratuite. Il a tout plaqué pour se faire prédicateur. Il allait prêcher la bonne parole aux pêcheurs de toute sorte à travers la galaxie pour les remettre dans le droit chemin.

— D'où son surnom, Peaceful, je parie ?

Lee, Wallace et Garrison se regardèrent en riant doucement.

— Pas vraiment, fiston. Le Peaceful en question, c'est la façon qu'il a de convertir définitivement les récalcitrants. De façon paisible en fait. On dit qu'il en a « converti » de la sorte cent-soixante-dix-sept, record homologué.

Jack regarda Lee avec horreur.

— Vous voulez dire... qu'il les a tués ?

— Lui te dira qu'il les a délivrés, petit, mais, oui, on peut dire ça comme ça !

Le garçon commençait presque à regretter son idée de s'acoquiner avec des types pareils. Il n'avait plus guère le choix. Le Space Marshal empoigna la manette des gaz, la poussa lentement en avant. Le vaisseau se mit à trembler.

— On va passer en subluminique, accrochez-vous ! prévint-il.

Jack se sentit projeté en arrière, comme attiré par une gigantesque bouche d'aspiration. L'instant suivant, le croiseur parut se disloquer, l'ensemble de l'espace interstellaire se brouilla, se transformant en un tunnel luminescent au sein duquel ils progressaient à toute allure. Enfin, au bout d'un temps qui lui parut à la fois court et long, il vit le marshal tirer la manette vers lui, provoquant une décélération du vaisseau jusqu'à son arrêt quasi complet. L'espace reprit son aspect normal. De l'index, Lee désigna un petit point brillant juste devant eux.

— Callypos ! Nous y sommes. Je vais aller préparer les speeders.

— J'arrive, fit Wallace.

Les deux hommes disparurent dans les entrailles du croiseur. Callypos se précisa au fur et à mesure de leur approche, comme une petite planète de la taille d'Artus 4, dont l'aspect vert témoignait de son extraordinaire richesse végétale. Le jeune garçon, qui avait passé jusqu'ici les années de sa courte existence sur le rocher glabre qu'était Artus 4, fut une nouvelle fois fasciné par la diversité au sein de la galaxie. Garrison Riss fit plonger l'engin vers le sol, traversa l'épaisse couche de nuages pour atteindre le ciel traversé par des multitudes d'oiseaux. Callypos dévoilait ses champs et ses forêts à perte de vue. Une sorte de grenier agricole dans ce coin de la galaxie. L'astroport se détachait au sommet d'une colline, d'où jaillissait une immense cascade disparaissant entre les arbres cent mètres plus bas. Riss tira encore un peu plus sur la manette, cabrant légèrement le vaisseau pour l'amener face à la piste, et le posa en douceur. Ce fut tout juste si Jack ressentit le choc des patins sur la surface rugueuse du port. Riss coupa les moteurs, détacha sa ceinture et se dirigea vers le fond du croiseur.

— Est-ce que tu veux rester ici et garder le Prosecutor ? demanda-t-il à Jack. Puis, devant son air ahuri, il ajouta : c'est le nom de ce vaisseau, Jack d'Artus 4. Je ne te l'avais pas encore dit ? Eh bien, voilà, les présentations sont faites.

— Je ne peux pas venir avec vous, monsieur ? Je n'ai jamais vu une planète comme celle-là.

— Je crois surtout que tu n'as jamais vu d'autres planètes que la tienne, jeune Jack.

— Tu crois que c'est nécessaire de garder ton vaisseau ? intervint Lee. Il ne l'était pas sur Jezzarryyk...

— Détrompe-toi. J'avais payé des dockers pour le surveiller. Je fais toujours appel à eux. Des hommes-rats de Balakar. Discrets, efficaces, pas chers.

À l'énoncé des gardiens, Lee ne put s'empêcher de faire la grimace. Les hommes-rats étaient des créatures ne dépassant pas soixante centimètres, sournoises, pouvant faire preuve de férocité, et surtout très vénales. On les employait souvent sur les docks en raison de leur petite taille et de leur agilité, pour aller effectuer des réparations dans des endroits inaccessibles à l'homme. Ils tenaient effectivement du rongeur, si l'on observait leur long visage orné d'un appendice nasal démesuré, recouvert d'un duvet gris cendre, et leurs mains aux doigts fins et ornés de griffes dont ils se servaient comme de lames. Effectivement, leur discrétion était légendaire, et Lee comprenait mieux pourquoi il avait eu cette impression que Riss avait laissé le Prosecutor sans surveillance.

— Avec tout le matériel qu'on a chargé sur Jezzarryyk, je ne veux prendre aucun risque.

— Je reste, fit Wallace. Vous n'avez pas besoin de moi, je vous attendrai.

Lee et Riss enfourchèrent leur aérospeeder et quittèrent l'astroport. Les habitations commençaient au pied même de la colline. Le marshal se résolut à gagner la ville principale à dix minutes de glisseur. Connaissant Josh Davis et son penchant pour certains excès, il se doutait qu'il ne devait pas devoir trop s'éloigner du flux des cargos de commerce.

Située sur le fleuve qui prenait sa source dans la colline même de l'astroport, la ville de Draïadd était entièrement construite en bois. Le matériau ne manquait évidemment pas dans la région, et tout ce qu'il était humainement possible d'exploiter l'était pour le bien de la communauté. Les maisons, de taille modeste, étaient recouvertes de chaume, et leur installation autour du cours d'eau donnait à l'ensemble un côté champêtre rassurant et accueillant. Riss et Lee croisèrent sur leur chemin quelques grosses remorques tractées par des animaux ressemblant à des trois-cornes, différents uniquement par la couleur de leur pelage. Beaucoup d'habitants avaient de petits aérospeeders à une place, d'un modèle ancien, sinon ils se déplaçaient tous à dos des bipèdes les plus répandus de la galaxie, les balacks. Dotés de petits antérieurs touchant à peine le sol, mais de solides pattes postérieures avec lesquelles ils pouvaient résister à des journées entières de marche sans se fatiguer, les Balacks étaient de couleur pâle, presque blanche, un mufle large de ruminant, et une bosse dorsale permettant de stocker assez d'eau pour supporter la soif. D'un tempérament docile, aisément domesticables, ils ne détestaient qu'une chose : le froid. Jack n'aurait jamais pu en voir sur Artus 4.

Les deux compagnons stoppèrent leurs glisseurs juste devant ce qui ressemblait à une taverne. Une musique douce s'en échappait, contrastant avec la cacophonie du Khalistos. Jack fronça les sourcils en plissant le nez : certaines odeurs lui étaient inconnues. Lee lui asséna une claque amicale dans le dos.

— Ce que tu sens, c'est la nature, Jack ! C'est surtout la merde de Balacks ! Celle des trois-cornes pue encore plus, mais comme il fait chaud et sec sur Preston, tu as échappé aux remugles. Par contre ici, il fait plus frais…

Ils pénétrèrent dans la taverne. Quelques personnes étaient installées dans un silence presque respectueux, excepté une seule personne. Assis au fond de la salle, un homme parlait à haute voix en prenant les occupants des lieux pour témoins, déclamant presque d'un ton prophétique. Jack McBride put le détailler à son aise en s'approchant. Le cheveu gris presque blanc lui tombait sur les épaules, et son visage étroit était mangé par une barbe et une moustache fournies, qui retombaient sur son cou maigre. Ses yeux bleu pâle brillaient sous la barre de ses sourcils tout aussi blancs. Il portait à la bouche une bouffarde à longue tige, avec la régularité d'un métronome, quand il n'éclusait pas tout aussi régulièrement les petits verres d'alcool ambré qu'il transférait de la bouteille devant lui.

— En vérité, je vous le dis : les pécheurs qui refusent la rédemption finiront en enfer ! Toute ma vie j'ai tenté de remettre les mécréants dans le droit chemin ! Que la lumière soit sur eux et que l'obscurité noie les autres !

— Si tu continues à picoler comme ça, c'est toi qui vas finir dans l'obscurité, goguenarda Garrison.

Josh Peaceful Davis leva un œil sur les nouveaux venus, l'air courroucé :

— Soyez maudits, bande de païens incultes ! braila-t-il. Il se tut, regarda attentivement Riss, et un sourire marqué d'intérêt se peignit sur ses traits émaciés.

— Par exemple ! Le Space Marshal Garrison Riss en personne ! Si on m'avait dit que je te verrais débarquer ici un jour, je ne l'aurais pas cru ! Que viens-tu faire à Draïadd ? Il ne se passe jamais rien de passionnant dans le coin !

— En ce cas, explique-moi ce que tu y fais toi ?

— J'achève ma mission de rédemption des pécheurs. Bientôt, il n'y aura plus que des hommes droits sur toute cette foutue planète.

Il éclusa son verre d'un petit mouvement de poignet, et indiqua les compagnons de Riss du bout de sa bouffarde.

— Qui sont ces individus, Garrison ?

— Tu as peut-être entendu parler de Lee, le plus grand joueur de cartes de la galaxie.

— Le jeu est l'œuvre du malin, je n'y adhère pas, maugréa Josh Davis. Et l'autre, ce gamin ?

— C'est la raison de ma présence ici, expliqua Riss. Il vient de la planète Artus 4.

— Ah oui, cette foutue planète à minerai !

— Vous connaissez ? s'exclama Jack.

— Pour sûr petit, pour sûr ! Cette planète est pleine de mécréants. Mais le froid n'est pas bon pour mes vieux os, j'ai décidé de renoncer à la pacifier.

— Jamais aucun criminel n'a posé les pieds sur Artus 4, répondit Riss. Tu as raison, il fait trop froid. Je me demande ce que tu aurais pu y faire, hein, Peaceful ?

Une serveuse s'approcha pour prendre les commandes. Bien en chair, le teint rose, elle respirait l'air pur et la nature. Lee lui fit un clin d'œil et elle rougit légèrement. Plus rapide cependant, Josh Davis lui passa la main sur les fesses, et elle le repoussa d'une tape dans la main.

— La chair est faible, fit le prêcheur en haussant les épaules.

— Il n'y a peut-être pas eu de criminels sur Artus 4, mais depuis il y en a un, et il va revenir ! intervint Jack.

Davis pencha la tête dans sa direction, et ses paupières lourdes se relevèrent en signe d'intérêt.

— Tu m'intéresses, petit ! Un foutu salopard de mécréant ? Et qui va revenir ?

Le garçon hocha la tête vigoureusement. Le marshal lui posa la main sur l'épaule.

— Ce... mécréant, comme tu dis, est quelqu'un de spécial, Josh. Tu as forcément entendu parler de lui : il s'agit de Carson Landers.

Peaceful se rejeta en arrière, porta la pipe à sa bouche et la téta furieusement pour la ranimer. Un épais nuage de fumée s'éleva au-dessus de sa tête.

— Foutre Dieu ! jura-t-il. Landers. Le milliardaire ! Vous êtes cinglés ?

— Pas le moins du monde, répondit Riss. Landers a décidé de mettre la principale mine d'Artus 4 sous sa coupe, en menaçant les habitants de représailles s'ils n'obéissaient pas. Ils ont trois semaines pour quitter les lieux. Le gamin que tu vois à mes côtés s'appelle Jack McBride. Son père a été victime des sbires de Landers, des poulpards, qui lui ont arraché les deux mains. Il est venu me trouver pour me demander de l'aide, alors me voici. Je recrute des volontaires pour protéger les habitants d'Artus Town.

— Et vous êtes combien dans cette histoire ?

— Pour l'instant, trois. Moi, Lee, et le troisième c'est Wallace. J'espérais que tu pourrais être des nôtres.

— Un marshal, un joueur de cartes, et le troisième, Wallace... le lanceur de couteaux de Preston, c'est ça ? Une sacrée équipe. Et vous vous faites payer comment ?

— Le gamin me dit que la ville nous réglera en minerai de Takhium et Mandrinium.

— Des mercenaires quoi. Tu lèves une équipe de mercenaires pour t'attaquer à l'un des hommes les plus puissants de la galaxie, et sa garde de poulpards dégénérés, que Dieu foudroie ces créatures du Malin !

— Justement, tu ne crois pas qu'il y aurait matière à mater les mécréants ? demanda Lee.

— Jeune homme, je suis peut-être un peu fou, mais j'ai la prétention de vouloir crever dans mon lit, si possible avec une douce infirmière pour soigner mes ultimes douleurs. Très peu pour moi...

— C'est vrai qu'on vous appelle Peaceful parce que vous avez pacifié des méchants ? demanda Jack.

— Oui mon gars.

— Et que vous en avez pacifié cent-soixante-dix-sept ?

— Encore exact, Jack d'Artus 4 !

— Vous étiez tout seul ? Je veux dire, personne ne vous accompagnait, juste vous, et votre fusil de précision...

— Je vois que Riss t'a bien appris ta leçon.

— Alors, si vous êtes aussi courageux qu'on le prétend en étant tout seul, pourquoi est-ce que là vous n'osez pas venir avec nous ? Est-ce que vous avez peur ?

Garrison Riss étouffa un rire. Lee claqua sa langue contre son palais :

— Là, le gamin marque un point, Davis !

— Et pourquoi n'aurais-je pas le droit d'avoir peur ? C'est sain, la peur ! C'est humain. Il n'y a que ces foutus Draks qui ne craignent rien, mais ce ne sont pas des humains, juste des créatures dégénérées ! Les poulpards aussi, mais si tu leur chauffes trop le cuir, ils se carapatent !

— Alors venez nous aider à leur chauffer le cuir ! supplia Jack.

Josh Peaceful Davis tira sur sa pipe, inclina la tête.

— Je prierai pour vous et le salut de votre âme.

Il n'y avait plus rien à en tirer. Si Garrison était déçu, il ne le montra pas. Il devait s'attendre à ce qu'une telle mission suicidaire n'attire pas les foules. Après avoir salué le prêcheur, lui et Lee se levèrent pour quitter le bar. Au moment de quitter la taverne, Jack se retourna. Ses yeux étaient pleins de colère. Il tendit son index en direction du vieil homme en parlant à haute voix, calmement.

— Vous savez quoi ? Je crois que ces cent-soixante-dix-sept pacifiés, au fond... c'est de la merde de Balacks !

Et il tourna les talons sous les yeux ébahis de ses compagnons de route.


Le retour s'avéra morose. Garrison regrettait le refus de Davis tout en respectant ses choix. Ils partaient au-devant de l'inconnu. Nul ne pouvait prédire combien de poulpards Landers aurait avec lui, peut-être une armée, et dans ce cas la probabilité d'y laisser leur peau était grande. Mais Riss n'avait plus l'intention de reculer. Plus maintenant, après avoir vu la supplique dans les yeux du jeune homme. Il était convaincu que ni Wallace ni Lee ne renonceraient non plus. Mais le prêcheur aurait été un atout de choix avec sa science du tir longue portée.

— À mon avis, Peaceful est fini ! remarqua Lee au bout d'un moment, alors qu'ils avançaient côte à côte. Tu as vu ses mains ? J'ai trouvé qu'il tremblait. L'alcool. Ou l'âge. Mieux vaut compter sur des types qui ne se défilent pas.

— Tu as raison. Il n'a surement plus les mêmes capacités qu'avant. C'était un tireur d'élite hors pair !

— Je n'en reviens pas de la façon tu lui as parlé, Jack ! J'ai cru qu'il allait nous faire une attaque ! De la merde de Balacks ! Gonflé !

— Il a eu ce qu'il méritait ! argua le garçon.

Un bref craquement se fit entendre au-dessus de leur tête, et une branche qui dépassait sur leur chemin s'abattit sur le sol, tranchée nette. Lee pila net, sauta de l'aérospeeder, rejoint aussitôt par Riss.

— On nous canarde, ou je rêve ? murmura le joueur de cartes.

— Tu vois quelque chose ?

— Rien !

Lee sortit son blaster et observa les alentours. Aucune silhouette ne se dessinait. Garrison balaya le secteur à l'aide de ses jumelles. À nouveau, le craquement retentit, et l'arbre juste derrière eux encaissa l'impact. Il fut suivi d'un autre, puis encore un autre, obligeant les trois compagnons à se mettre à l'abri. Là-bas, le tireur invisible s'obstinait à viser l'arbre. Le tir cessa finalement au bout d'une minute. Riss se tourna en direction du tronc calciné et sourit. Surprenant son sourire, Lee regarda à son tour.

— Le fils de pute ! lança-t-il.

Le tireur avait dessiné un « J » parfait sur l'écorce. Riss régla ses jumelles, finit par apercevoir la silhouette au loin, allongée sur le sol, juste devant un balack sellé. Il ajusta la visée, nota le chiffre qui s'inscrivait sur l'écran.

— Il est à deux-cent-cinquante mètres ! dit-il.

— Tu déconnes ? Alors il n'a pas vraiment perdu la main, on dirait.

À l'aide des jumelles, Garrison observa Josh Peaceful Davis se relever, épousseter sa veste, puis, sans cesser de regarder en direction des trois compagnons allongés sur le sol, il tendit un majeur d'un geste rageur.

— Non, il n'a pas perdu la main, confirma le marshal.

— Quatre ? demanda Lee

— Quatre...

— Foutus mécréants, grogna Davis en les rejoignant. J'espère que Dieu aura pitié de vos âmes arrogantes. Quant à toi, gamin, j'aurais pu te faire voler la

cervelle sans même que tu t'en rendes compte, n'oublie jamais ça !

— Bien compris, monsieur Peaceful ! On compte sur vous pour nous remettre dans le droit chemin !

Ce gamin était décidément plein de ressources, songea Riss.

# 6

Le Prosecutor flottait quelque part dans l'immensité galactique, simplement en mode pilotage automatique. Assis tout autour de la table du carré, ses occupants tâchaient de faire le point. Ils étaient désormais quatre : le Space Marshal Garrison Riss, Lee le joueur de cartes, Wallace le lanceur de couteaux, et Josh Peaceful Davis le prêcheur tireur d'élite. C'était encore trop peu au gout de Riss. Il aurait voulu doubler la mise, mais le temps passait et ils devaient songer à se rendre sur Artus 4 afin de voir ce qu'il était possible d'organiser comme défense, lorsque Carson Landers débarquerait. En parallèle, le marshal ne souhaitait pas garder le gamin avec lui trop longtemps : ses parents devaient s'inquiéter, et ils finiraient par attirer l'attention des poulpards. C'en serait alors fini de l'arrivée discrète sur Artus 4.

— Tu devrais retourner sur Jezzarryyk, fit Davis. Avec toute cette lie qui traine du côté des docks, je suis sûr que tu trouverais tes mercenaires.

— Je n'ai pas simplement besoin de types prêts à en découdre. Je veux pouvoir leur faire confiance, comme je peux vous faire confiance. Il ne faudrait pas qu'au moment de la castagne avec l'armée de Landers, certains aient brutalement l'envie de retourner leur veste et de nous planter une lame dans le dos... Je ne dis pas ça pour toi Wallace, tu le sais.

— Réunir une armée de types pareils en si peu de temps, ça risque d'être compliqué.

— Je sais, Josh... Lee, tu as un avis ?

— Je te proposerais bien de nous séparer, histoire de chercher un peu chacun de notre côté. Mais je pensais aussi au gamin. Il pourrait emmener l'un de nous sur Artus 4 pour se faire une idée de ce qui nous attend. Comme ça, nous pourrions envisager au mieux la situation.

— Je vois que nous avons les mêmes idées. Et puis, je me dis que tes parents doivent s'inquiéter, jeune Jack. Tu dois aller les retrouver !

Le garçon se redressa.

— Je peux très bien me débrouiller seul ! affirma-t-il. Je leur ai laissé un message pour leur dire de ne pas s'en faire, que je reviendrais avec de l'aide !

— Là n'est pas la question. Tu es sans doute aussi indispensable chez toi qu'ici. Parce que tu connais la ville, tu connais la planète, contrairement à nous. Tu pourrais nous servir de guide, nous montrer ce qu'il y a à voir, les moyens de défense d'Artus Town.

— Il n'y en a aucun, grogna le jeune homme.

— Il y a toujours de quoi se défendre, répondit Garrison Riss.

— Et pendant que l'un d'entre nous ira prêcher la bonne parole aux jolies Artusiennes, tu comptes faire quoi ? s'enquit Peaceful.

— Allez chercher des renforts là où personne ne songerait à aller… Il m'est venu une idée, mais pour ça, je dois me rendre sur Kho Ryu et ensuite trainer mes bottes du côté de Dzeta Proximus.

— Ben voyons ! Tu es encore plus taré que je ne pensais ! Une virée chez les Draks, rien que ça ! Qui irais-tu chercher ?

— Je pensais à Asulf…

Lee laissa échapper un sifflement entre ses dents serrées.

— Le Killer-dog ? Rien que ça ? Tu sais ce que tu risques ? Tu me parles de ne pas recevoir une lame dans le dos, mais là tu t'exposes à bien pire ! Si le « Dog » n'est pas d'accord avec toi, il est capable de te bouffer…

— Je sais très bien qui est Killer-dog, j'ai déjà eu affaire à lui par le passé. Je crois pouvoir lui faire confiance.

— Tu crois, ou tu en es sûr ?

— En tout cas, ce n'est pas le genre de type qui va s'arrêter à une armée de poulpards. Je pense même que les têtes de poulpe le craignent.

— Et qu'est-ce qu'il fabrique sur Kho Ryu ?

— Il chasse. Aux dernières nouvelles, le gouvernement de la république souhaitait installer une colonie à cet endroit. Kho Ryu constituerait une base éloignée idéale et éventuellement un port de relai. Mais pour ça, il faut faire place nette.

— Et se débarrasser des Draks… OK j'ai compris. Ce type est taré !

— Pourquoi on l'appelle killer-dog ? demanda Jack d'une toute petite voix.

Chacun se tut pour étudier la question et y répondre de façon la moins formelle possible. Décrire Asulf n'était déjà pas une sinécure. Josh Davis fourra sa pipe, l'alluma longuement, et, après avoir envoyé quelques bouffées de fumée au plafond du vaisseau, se décida à répondre.

— Vois-tu, gamin, Asulf traque les mécréants suppôts de Satan. Sauf que lui aussi en est un également. Féroce, cruel, sans pitié. Une vraie bête sauvage.

— Mais vous aussi vous chassez les… mécréants, non ?

— Je ne suis pas comme lui, gamin ! Personne ne peut être comme lui !

Lee éclata d'un rire franc qui parut incongru par rapport au sérieux de la conversation.

— Ce qu'il essaie de te dire, Jack, c'est que lui les chasse de noble manière, avec un fusil d'élite, alors que Killer-dog se sert de ses dents.

Jack McBride sursauta, affolé :

— Ses dents ? Mais alors…

— Jack, Asulf est un lycanthrope. Un authentique loup-garou de la planète Lupyii. Un gentil garçon je te l'accorde, mais il ne fait pas bon lui marcher sur les pieds.

Le jeune garçon ne savait plus quoi penser. Un instant, il imagina une créature immense, la gueule hérissée de crocs sanguinolents, se jeter sur ses parents et les mettre en pièce. Une nouvelle fois, il se demanda s'il avait eu raison de se lancer dans cette aventure. Il était sans doute trop tard pour reculer. Que diraient ces hommes s'il leur demandait de tout arrêter, que finalement il préférait renoncer et rentrer chez lui pour subir le dictat de Carson Landers ? Qu'il avait la trouille, tout simplement. Peut-être pas de cette façon, peut-être même ne diraient-ils rien, mais Jack était sûr qu'il pourrait le voir dans leurs yeux. Et il ne pouvait pas imaginer une seconde que l'on pense qu'il était un trouillard. Le Space Marshal Riss se leva, indiquant que la conversation était close, et se dirigea vers le poste de pilotage.

— Direction Artus 4, les amis ! lança-t-il. Lee, je pense que ton idée est la bonne : je vais te larguer en compagnie de Jack, et je vais filer en direction de Kho Ryu chercher Killer-dog, s'il y est toujours.

— Pourquoi choisis-tu d'envoyer ce joueur de cartes pour prêcher la bonne parole ? se plaignit Peaceful.

— Parce que je suis plus beau gosse que toi. Regarde-toi, tu n'es qu'un débris, tu vas leur faire peur !

Josh Davis écarta son majeur de sa pipe pour le tendre bien haut.

— Un jour, jeune freluquet, je te réchaufferai les fesses avec mon fusil au moment où tu t'y attendras le moins.

— J'ai hâte de voir ça !

— Allez les gars, on décolle ! Attachez vos ceintures, on file sur Artus 4 !

Le temps de calculer la trajectoire, et le Prosecutor entrait en vitesse subluminique.


Ainsi vue de l'espace, la planète de Jack McBride apparaissait comme un gros rocher triste et gris, en proie à une luminosité cyclique liée à sa rotation unique. Toutes les soixante-douze heures, elle pivotait sur elle-même, offrant une face aux rayons très éloignés de l'étoile de Ghuron, le seul soleil de cette partie de la galaxie, l'autre étant alors plongée dans le noir et le froid. Ces variations de température étaient une rude mise à l'épreuve pour les organismes et les machines, même si l'atmosphère était en tout point semblable à celle de Jezzarryyk, pollution exceptée.

S'il y avait bien d'autres endroits pour atterrir, comme l'aire privée de Carson Landers, le seul espace véritablement conçu pour poser et faire décoller les cargos était le spatioport d'Artus Town. Landers le savait parfaitement d'ailleurs, ironie du sort, puisqu'il devait y faire passer son matériel. À l'époque où la demande en Takhium et Mandrinium avait explosé, il avait posé ses foreuses de l'autre côté du plateau, en se disant que la planète devait regorger de ces minerais. Mais après quelque temps, il avait dû déchanter : le seul endroit véritablement assez riche était le plateau lui-même, adjacent à la petite cité. Que des gens aussi simples puissent détenir une telle richesse était du domaine de l'impensable pour Landers. Il avait commencé à se renseigner sur les droits d'exploitation, avait compris qu'ils avaient été établis en bonne et due forme, et qu'ils seraient difficilement supprimables, ni même renégociables. Au plus aurait-il fallu attendre un changement de gouvernement, ce qui n'était pas près d'arriver. Landers avait donc œuvré en sous-main, glanant des informations par-ci, par-là, soumettant à quelques oreilles attentives l'idée d'une pénurie de minerais, mais aussi la nécessité d'une meilleure exploitation. Il en était arrivé à la conclusion qu'il devrait tout faire par lui-même. S'il parvenait à mettre la main sur le plateau d'Artus 4 en manipulant ses habitants, en les menaçant au besoin, le gouvernement de Jezzarryyk protesterait peut-être, enverrait des enquêteurs sans doute, mais il aurait mis tout le monde sous sa coupe. Une telle fortune ne pouvait pas rester longtemps hors de sa portée.

Garrison Riss s'approchait lentement du port. À ses côtés, Jack n'en perdait pas une miette. Mais c'est Wallace qui intervint, en pointant une de ses lames droit devant lui.

— C'est moi, ou j'ai l'impression que c'est anormalement encombré ?

— Ce n'est pas toi, jeta Riss, les dents serrées. Il y a beaucoup trop de vaisseaux dans le coin. Et regarde ça, à quinze heures : un croiseur poulpard. Armé jusqu'aux dents.

— Je ne suis pas sûr que le gouverneur apprécierait ce genre d'intrusion...

— Artus 4 est loin, et ce n'est pas une grosse planète. Certes, il y a le minerai, mais je ne crois pas que cela soit suffisant. Le vaisseau poulpard pourra toujours déplorer une avarie et prétexter qu'il doit la réparer. Ou dire qu'il est venu chercher de quoi se ravitailler. Aucune armada n'est visible, donc on ne peut pas l'accuser d'intentions belliqueuses.

— Ouais, admit Lee. On est quand même un peu loin de Zoxx, tu ne crois pas ?

— Tout le monde sait que Landers travaille avec les poulpards. Donc qu'un vaisseau de Zoxx soit ici ne choquera personne. Sauf nous, bien sûr.

Il amorça la descente, tout en surveillant les autres vaisseaux alentour. Wallace avait raison : beaucoup trop d'engins spatiaux stationnaient dans le secteur d'Artus 4. Le Prosecutor creva la faible masse nuageuse qui ceinturait la planète et vint se poser sur le tarmac. Une activité habituelle y régnait, mais l'œil exercé du marshal eut tôt fait de repérer les poulpards disséminés dans la zone portuaire. Ils surveillaient les allées et venues. Un important chargement de Takhium était en cours de transfert. Jack confirma que c'était de cette façon qu'il avait pu quitter la ville.

— La température extérieure est de dix-huit degrés. Nous sommes dans les soixante-douze heures de luminosité. Profitons-en !

— L'astroport est alimenté en énergie tellurique, expliqua Jack en indiquant les immenses poteaux surmontés de grilles, comme des radars. Ces installations absorbent l'énergie du Mandrinium, et la restituent sous forme de chaleur rayonnante. Ainsi, même en plein cycle de nuit, on peut toujours se poser... On a appris ça à l'école, ajouta-t-il en réponse au regard surpris de Lee.

— L'école ! fit le joueur de cartes en écho. Je ne me souviens même pas d'y avoir été. Je crois que je me suis fait virer dès le début...

— Vous n'arriviez pas suivre ?

— Je crois plutôt que j'ai dû faire les poches de tous mes camarades de l'époque, répondit Lee avec une grimace. Certains se sont plaints... Bien entendu, je n'avais pas la moindre possibilité de rembourser ce que j'avais fauché. J'ai proposé de jouer à quitte ou double avec le professeur. Ça n'a pas vraiment plu.

Garrison Riss vérifia l'attache de ses blasters, passa son manteau et se dirigea vers la sortie.

— OK, voilà comment nous allons procéder : Wallace et moi allons nous diriger vers le dépôt pour commander du carburant. Lee, tu vas accompagner Jack. Tâchez de vous mêler discrètement à la foule pour quitter le spatioport. Une fois en ville, tu t'arrangeras pour trouver un logement. Il y a bien un hôtel quelque part non ?

Jack hocha la tête en signe d'assentiment. Riss tendit à Lee un émetteur holographique.

— Avec ça, tu pourras nous informer de ce que tu vois en ville, et des moyens d'accéder à la mine. Landers débarquera forcément de l'astroport, il faut donc envisager de couper l'accès depuis ici. Débrouille-toi aussi pour te faire emmener jusqu'au plateau et voir s'il y a des risques que les poulpards passent par cet endroit. De notre côté, nous allons tâcher de faire vite. Il n'y a plus aucune minute à perdre.

Les quatre hommes se serrèrent la main, et Jack se permit une accolade maladroite au Space Marshal. Devoir se séparer lui pesait plus qu'il ne l'aurait cru. Riss et Wallace sortirent les premiers, se dirigeant ostensiblement vers les systèmes de ravitaillement. Lee sortit juste derrière eux, entrainant à sa suite le jeune Jack. Ils firent mine de s'intéresser à quelques marchands de pièces détachées qui installaient toujours leurs échoppes sur les spatioports, persuadés d'avoir trouvé la meilleure place. Garrison les observa du coin de l'œil, le vit s'engouffrer dans le passage menant au train d'Artus Town. Presque aussitôt, deux Zoxxiens leur emboitèrent le pas. Riss claqua des doigts en direction de Wallace. D'un hochement de tête, le lanceur de couteaux fit signe qu'il avait compris. Abandonnant son poste à quelques pas du Space Marshal, il se dirigea vers l'accès au train. Riss le vit porter la main à sa ceinture au passage. Il marchanda un moment, commanda un petit chargement de minerais qu'il fit livrer à bord du Prosecutor. Moins de dix minutes après, Wallace fit son apparition, la démarche tranquille. Il ne s'arrêta pas, poursuivit sa route vers le vaisseau. À nouveau, un bref hochement de tête pour signifier que tout allait bien. Riss attendit encore un moment, sans voir réapparaître les poulpards. Il quitta le tarmac et regagna son vaisseau.

— Alors ?

— Lee et le gamin n'ont plus de problèmes, répondit calmement le lanceur de couteau. J'ai rattrapé les deux têtes de pieuvre avant.

— Et ?

— Ils vont finir de pourrir dans les conduits de ventilation. Ces trucs sont dégueulasses. C'est visqueux, c'est froid, tu croirais te coltiner de la viande morte et baveuse. Et en plus ils chlinguent.

— Tu as rendu la lumière à deux mécréants, le ciel te remerciera, énonça Josh Davis.

— Allez, on s'arrache de là avant que ça sente trop mauvais ! On a un bout de chemin à faire avant d'atteindre Kho Ryu.

Garrison Riss fit décoller son vaisseau sans encombre. Les poulpards ne semblaient pas s'intéresser outre mesure à lui. Il prit rapidement de l'altitude et s'immobilisa après avoir gagné l'espace.

— Je croyais que les poulpards de Landers allaient nous poser plus de problèmes que cela. Le gamin nous a dit qu'ils avaient établi un blocus autour d'Artus 4.

— Je pense que c'est l'explication du vaisseau zoxxien, fit Peaceful. Mais je crois que le gamin a parlé de bloquer les habitants d'Artus Town. Nous sommes des étrangers, nous n'avons fait qu'une escale. A priori nous ne devrions pas poser de problèmes. Souhaitons que tout se passe bien pour Lee.

— J'ai éliminé un des principaux obstacles. Pour le reste, je pense qu'une fois en ville, Lee saura se faire discret.

— Attendons son appel avant de filer, proposa Riss.

110

Il brancha le récepteur holographique à côté de la console de commandes et attendit. Sa patience fut de courte durée. Moins d'un quart d'heure après avoir décollé du spatioport, le récepteur se mit à clignoter. Riss enclencha la communication, et la silhouette de Lee apparut devant eux, bleutée.

— OK, Garrison, tu me reçois ?

— Sans problème, Lee.

— D'accord. Je suis bien arrivé à Artus Town. Le gamin m'a conduit directement à l'hôtel et il est parti ensuite chez ses parents. Je crois qu'il veut m'emmener à une sorte de réunion, à laquelle participent uniquement des habitants hostiles à Landers. Pour le peu que j'en ai vu, la ville possède trois accès, un par le spatioport, un au nord par le plateau, relié par le train, et un troisième au sud. C'est à ces endroits qu'il faudrait bloquer l'arrivée des poulpards. Landers pourrait détruire la ville en dernier recours, si la situation lui échappait, mais cela voudrait dire qu'il perdrait toutes les habitations...

— À envisager quand même, au cas où, remarqua Riss. Je pourrais laisser le Prosecutor en vol stationnaire. Je n'ai pas peur d'un croiseur comme celui qui est en face de nous.

— Carson pourrait en envoyer d'autres, s'il est vraiment décidé...

— C'est aussi un risque à prendre en compte.

— Je vais attendre cette réunion, et je te recontacterai. Je n'ai pas croisé grand monde à part les autochtones, mais Landers a laissé ses gardes du corps dans le coin. J'ai vu quelques têtes de poulpes en ville.

— J'en ai éliminé deux qui te collaient d'un peu trop près, intervint Wallace. Je pense qu'ils ont pour mission de surveiller qui entre et qui sort de la ville.

— Oh, tu as fait ça pour moi ? C'est sympa, je te le revaudrai ! Bon, je coupe, faites gaffe au lycanthrope surtout !

Riss éteignit le récepteur et se tourna vers les occupants du vaisseau :

— Votre avis ?

— Carson a déjà commencé à placer ses pions. Je ne crois pas que des pauvres types comme les habitants d'Artus Town, aussi courageux soient-ils, se risqueront à se révolter. Ils ont peur.

Riss empoigna le manche de pilotage d'un geste décidé.

— Eh bien, on va tout faire pour les rassurer. Cap sur Kho Ryu !

## 7

Sortant de vitesse subluminique, le Prosecutor se stabilisa juste au-dessus de la petite planète Kho Ryu, une boule de roche et de sable battue par les vents. C'était le domaine des Draks, créatures peu fréquentables de la galaxie. Mi-hommes, mi-lézards, les Draks utilisaient tant pour se défendre que pour attaquer, leurs griffes rétractiles, et leur salive, qu'ils pouvaient projeter à plusieurs mètres de distance, provoquant chez qui en était atteint des brulures cutanées insoutenables. Ces êtres assez frustes ne possédaient heureusement pas les compétences nécessaires pour pouvoir piloter, et de fait se retrouvaient confinés sur leur planète. Certains avaient bien tenté d'en capturer pour les asservir, mais peu étaient encore en vie pour en parler. Les Draks ne pouvaient pas être domestiqués. Les plus chanceux avaient fini par trouver la technique : ils les endormaient de loin au fusil neutralisant, leur arrachaient les griffes et la langue, éliminant du coup les deux menaces potentielles. Puis ils les laissaient crever de faim de longues semaines, avant de les mettre au travail contre de la nourriture. Car les Draks avaient un appétit féroce, aussi impressionnant que leur résistance et leur endurance à l'effort.

Sur Kho Ryu, en dehors des Draks, se trouvaient ceux qui avaient basculé du mauvais côté de la loi, et qui avaient échappé à la justice. Les criminels bannis, eux, avaient droit à la ceinture d'astéroïdes de Dzeta Proximus, et leurs monstres dont parfois la seule vue suffisait à vous paralyser, voire à vous faire mourir. Kho Ryu était la voisine de Lupyii, la planète des lycanthropes. Ces deux espèces se vouaient une haine tenace, mais contrairement aux Draks, les lycanthropes savaient voyager dans l'espace. Dans des engins rudimentaires, certes, parfois dans un tel état qu'on pouvait se demander s'ils n'allaient pas se désintégrer en vol. C'étaient des navigateurs hors pair, qui souvent étaient embarqués dans des cargos intergalactiques pour servir de copilotes, à condition de ne pas les contrarier.

Asulf Killer-dog était un lycanthrope. Un chasseur de primes. Kho Ryu étant souvent le refuge des bannis de toute espèce, le gouvernement de la République faisait appel à des individus sans scrupules, tel Asulf, pour aller mettre hors d'état de nuire les bandits et assassins en fuite. Quelque part, il exerçait un métier assez semblable à celui du Space Marshal Garrison Riss, sur un domaine bien moins vaste. Mais la planète de sable constituerait toujours un excellent terrain de chasse, parce qu'elle était une excellente planque. Depuis peu, le Gouvernement de la Galaxie parlait d'y installer une colonie à temps plein, en complément d'un pénitencier de haute sécurité déjà existant, et, de simple chasseur de primes, Asulf avait été chargé de «nettoyer» le terrain.

Le Prosecutor survolait à présent la surface rocheuse de la planète. Riss cherchait un endroit pour poser son vaisseau sans encombre, et dans une zone assez abritée pour éviter une attaque surprise des Draks. Il savait que le vaisseau en lui-même ne risquait rien, les Draks ne savaient pas utiliser les armes comme les blasters. Mais ils pouvaient s'enterrer dans le sable, attendre que leurs ennemis passent, pour se ruer hors de leur cachette et les éventrer à coups de griffes. Sur un plateau rocheux par contre, il leur serait beaucoup plus difficile de se dissimuler.

De la pointe de son couteau, Wallace désigna un promontoire devant eux, à quelques kilomètres sur la gauche. Ils n'avaient pas encore vu âme qui vive, mais ils savaient qu'il ne s'agissait que d'une impression. L'espace était suffisamment dégagé pour permettre au Prosecutor de se poser facilement. Garrison Riss manœuvra tranquillement, amena le vaisseau juste au-dessus de la zone, et actionna les rétrofusées. Les patins vinrent épouser le relief rocailleux sans heurts, Riss coupa les réacteurs et détacha sa ceinture.

— Terminus ! lança-t-il. Voyons un peu ce qui nous attend à l'extérieur.

Il actionna la commande des détecteurs de mouvements. Le temps que le radar renvoie l'image numérisée du sol et des reliefs autour du Prosecutor, et le petit bip régulier résonna dans la cabine de pilotage. Les trois occupants du vaisseau restèrent un moment à observer l'écran.

— On dirait qu'il n'y a personne, fit Wallace.

— En tout cas, pas dans les environs immédiats. On va prendre les aérospeeders.

— Pour aller où ?

Le Space Marshal pianota un instant sur l'écran.

— Nord-nord-ouest, sur une distance de deux kilomètres environ. Le radar détecte des mouvements. Je vais balancer un robot-sonde en éclaireur, il nous renseignera.

— Le problème est que Kho Ryu est un gros caillou, objecta Josh Davis. Moins vaste que Jezzarryyk, mais assez gros. Si Killer-dog se planque dans un coin, on peut passer des heures voire des jours à le chercher sans le trouver.

— Je ne crois pas. Les Draks occupent l'ensemble du territoire, mais il y a peu d'endroits où Asulf peut chasser, et celui-ci en est un. D'abord parce qu'il y a plus de roches que partout ailleurs. Ensuite parce que c'est ici que le Gouverneur voudrait installer sa base.

— Tu as l'air de bien connaître le coin...

— J'ai fait la même chose que Killer-dog, pour quelques individus que le gouvernement tenait absolument à rattraper pour les punir. Ce n'est pas la première fois que je me rends sur Kho Ryu.

Ses deux acolytes sur ses talons, Riss gagna l'issue arrière, déverrouilla la trappe d'accès et sortit les aérospeeders. Il détacha un robot-sonde de son emplacement, le programma et le lança. Avec un léger vrombissement, le robot, à peine plus petit qu'une tête humaine, prit son envol et disparut dans le ciel.

— C'est bon ! fit Riss. Je l'ai sur l'écran du speeder ! Allons-y !

Ils se mirent en route vers le lieu désigné par le radar. Les aérospeeders filaient sur la rocaille, projetant parfois de petits éclats pulvérisés, mais également des nuages de poussière de sable. Riss était en tête, Wallace et Peaceful suivaient de part et d'autre à quelques mètres, dans un silence presque absolu, à peine perturbé par le sifflement de leurs engins. Tout en pilotant, il gardait à l'œil l'écran retransmettant les images du robot. Soudain, Riss leva la main en décélérant, et ses deux compagnons vinrent se ranger à ses côtés. Il leur montra les images du robot-sonde.

— Des Draks ! Et là, derrière les rochers, il me semble que c'est notre ami Killer-dog.

Toujours aussi silencieusement, le robot prit de l'altitude pour se déplacer au-dessus du campement des Draks. Les créatures reptiliennes se tenaient autour d'un feu. Elles étaient au nombre de cinq, la peau écailleuse, armées en tout et pour tout d'une sorte de bâton épointé. Derrière eux, les trois hommes pouvaient apercevoir des abris creusés à même la roche et recouverts de branchages et de mauvaises toiles.

— Un campement ! souffla Wallace.

— Ça m'en a tout l'air.

Les Draks entouraient quelque chose qu'ils ne voyaient pas encore. Riss reprogramma le robot depuis l'aérospeeder, et l'image bascula, dévoilant le corps d'un individu en haillons à leurs pieds. L'homme était immobile, le visage tuméfié. Sa peau, violacée, portait des traces de brulures et d'empoisonnement causés par les griffes et la salive des hommes-lézards. De toute évidence, il allait servir de repas.

— Le malheureux ! J'espère qu'il est mort !

— Au vu du nombre de brulures, je dirais que oui. On ne résiste pas à la salive des Draks.

— Je n'ai pas l'impression qu'ils ont vu Asulf.

Riss fit pivoter la caméra. Dissimulé à l'abri d'un gros roc, le chasseur de primes observait ses proies. Il devait bien mesurer dans les deux mètres, vêtu d'un pantalon de mauvaise toile et de bottes, sa large poitrine était difficilement contenue dans un simple gilet de cuir sans manches sur lequel se croisaient deux cartouchières. Des bras épais, couverts de poils drus comme le torse, renforçaient encore la puissance de la créature. Créature, oui, car si on regardait plus haut, on constatait que sa tête était en fait un mufle canin puissant, aux yeux jaunes et à la mâchoire prognathe pourvue de crocs effilés. Asulf Killer-dog était un terrible spécimen des lycanthropes de Lupyii. Vue de la caméra du robot, sa peau portait de multiples traces de cicatrices encaissées au cours de combats, et il lui manquait un morceau d'oreille. Il tenait d'une main un blaster presque ridicule dans son énorme patte, et de l'autre une sorte de lance courte, munie à chaque extrémité d'une lame courbe et effilée.

— Killer-dog a sorti le coupe-coupe, constata Riss. On va s'approcher tranquillement. Josh, à quelle distance penses-tu pouvoir atteindre un de ces sympathiques personnages avec ton fusil ?

Peaceful hésita, le visage soudain parcouru de tics. On aurait dit qu'il n'avait pas envie de se mouiller.

— Je pense que deux cents mètres c'est bon pour moi... mais tu tiens vraiment à faire des cartons ? Laisse plutôt ce mécréant d'Asulf s'en charger.

— Quand Asulf est en chasse, il est capable du meilleur comme du pire et je n'ai pas envie de servir de plat de résistance ni aux Draks ni au lycanthrope. Si jamais ça tourne mal, tu tires. Wallace, on y va. Josh, suis-nous à distance et positionne-toi !

Riss redémarra. Sur l'écran du speeder, tout se précipita soudain. Bondissant de sa cachette, Asulf poussa un hurlement de rage et fondit sur les Draks. La surprise la plus totale se peignit sur les traits reptiliens. Le temps qu'ils adoptent leur posture de défense, toutes griffes dehors, Killer-dog avait appuyé sur la détente de son pistolet. Il abattit les deux premiers, et le troisième fut coupé en deux d'un seul coup de lame, laissant glisser ses tripes aussi verdâtres que sa peau sur le sol sablonneux. Les deux survivants se précipitèrent en lançant des jets d'acide. Killer-dog les esquiva sans peine, bloqua l'assaut des griffes acérées. Sa patte plongea dans la gorge du Drak, attrapa la langue qu'il tira violemment, l'arrachant sans peine. Le dernier Drak subit l'assaut de la lame courbe et retomba à terre, la tête tranchée. Le combat n'avait pas duré deux minutes.

— Ce type-là ne rigole pas, hein, Wallace ? Plus fort que toi avec tes couteaux.

— Un putain de taré, confirma Wallace.

Les deux aérospeeders se rapprochaient du camp des Draks. Riss vit Asulf humer l'air, écouter le léger bruit des moteurs venant dans sa direction. D'un geste vif dénotant une grande habitude, il se servit de la lame pour trancher les têtes des Draks encore attachées aux corps, les ficela entre elles. Son travail fini, il se redressa, garda le pistolet en main, prêt à en faire usage. Riss stoppa le speeder à bonne distance, sauta dans le sable et s'approcha tranquillement du lycanthrope, les mains bien en évidence. Killer-dog le regarda venir, ses yeux jaunes rivés sur la ceinture d'armes.

— Salut Asulf ! fit Garrison.

— Space Marshal Riss ! répondit le lycanthrope d'une voix caverneuse. Qu'est-ce que tu fous ici ? Tu traques le repris de justice ? Je te préviens, ces Draks sont à moi.

— Je me moque pas mal de tes Draks, Asulf. C'est toi que je suis venu voir. On pourrait causer ?

— Pour quoi faire ? demanda Killer-dog, en récupérant les têtes de ses victimes.

Il les fourra dans un grand sac et se dirigea vers la cachette d'où il avait surgi précédemment.

— Je cherche des types costauds, dans ton genre, pour défendre une petite ville contre un salopard qui a décidé de les exploiter.

— Je ne fais pas dans l'altruisme, marshal. Tu le sais très bien.

— Ça rapporte pas mal de minerai. Du Takhium et du Mandrinium.

— J'en ai assez pour ce que je veux faire ici.

— Tu es au courant que la République veut installer une base sur Kho Ryu ? Et une prison moderne. Où iras-tu ensuite ? Les bandits de tout poil ne vont pas tarder à quitter les lieux quand cela va se savoir, et tu n'auras plus de travail. Avec le minerai au contraire, tu pourrais éventuellement le négocier contre un nouvel engin, plus puissant, mieux équipé que ton cercueil volant.

— Ça ne m'intéresse pas. J'ai assez de boulot.

— Je pourrais faire courir le bruit que tu attends ici, bien planqué, pour faire réfléchir les criminels à deux fois. À moins que tu n'aies peur...

Killer-dog se retourna brusquement, les mâchoires serrées. Il pointa sa lance en direction de Riss.

— Je pourrais te tuer pour ça ! jeta-t-il. Personne ne peut dire qu'Asulf a la trouille et survivre.

Il fit un pas vers le Space Marshal. Riss leva deux doigts comme pour un signal. Le craquement du fusil de précision retentit aussitôt, et une des branches qui formaient un trépied à côté du feu se brisa net, tranchée par le tir. Killer-dog suspendit son geste et pivota en arrière, humant l'air de son large mufle.

— Tu ne le verras pas, Dog ! prévint Garrison. Il se trouve à deux cents mètres d'ici au bas mot. Par contre je pense que tu es dans sa ligne de mire désormais... Tu es sûr que tu ne veux pas causer ?

Asulf montra les crocs en grognant, comme une bête prête à mordre. Il secoua sa gueule de contrariété.

— Tu es un salopard, Space Marshal ! Je ne sais pas ce qui me retient de te sauter dessus. Je prendrai peut-être une balle, mais j'aurai au moins le plaisir de t'ouvrir les tripes pour te voir crever !

— J'en conclus que c'est oui. C'est toujours un plaisir de discuter avec toi, Asulf. Je veux juste que tu écoutes mon histoire…

— Abrège, ça me fera gagner du temps… Alors, ça se passe où ?

— Sur la planète minière d'Artus 4.

— Qui tu défends ?

— Les habitants d'Artus Town, des mineurs qu'on veut spolier.

— Et contre qui ?

— Carson Landers.

Killer-dog laissa échapper un jappement qui pouvait passer pour un rire.

— Rien que ça ! s'exclama-t-il. Ce fils de pute de Landers !

— Et sa garde rapprochée, des poulpards… beaucoup de poulpards…

— Beaucoup comment ? Vraiment beaucoup, ou… ?

— Vraiment vraiment beaucoup. Tous à éliminer.

— Mouais. Et vous êtes combien dans cette histoire ?

— Moi, Wallace, Josh Davis et un type qui s'appelle Lee. Avec toi, nous serions cinq, un minimum. J'aimerais en trouver un ou deux autres dans l'idéal. Je ne te promets rien, le dog. Nous serons seuls contre des dizaines de Zoxxiens surarmés. Landers ne nous fera pas de cadeaux. Dans l'histoire, on gagne uniquement la reconnaissance d'une petite ville de mineurs, et un peu de minerai. Pas d'autres richesses. Il ne faut pas s'attendre non plus à une aide quelconque de la part du gouverneur, Carson s'est sans doute débrouillé pour endormir les autorités.

— Et toi, marshal, tu fais ça pourquoi ?

— Parce qu'un gamin est venu me demander de l'aide. Que j'ai vu la détresse dans ses yeux. J'ai consacré toute ma vie à chasser des pourritures, comme tu le fais aujourd'hui, Asulf, mais cette fois je me dis que c'est l'occasion ou jamais d'éliminer le plus grand de tous les salopards de la galaxie, parce qu'il se croit intouchable. Alors, qu'en dis-tu ?

— Je pourrai faire ce que je veux de mes ennemis ?

— Tant que ça reste hors de vue des femmes et des enfants, oui, sans problème.

— Alors ça marche, Space Marshal. Tu peux me considérer comme étant des vôtres.

Il tendit sa large patte que Garrison Riss serra.

— Une de ces pourritures t'a eu avec sa salive, remarqua Wallace en serrant la patte à son tour.

Il désignait une brulure rougeoyante à travers le pelage du lycanthrope. Asulf secoua la tête, prit une pleine poignée de sable et en frotta la plaie.

— Juste une broutille, j'en ai vu d'autres. Qu'est-ce qu'on fait maintenant ?

— On va aller récupérer Peaceful au passage et on regagne le Prosecutor.

— Je vous rejoins avec mon coucou. Et pour les autres ? Avant de quitter Kho Ryu, je te conseillerais bien d'aller du côté de la prison de Jarhal. Tu sais que le gouverneur a fait établir une prison de haute sécurité là-bas, avec les premières ébauches de la future base arrière. Je crois qu'il y a quelqu'un que tu aimerais revoir dans cette prison.

— De qui parles-tu ?

— De Lucy…

Les traits de Garrison Riss se figèrent de surprise, et un voile passa devant ses yeux sombres, comme une bouffée de tristesse et de colère mêlées. Curieux, le lanceur de couteaux voulut en savoir plus.

— C'est de l'histoire ancienne, balaya Riss.

— Lucy Smith était une tueuse à gages, répondit Asulf. Une fille terrible dans tous les sens du terme. Un physique à faire damner les humains de ton espèce. Elle charmait ses proies et les tuait ensuite sans aucun remords. Il suffisait d'y mettre le prix. Elle a écumé la galaxie quelques années, on l'appelait Lethal Girl, ou Fatal Bride, en fonction des endroits. Puis on a cru qu'elle s'était assagie, elle a disparu de la circulation pendant quelque temps, avant de réapparaître. Les années ne l'avaient pas calmée apparemment. Elle a fini par se faire coincer, et depuis, elle croupit dans cette tôle pour prisonniers extrêmes qu'on n'a pas envie de voir revenir.

— Tu as l'air de bien la connaître, Asulf, remarqua Wallace.

— Pas autant que notre ami le Space Marshal. N'est-ce pas, Riss ?

— C'est moi qui l'ai arrêtée la première fois, reconnut Garrison de mauvaise grâce.

— Que s'est-il passé ensuite ? Elle s'est évadée ?

Killer-dog éclata de rire :

— D'une certaine forme de prison, oui, si on peut dire !

— Je ne comprends pas.

Garrison Riss laissa échapper un long soupir de lassitude.

— Tu ne peux pas savoir, Wallace. Lucy Smith est mon ex-femme...

## 8

Vu du robot-sonde, le pénitencier pour détenus extrêmes de Jarhal ressemblait à un gigantesque cube flanqué de deux tours grisâtres tranchant sur la poussière jaune du désert, et d'un immense mur d'enceinte. Tout autour du bâtiment percé d'une multitude de meurtrières où il était facile de deviner les canons à protons braqués sur l'extérieur, une vaste zone de sable mouvant s'étendait, cernée de barrières métalliques. La prison elle-même était construite sur un piton rocheux et dominait le sable. Le seul moyen d'y accéder, un étroit chemin, était juste assez large pour permettre à trois personnes de front de marcher sans risquer de tomber dans le ravin. Passé la première porte, qui fermait l'édifice et le mur d'enceinte, on accédait à une pseudo-ville où quelques centaines d'individus s'efforçaient de vivre. Car en plus d'être un pénitencier, Jarhal était une ville. Une cité-prison, avec pour seule différence que ceux en dehors du pénitencier valaient un peu mieux que ceux qui y étaient enfermés. Ils étaient là pour assurer ce dont la Garde Républicaine Galactique et les androïdes de garde ne s'occupaient pas, l'entretien général des bâtiments et la nourriture.

Assis à l'avant du Prosecutor, entouré par Wallace, Peaceful et Killer-Dog, Garrison Riss observait Jarhal avec circonspection. Le bâtiment offrait peu de possibilités de passage. Il était impossible d'y accéder par les airs sans avoir reçu une autorisation préalable, sous peine d'être désintégré en vol avant d'avoir pu sortir les patins pour se poser sur l'étroit spatioport flanquant le versant est. Restait donc l'entrée principale. Même en étant Space Marshal assermenté, Riss savait qu'il aurait du mal à pénétrer dans les lieux sans un motif valable. Il pourrait prétendre qu'il rendait visite à un détenu pour un interrogatoire par exemple, mais un minimum d'informations lui serait demandé. En habitué des lieux, Asulf Killer-Dog pouvait sans problème pénétrer dans l'enceinte de la ville. Sous certaines conditions, des éléments extérieurs étaient autorisés à faire du troc à condition de laisser les armes au dépôt près du portail. Et la double rangée de mitrailleuses suffisait à convaincre même le plus rebelle à l'autorité. Une fois dans la ville, il faudrait encore accéder à la prison, ce qui était loin d'être gagné. Comme pour faire écho aux pensées de Riss, Josh Davis laissa passer un petit sifflement entre ses dents, croisa les mains derrière sa tête et se renversa en arrière dans le fauteuil.

— Bon ! fit-il. Je ne sais pas si vous êtes d'accord, mais je crois que c'est cuit. Jamais nous ne pourrons entrer à l'intérieur de cet enfer de mécréants. Désolé pour ta dulcinée, Riss, mais tu vas devoir faire une croix dessus.

Riss restait rivé sur l'écran.

— Ton avis, Wallace ?

— Je ne dis pas que Davis a raison, mais quand même… ça me paraît foutrement difficile de pénétrer dans ce blockhaus.

— Et toi, Killer-Dog ?

— Je t'ai dit, grogna le lycanthrope : je peux y entrer, c'est là que je fais des échanges de têtes de Draks. On me laissera passer en ville sans mes armes. Ensuite, je devrai ressortir. Et je ne peux pas pousser les portes du pénitencier.

— Génial ! Autrement dit, je dois me débrouiller !

— C'est ta femme, Garrison, pas la mienne.

— *C'était*, corrigea le marshal.

Il se dirigea vers le poste de pilotage, activa la mise à feu des moteurs et brancha la radio.

— Spatioport de Jarhal, ici le Prosecutor, Space Marshal Garrison Riss. Demande autorisation de me poser afin de vérifier un moteur auxiliaire du vaisseau.

— Spatioport de Jarhal. Veuillez nous communiquer votre numéro d'identification s'il vous plait.

— Space Marshal Garrison Riss. Mon identifiant est le SM051013-GR-6873.

— Bien reçu. Veuillez attendre une seconde pendant la vérification de votre identifiant.

Garrison avait pris de l'altitude et survolait à présent la planète à quelques centaines de mètres de hauteur. Le robot-sonde avait réintégré le vaisseau. Il patienta quelques instants avant que la voix nasillarde ne reprenne dans le micro :

— Spatioport de Jarhal. Space Marshal Riss, votre numéro d'identification est correct. Veuillez décrire le contenu de votre cargaison et le nombre de passagers…

Riss n'hésita pas une seule seconde.

— Je ne transporte rien de particulier. Je n'ai qu'un homme d'équipage, mon navigateur et personne d'autre. Je vous rappelle que le Prosecutor est un vaisseau homologué et reconnu par le gouvernement de la République galactique.

— Bien reçu Space Marshal. Vous êtes autorisé à vous poser sur le spatioport.

Riss poussa les turbines et le vaisseau spatial bondit en direction de la cité-prison.

— Peaceful, Wallace, allez vous planquer et attendez mes instructions.

— Et moi ? demanda Asulf Killer-Dog.

— Tu es mon navigateur. Avec ta masse je n'ai aucun endroit pour te cacher. Fais-moi confiance, je sais ce que je fais. Prends les commandes !

Le lycanthrope s'exécuta, pendant que les deux autres membres d'équipage allaient se dissimuler dans les entrailles du Prosecutor. Riss accéda aux commandes des moteurs auxiliaires, se connecta sur le panneau, et déconnecta quelques relais. Aussitôt, une alarme retentit. Riss la coupa et revint au cockpit.

— Qu'est-ce que tu fais ? demanda Killer-Dog.

— Je justifie notre arrêt pour avarie moteur, répondit le marshal.

Il aligna le vaisseau sur l'axe de la plateforme d'atterrissage, en surplomb du fossé rempli de sables mouvants, baissa le régime et sortit les patins. Durant la manœuvre, une douzaine de gardes du pénitencier apparurent, ainsi que quelques robots androïdes lourdement armés. Killer-Dog et lui échangèrent un rapide regard. L'affaire était loin d'être aisée. Le Prosecutor se posa sans heurts, Riss coupa les moteurs et sortit du poste de pilotage.

— Ne bouge pas de là pour l'instant ! demanda-t-il au lycanthrope.

Les gardes s'étaient alignés devant le vaisseau spatial, et, s'ils ne se tenaient pas dans une attitude spécialement hostile, le marshal sentit qu'ils étaient cependant prêts à toute éventualité. Laissant les pans de son manteau ouverts pour bien montrer qu'il n'avait pas d'arme sur lui, il s'avança vers celui qui semblait commander.

— Space Marshal Garrison Riss, merci de m'avoir permis de me poser sur votre base.

— Capitaine Giraldo Carezza, commandant de la garde extérieure de Jarhal, répondit l'interpelé en saluant martialement. Votre réputation vous précède, marshal. Soyez le bienvenu.

Riss leva la tête en direction des remparts et fit la grimace.

— Certaines personnes détenues entre vos murs ne seraient pas forcément de votre avis, dit-il.

Carezza sourit.

— J'imagine ! Alors, dites-moi, quel est votre problème ?

— Je pense qu'il ne s'agit pas de grand-chose, répondit Riss. Je m'apprêtais à passer en hyperespace lorsqu'une alarme a retenti dans le vaisseau. A priori elle venait d'un des moteurs auxiliaires. J'ai préféré me poser pour vérifier l'origine de la panne.

— Mais vous vous étiez déjà posé sur Kho Ryu, remarqua le capitaine. Nos écrans-radars ont accroché votre vaisseau dans le secteur.

— Exact, fit Riss. Dans un premier temps, j'ai pensé que je pouvais procéder aux réparations sur un espace dégagé, mais c'était sans compter sur les Draks. Je n'avais plus trop le choix...

Garrison Riss se tut. Il savait qu'il jouait gros. Le capitaine l'observa un long moment, semblant vouloir démêler le vrai du faux. Il était éduqué dans la méfiance systématique de son prochain. Il finit par demander :

— Vous avez un copilote ?

— Oui. Un lycanthrope. Ces créatures sont des navigateurs hors pair, et les ennemis jurés des Draks. Ils les repèrent à des kilomètres.

— Je peux voir votre vaisseau ? demanda Carezza.

Riss s'y attendait depuis le début. Il inclina la tête, pivota sur lui-même pour inviter le capitaine à le suivre. Ce dernier choisit deux gardes, et les quatre hommes pénétrèrent dans le Prosecutor. Asulf Killer-Dog les attendait devant la salle des machines. Sa présence impressionnante provoquant un léger moment de repli de la part des gardes qui serrèrent nerveusement leurs armes.

— On se calme ! conseilla le capitaine.

Le lycanthrope avait laissé sa collection de têtes de Draks bien en évidence sur le côté. Carezza apprécia d'un signe de la main.

— Joli tableau de chasse !

— Ouais, grogna Killer-Dog. Et j'ai bien l'intention d'en tirer un bon prix.

Giraldo Carezza ne releva pas. Il demanda à faire le tour du vaisseau, scrutant chaque recoin pour s'assurer que le marshal ne dissimulait rien de prohibé dans la carlingue. La panne en elle-même l'indifférait totalement. À la fin de la visite, après avoir longuement observé les aérospeeders, il quitta le Prosecutor en compagnie de ses soldats.

— Je vous laisse réparer votre vaisseau. Prévenez-moi lorsque ce sera fini. Par contre, vous n'avez pas l'autorisation de quitter le périmètre.

— Même pour me rendre en ville ? Après la réparation bien sûr, s'empressa d'ajouter Riss.

Le regard du capitaine se fit déplaisant.

— Je ne vois pas ce que vous pourriez trouver d'intéressant à Jarhal. Il n'y a rien !

— Peut-être juste de quoi améliorer l'ordinaire des repas, rétorqua le marshal.

— En ce cas, prévenez les gardes. Vous n'avez pas accès avec une arme, même en tant que Space Marshal. Elles doivent nous être remises.

— Elles ne quitteront pas ce vaisseau, ni nous non plus, assura Riss.


Giraldo Carezza s'était éclipsé, mais les gardes et les androïdes demeuraient à peu de distance du vaisseau, épiant le moindre geste de son équipage. Une ou deux fois, Killer-Dog était sorti pour faire le tour du Prosecutor, et il n'avait pas manqué de remarquer le mouvement discret, mais net en direction de leurs armes.

— Ces types-là sont tarés ! grogna-t-il. Je ne sais pas comment tu veux t'y prendre, mais ça risque d'être compliqué.

Wallace et Peaceful étaient sortis de leur cachette derrière un panneau électrique – un endroit aménagé par Garrison pour y planquer des marchandises non autorisées par le gouvernement de la République Galactique, et indétectable pour un profane.

— Je crois qu'il est l'heure pour toi d'aller vendre tes têtes de Draks au marché de Jarhal, répondit le marshal. Voilà comment nous allons procéder : tu vas aller demander de l'aide à deux gardes, dire que tu as besoin de bras pour déplacer un panneau moteur, enfin ce que tu veux. Je pense que le capitaine va donner son feu vert. Quand ils vont revenir, Wallace et Josh, vous vous occupez d'eux. Vous les assommez et vous les ligotez. Ensuite, Wallace et moi passerons les combinaisons des gardes et accompagnerons Killer-Dog jusqu'au poste d'entrée. Pendant ce temps Josh, tu prépares le Prosecutor pour un décollage à l'arrache.

— Tu es encore plus taré que tous ces tarés, laissa tomber Killer-Dog, tandis que Peaceful levait les yeux au ciel en se signant.

— J'espère que Dieu accordera sa pitié à un mécréant comme toi !

— On y va !

Asulf se débarrassa de ses armes et sortit du vaisseau. Par le cockpit, Garrison le vit s'approcher tranquillement sans s'émouvoir des canons qui se redressaient dans sa direction, et parlementer deux minutes. L'un des gardes porta la main à son casque, sans doute pour en référer à son supérieur et demander l'autorisation d'intervenir. Une minute après, il se détacha du groupe, fit signe à un de ses collègues, et ils suivirent le lycanthrope.

— Tenez-vous prêts, ils arrivent ! prévint Riss.

— J'espère que Dog n'a pas choisi les plus gringalets !

Le loup-garou pénétra dans le navire par la porte latérale.

— J'espère que vous êtes costauds ! Cette plaque est trop lourde pour le marshal et moi.

— Nous avons des palans ! affirma le premier garde. Si nécessaire nous pourrons vous fournir le matériel !

— C'est surtout de main-d'œuvre dont nous avons besoin !

Asulf passa le premier virage du couloir. Les deux soldats suivaient. Ils n'eurent pas le temps de réaliser. D'un bond, Wallace accrocha le premier pour le ceinturer, Josh Davis faisant de même avec le second. Ils n'eurent même pas à finir leur geste. Pivotant à cent quatre-vingts degrés, Killer-Dog projeta ses deux poings en direction des casques des gardes. Il y eut un craquement sec et les deux soldats s'effondrèrent, inanimés.

— Tu n'y as pas été de main morte, le dog ! remarqua le lanceur de couteau. Un peu plus, et tu m'assommais aussi.

— Je ne supporte pas les uniformes, gronda le lycanthrope. C'est plus fort que moi, il faut que je m'en débarrasse !

Garrison achevait de se déshabiller. Il revêtit la combinaison du premier garde, laissant la seconde à Wallace. Par chance, les soldats étaient à peu près du même gabarit. Riss rabattit son casque, et aida Peaceful à achever de ligoter leurs victimes. Il s'était à peine écoulé deux minutes.

— On va attendre encore un peu, ordonna Riss.

Lorsqu'il jugea le moment opportun, alors que les androïdes et les gardes extérieurs se rapprochaient du Prosecutor, Killer-Dog sortit, accompagné des deux hommes déguisés. Le loup portait ses trophées de chasse ostensiblement sur son épaule.

— C'est réparé, dit-il. Merci les gars. Maintenant, je vais aller vendre ça en ville.

— C'est bon, ajouta Garrison sous l'uniforme. Nous avons vérifié, il n'est pas armé.

Ils s'engagèrent par le SAS, traversèrent le hall de sécurité sous l'œil des caméras de surveillance et des mitrailleuses prêtes à faire feu, et se retrouvèrent de l'autre côté du mur d'enceinte. Jarhal City étendait juste devant eux ses quelques rues bétonnées et ses bâtiments austères. Sur le côté, imposant, le pénitencier la dominait de toute la hauteur de ses murs blindés.

— On entre comment ? demanda Wallace.

— Il y a un accès au poste de surveillance de ce côté-ci, fit Riss en indiquant sa droite. C'est par là qu'arrivent les détenus, qu'ils viennent de l'astroport ou du chemin extérieur. Ainsi, ils évitent le contact avec les habitants de la ville. J'ai moi-même conduit quelques gibiers de potence ici par le passé.

— Moi aussi, confirma Killer-Dog, mais plus souvent morts que vifs.

— Ça doit être ta douceur légendaire, siffla Wallace.

Les trois hommes s'avancèrent vers le poste. L'endroit ne manquait pas de militaires, mais l'essentiel était confiné dans l'enceinte de la prison, et ceux qu'ils croisèrent ne prêtèrent pas attention à eux.

— Attention, ça va se compliquer, glissa Riss.

Il pénétra dans le poste de surveillance, un espace dégagé, occupé en son centre par une sorte de grande console vitrée derrière laquelle officiaient là encore des gardes. Garrison fit mine de ne pas prêter attention à eux, se glissa par la porte coulissante, rejoint aussitôt par Wallace. Killer-Dog s'approcha d'eux en montrant les têtes de Draks.

— Un petit souvenir, ça vous dirait ? Elles sont fraiches, ces têtes !

— Va vendre ta camelote ailleurs ! jeta un des gardes. Tu n'as rien à faire ici !

— Eh, connard ! Je te signale que je suis payé pour dégommer ces saletés pendant que tu te tannes le cul sur ta chaise. Alors un peu de respect ! Je pourrais te découper le lard avant même que tu réalises ce qu'il t'arrive !

— Tu n'as pas d'arme, alors que j'en ai une, et tu es tout seul ! Qui c'est le connard ? T'es bien un lycanthrope !

Il prit les autres gardes à témoin, et tous se mirent à rire en se rapprochant de leur collègue.

— J'ai survécu aux griffes et à la salive des Draks, petit ! Tu es prêt à en faire autant ? SI tu veux, je te donne une dent de Drak, elle est encore enduite de son venin !

Comme pour prouver qu'il ne mentait pas, Killer-Dog tira de sa poche un croc de plusieurs centimètres de long et le tendit en direction du soldat. L'autre recula en portant la main à son arme.

— Tu n'as pas à avoir ça sur toi, ça peut être considéré comme une arme !

— Bien sûr, fit Asulf en clignant de l'œil. Je parie que ta belle-mère apprécierait !

Les soldats éclatèrent de rire. Le garde relâcha la tension de sa main.

— Idiot ! se contenta-t-il de dire, mais cette fois avec humour.

C'était le moment. Riss se glissa dans le bureau vide derrière lui, laissant Wallace faire le guet, et chercha l'accès au plan de la prison. Un ordinateur centralisait les données des cellules. Un instant, Garrison craignit qu'il y ait un code de verrouillage, mais les responsables du pénitencier étaient tellement sûrs de leur système de sécurité et de surveillance qu'ils n'avaient pas poussé les choses plus loin. Le marshal fit courir ses doigts sur l'écran tactile, parcourant l'arborescence de Jarhal.

— Grouille ! lança Wallace. Je doute que notre loup-garou les amuse encore longtemps !

— Si tu crois que c'est facile ! bougonna Riss.

Son doigt tomba enfin sur le nom qu'il cherchait. « SMITH, L. – bloc 1209 – secteur 02 ». Ses mains devinrent instantanément moites, et son cœur se mit à battre la chamade. Il sortit du bureau et fit signe au lanceur de couteaux.

— C'est bon, j'ai trouvé ! On y va !

Ils s'enfoncèrent dans le cœur du pénitencier. Un poste de garde était présent à quasiment chaque étage, et une multitude de caméras, fixes et mobiles, quadrillait les lieux, empêchant quiconque d'étranger à la prison de se dissimuler, voire simplement de passer inaperçu. Les deux mercenaires commençaient à avoir chaud sous leur casque. À plusieurs reprises, ils croisèrent des groupes de soldats, et ils ralentissaient l'allure à chaque fois, prêts à tirer leur arme du fourreau. Au moins, les gardiens de prison pouvaient porter leur blaster à la ceinture sans être inquiétés.

Il leur fallut marcher pendant près d'une demi-heure à travers le bâtiment, leurs pas résonnant sur le sol de métal, enchainant les couloirs et les escaliers d'un gris terne. Riss sentait la tension monter, mais il ne savait pas si c'était uniquement lié à la présence de son ex-femme ou s'il s'inquiétait également du temps passé loin du Prosecutor. Il espéra que Killer-Dog avait bien quitté le bâtiment pour vendre ses têtes, et s'en était retourné au vaisseau. Enfin, au détour d'un énième couloir, une large porte triangulaire se découpa, surmontée d'un panneau marqué de lettres et de chiffres en rouge : « BLOC 1209 ». Ils y étaient...

## 9

Dans ses souvenirs, Garrison Riss se rappelait les explications données par le responsable du pénitencier de Jarhal. Chaque bloc était indépendant, séparé de son voisin par un vide à pression négative et un maillage magnétique où circulait un courant à très haute tension. Qu'il prenne l'envie à un détenu de pratiquer une brèche dans sa cellule, et il était aussitôt aspiré à l'extérieur par le jeu des pressions, haché par la grille magnétique et brulé par le courant. La seule issue demeurait cette porte triangulaire coulissante, qui ne s'ouvrait qu'avec système de caméra et code. De l'autre côté, dans un caisson vitré, un garde surveillait en permanence les détenus du bloc. Les cellules se situaient toutes sur le côté droit, le long d'un étroit couloir qui paraissait ne jamais finir. Là encore, aucune communication n'était possible. Les concepteurs du pénitencier avaient fait preuve d'efficacité... jusqu'à un certain point.

Garrison Riss se présenta à la porte et appuya sur le bouton d'ouverture. Le visage du garde apparut sur l'écran de contrôle. Même dans sa bulle, il portait le casque réglementaire.

— Message urgent de la part du capitaine Carezza ! annonça le marshal.

— Ne bougez pas, je vous ouvre !

La porte s'escamota dans la paroi. Riss et Wallace pénétrèrent dans le bloc 1209. Par rapport à ceux des couloirs, les murs paraissaient brillants, comme lustrés. Le garde se leva de sa chaise, déverrouilla son abri, et fit signe à ses collègues de s'approcher.

— Un message du capitaine Carezza ? répéta-t-il. Je n'ai pas été prévenu. Il est responsable de la garde extérieure en plus. Que veut-il ?

— Vous avez une détenue qui pose problème, fit Riss. La dénommée Smith. Le capitaine Carezza vient de déjouer une tentative d'intrusion dans le pénitencier, et il nous envoie lui poser quelques questions. Les personnes arrêtées la connaissaient.

— Qu'est-ce que c'est que ce bordel ? Je n'ai eu aucune information ! Il y aurait dû y avoir un code rouge normalement !

— Je ne discute pas les ordres, répondit Riss.

— Et vous n'êtes pas accompagné d'un officier ! Ça ne va pas du tout ! J'appelle le poste central ! Faudrait pas que le capitaine se croie tout permis !

Il se pencha sur l'interphone pour passer sa communication. Wallace se glissa derrière lui.

— OK ça suffit maintenant ! dit-il.

Attrapant le garde par le cou, il le tira en arrière pour le déséquilibrer, glissa ses mains sous le casque pour comprimer ses carotides. L'homme tenta de se débattre, mais la prise était bonne. Il s'effondra sur le sol et ne bougea plus.

— Dessape-le vite ! ordonna Garrison.

Sous son uniforme, le soldat portait une combinaison à thermorégulation lui permettant de supporter son harnachement toute la journée. Wallace dégrafa sa veste, en retira un poignard, et taillada le tissu pour faire des bandelettes. Il s'interrompit une seconde en voyant le regard de Riss.

— Quoi ? fit-il. Je ne peux pas sortir sans un de mes couteaux !

Il acheva de couper suffisamment de bandes de tissus afin de ligoter le garde inconscient, sectionna quelques fils électriques sous la console de commande pour parachever ses liens.

— Va libérer ta femme !

Le Space Marshal faillit lui faire remarquer que Lucy n'était plus son épouse, mais Wallace s'était détourné. Il emprunta le couloir, cherchant à repérer les numéros au-dessus des cellules. Le nom de son ex-femme lui sauta au visage. Lucy Smith, alias Lethal Girl, alias Fatal Bride... des surnoms qu'elle avait portés bien avant leur rencontre. Il s'aperçut qu'il tremblait, lui que la peur n'atteignait jamais, serra les mâchoires, et ouvrit la porte.

Allongée au milieu de la pièce, un rectangle de quatre mètres sur trois, vêtue d'une combinaison orange de détenu, Lucy Smith achevait une série de pompes à une cadence infernale. Elle ralentit à peine en entendant la porte s'ouvrir, termina sa série, se releva tranquillement. Riss reçut un choc en peine poitrine. Il ne l'avait pas vue depuis des années, et c'était comme si le temps n'avait pas eu d'emprise sur elle. Ses cheveux tirant sur le brun-roux étaient à peine plus courts qu'à l'époque, retenus en queue-de-cheval par une simple attache. Elle avait toujours ce visage aux pommettes hautes, ces yeux de chat d'un vert presque insoutenable. Déjà musclée à l'époque, elle avait gagné en masse à force d'exercices quotidiens. Visiblement, elle aimait toujours autant les tatouages, et Garrison put apercevoir au niveau de son cou ce qu'il identifia comme étant la queue du serpent-dragon à trois têtes de Berylon. Seuls, ceux qui avaient pu vaincre une de ces terribles créatures avaient le droit de porter ce tatouage. Le regard de Riss glissa sur la poitrine de son ex-compagne, qu'il devina à travers l'échancrure de son maillot un peu trop moulant. Il sentit qu'il allait perdre ses moyens.

Lucy n'avait pas prononcé la moindre parole, reprenant tranquillement son souffle tout en dévisageant le garde face à elle. Elle ne se demandait pas pourquoi ce type restait immobile, elle en avait vu passer quelques-uns dans sa cellule depuis son emprisonnement six ans plus tôt. La plupart cherchaient la même chose... sauf qu'une fois devant elle, ils perdaient tous leurs moyens. Coucher avec un détenu pouvait couter très cher, ils évitaient donc que ça se sache, et son surnom en échaudait plus d'un. Elle remarqua alors la combinaison que le garde portait sous le bras et ricana :

— On ne me l'avait jamais faite, celle-là ! Le fantasme de l'uniforme ? Tu peux toujours te brosser pour que j'enfile cette merde, mon gaillard ! Maintenant si tu n'as rien d'autre à foutre, j'aimerais me changer !

— Lucy, murmura Garrison.

Lucy fronça les sourcils. Même déformée par le casque, la voix lui rappela quelque chose. Les intonations peut-être. Pour la première fois, elle se sentit hésiter.

— On se connaît ? finit-elle par lâcher, ayant du mal à croire qu'elle prononçait ces paroles.

Garrison Riss détacha son casque et le retira. Il put enfin fixer celle qui avait partagé ses nuits et sa vie pendant plusieurs années. Lucy ouvrit la bouche de surprise, pâlit, murmura « c'est pas vrai… Gar' ? ». Et soudain, elle frappa son poing droit dans sa main gauche comme pour se secouer.

— Par les couilles de Satan et la bite du gouverneur ! s'exclama-t-elle. Garrison Riss ! Mais qu'est-ce que tu viens foutre ici ? Tu es bien la dernière personne que je m'attendais à voir débarquer !

147

— Moi aussi je suis content de te voir, Lucy.

— Putain, j'y crois pas ! Ils t'ont laissé entrer comme ça, sans rien dire ? Qu'est-ce que tu fous en combinaison de garde de pénitencier ?

Le marshal lança le deuxième uniforme sur le lit à côté d'elle.

— Je suis venu te proposer un marché. Je recrute quelques personnes pour une mission à haut risque. Si tu es d'accord, je t'emmène.

— Tu cherches des types avec des couilles et tu viens me chercher, hein ? Tu oublies que je suis enfermée à Jarhal pour perpet'.

— C'est pour ça que j'ai pris une combinaison de gardien pour toi. Si tu marches, tu t'évades. Mais ne réfléchis pas trop, le capitaine Carezza n'a pas l'air spécialement tendre.

Lucy Smith se fit soupçonneuse.

— Tu serais prêt à risquer ta plaque pour me libérer ? Ça paraît louche ce truc. C'est quoi, ton marché ?

— Tu as entendu parler d'Artus 4 ? La petite planète minière ? Ses habitants sont sous la menace de Carson Landers, qui veut les déposséder de leurs biens. L'idée est de les défendre coûte que coûte.

— Tu mets en jeu ta vie et ta carrière pour une poignée de bouseux que tu ne connais pas, au risque de finir en taule, ou mort ? Merde ! Et c'est moi qu'on envoie au frais !

148

— Tu marches ou pas ? Je suis un peu pressé là. Si tu ne te décides pas, je referme cette porte. Tu es jeune Lucy, tu es encore magnifique. Mais dans vingt ans, qu'est-ce que ce sera ? Quand ta peau va se flétrir, que tes muscles vont s'atrophier, que tu ne pourras plus te déplacer... Tu auras perdu ta vie dans un rectangle de douze mètres carrés, sans plus jamais voir le soleil ou respirer l'air du dehors.

Lethal Girl frissonna.

— Qu'est-ce que j'y gagne en fin de compte ? demanda-t-elle d'une voix rauque.

— Du Takhium et du Mandrinium. Et aussi la liberté de faire ce que tu veux par la suite. Aller te faire oublier à l'autre bout de la galaxie.

— Et si je cherche à filer ?

— Je ferai tout pour te ramener ici, quitte à passer le reste de mon existence à te courir après.

Les deux ex-conjoints se toisèrent un moment, puis Lucy fut la première à céder. Elle commença à retirer sa combinaison de prisonnière, puis son maillot, dénudant sa peau moite de transpiration. Garrison constata qu'il ne s'était pas trompé : le serpent-dragon de Berylon descendait sur son épaule, et venait ouvrir la gueule juste sur son sein gauche, la pointe de sa langue venant effleurer le téton. Riss toussa, gêné, détourna le regard.

— Je t'attends dehors.

— Attends, Gar', ne joue pas les timides. Tu m'as vue presque plus souvent à poil qu'habillée.

Elle lui fit face, sa poitrine magnifique tendue vers lui, son pubis d'un brun-roux presque agressif.

— Je t'effraie ?

— Dépêche-toi ! grogna-t-il en regagnant le couloir.


Le garde n'avait pas repris connaissance. Avec l'aide de Wallace, Garrison le balança dans la cellule de Lucy, puis tous les trois sortirent du bloc 1209.

— Bousille-moi ça ! demanda Riss au lanceur de couteaux.

Wallace s'exécuta, glissa sa lame dans le contacteur, provoquant un court-circuit.

— Le temps qu'ils réalisent et qu'ils parviennent à ouvrir la porte, avec un peu de chance on sera loin. Grouillons !

— Facile à dire pour toi ! râla Lucy. Je ne sais pas à quoi se parfumait ce type, mais sa combinaison pue comme ce n'est pas permis ! Je n'ai qu'une envie c'est de me débarrasser du casque. En plus tu ne m'as pas laissé prendre une douche.

— Tu pourras en prendre une au vaisseau. Le Prosecutor en est équipé si tu as bonne mémoire.

— Je vois que tu as toujours ton tas de tôle…

— Dites, intervint Wallace. Ce n'est pas que votre discussion m'ennuie, mais il faudrait peut-être presser le pas si on veut échapper à Carezza et ses sbires ! Et des trois, je suis le plus à plaindre : aucun garde n'a ma taille. Je suis engoncé dans cette tenue j'arrive à peine à respirer !

— A-t-on idée d'être aussi grand, remarqua Garrison.

— Tu ne m'as pas présenté ton ami en plus, ajouta Lucy.

— Lucy, Wallace, Wallace, Lucy... les présentations sont faites, on trace !

— Toujours aussi aimable, Gar'. Je comprends pourquoi je suis partie... Enchantée Wallace, moi je suis Lucy.

— De même.

— J'ai entendu parler d'un certain Wallace, un lanceur de couteaux hors pair...

— C'est moi.

— Charmant. Dis-moi, Gar', qui d'autre est avec toi dans cette aventure ?

— Asulf Killer-Dog et Josh Davis nous attendent dans le vaisseau, et nous avons Lee sur place.

— Non ? Ne me dis pas que tu es allé chercher cette brute de lycanthrope, et le pacificateur en personne ?

— J'ai confiance en eux. Ils ne me laisseront pas tomber. Maintenant, la ferme !

Chaque minute qui s'écoulait angoissait le marshal. Il suffisait que Giraldo Carezza se décide à aller faire un tour dans le vaisseau, pour qu'il découvre Davis aux commandes. Il se demanderait alors où était passé Garrison, et le retour dans le Prosecutor deviendrait très compliqué. Il espérait également que le lycanthrope avait pu retourner à bord sans encombre. Il leur était impossible de courir en raison des caméras. « Le garde doit être réveillé ! songea-t-il. Heureusement que nous l'avons ligoté et mis dans la cellule de Lucy ! » À la dérobée, il observa son ex-compagne. Elle suivait le mouvement, adoptant cette démarche caractéristique des soldats en tenue, dans un mimétisme parfait, et il en éprouva presque de la jalousie. Des trois, c'était elle qui avait le plus l'allure d'un garde de pénitencier. Wallace ne pouvait complètement cacher que sa tenue était trop courte, quant à Garrison, sa grande nervosité, chose qu'il savait contrôler habituellement, risquait de le faire passer pour suspect.

— Attention devant ! prévint le lanceur de couteaux.

Trois soldats venaient dans leur direction. Ils trainaient entre eux un type démesurément grand et maigre, la peau violacée et les yeux sans paupières exorbités. Garrison avait déjà vu ce genre de spécimens dans certains coins reculés de la galaxie. Il s'agissait de pilleurs sanguinaires, qui avaient pour coutume de dépouiller leurs victimes et de les saigner à mort pour boire leur sang. Le premier garde fit signe à Wallace qui s'avançait en tête :

— Toi ! Accompagne-nous jusqu'au bloc 1427, on a ce *Megchiros* à enfermer ! Ce salopard se contorsionne tellement qu'il va finir par nous échapper.

Un *Megchiros*. Un vampire. Riss connaissait leur extraordinaire capacité à déformer leur corps pour déséquilibrer leur adversaire, les ceinturer et les faire tomber. Effectivement, ils n'étaient pas trop de trois. Il vit Wallace hésiter, s'interposa entre eux :

— Désolé sergent, mais nous devons rejoindre l'aire d'appontement immédiatement. Le capitaine Carezza nous en a donné l'ordre.

— Ça peut bien attendre une minute ! Nous avons ce type dangereux à trainer ! Et puis, si vous êtes avec Carezza, qu'est-ce que vous foutez dans les couloirs ? Ce n'est pas clair ça !

Il sortit son transmetteur. S'il appelait le capitaine, ou l'un de ses supérieurs, il aurait la confirmation qu'aucun gardien de la zone spatio-portuaire n'avait été envoyé en mission dans les couloirs de la prison. Il fallait prendre une décision. Riss ne pouvait pas envoyer Wallace avec les autres soldats, sinon il risquait de compromettre son retour. Il posa la main sur le bras du garde.

— Attendez, on doit pouvoir s'arranger...

Il n'eut pas le temps d'ajouter quoi que ce soit. Tirant son blaster, Lucy Smith fit feu en direction du *Megchiros*, lui arrachant la moitié de la tête. Le sang visqueux et froid de la créature recouvrit les murs et les combinaisons des trois gardes, empuantissant l'atmosphère d'une odeur de chair avariée.

— Merde ! hurla le soldat au transmetteur. Qu'est-ce que tu as foutu ?

— Pendant que tu faisais le malin, ton prisonnier allait piquer l'arme de ton collègue, répliqua Lucy. Si je n'étais pas intervenue, vous étiez faits tous les trois. Tu n'as plus aucun souci à te faire, juste à nettoyer toute cette cochonnerie.

Au contact de l'air, le sang du *Megchiros* coagulait rapidement, se transformant en une gelée collante dont il devenait difficile de se débarrasser. Les soldats secouaient bras et jambes pour en retirer le maximum. Riss et ses deux compagnons en profitèrent pour esquisser quelques pas de fuite.

— Restez là ! Je n'en ai pas fini avec vous ! Votre capitaine va entendre parler de moi, je peux vous le dire !

Lucy s'avança vers le soldat. Il voulut la bloquer d'un geste.

— Quant à toi l'excité de la gâchette, je vais te faire passer l'envie de tirer sur tout ce qui bouge !

— Tu fais chier ! lui lança-t-elle. Maintenant, ça suffit !

De près, la voix retrouvait ses intonations féminines masquées par le micro du casque. Le soldat sursauta :

— Mais tu es…

— Une femme oui ! Ça te pose un problème ?

Joignant le geste à la parole, elle l'empoigna, lui portant un coup dans les parties intimes. Le garde s'effondra en gémissant. Elle se rua sur les deux autres, faucha le premier avec la jambe, portant quasiment en même temps ses deux poings au niveau de l'abdomen du second. Elle les acheva chacun d'un coup de coude suivi d'un uppercut, et se redressa, satisfaite.

— Ah ! Six ans que j'attendais ça ! s'écria-t-elle, ravie.

— Il n'y a plus qu'à piquer un sprint ! conclut Wallace en se mettant à courir.

Ils atteignirent enfin l'extrémité du pénitencier et se retrouvèrent dans le couloir juste derrière le sas. Killer-Dog avait disparu depuis longtemps. S'efforçant de rester calmes, Riss et ses deux compagnons traversèrent le sas, saluant les militaires préposés aux entrées d'un geste de la main. Encore quelques mètres et ils atteindraient le spatioport. Garrison Riss franchit la porte extérieure, se retrouva sur le pont d'embarquement. Les soldats du capitaine Carezza n'avaient pas bougé de leur poste, se contentant de surveiller le Prosecutor. Le marshal coupa le ponton en diagonale, marcha en direction du vaisseau, main sur le pistolet. Le voyant passer, un des gardes l'interpela, et il fit la sourde oreille. Il aperçut le mufle d'Asulf à travers le cockpit, porta son index et son majeur à son casque en une sorte de salut qui était avant tout un signe de reconnaissance. Les moteurs du Prosecutor se mirent à tourner, déconcertant la troupe de Carezza. L'homme qui venait d'interpeler Riss se précipita en levant les deux mains.

— Attendez ! Vous n'avez pas le droit !

— Je m'en occupe ! fit le marshal.

Il pénétra dans le vaisseau, se débarrassa de la combinaison avec un soupir de soulagement et entra dans la cabine de pilotage. Asulf et Josh l'attendaient.

— Tu l'as ? demanda Peaceful, qui s'interrompit en voyant arriver Lucy, tête nue, mais encore vêtue de l'uniforme.

— Prépare ton fusil, j'ai besoin de toi !

Garrison regagna le ponton d'embarquement. Les soldats se rapprochèrent, et l'un d'entre eux appela son supérieur en vociférant dans le transmetteur. Riss tenta de se faire rassurant :

— C'est juste un essai de moteur !

Giraldo Carezza surgit à cet instant, arme au poing, courant en direction du Prosecutor. Sur un geste, l'ensemble de ses hommes se précipita derrière lui.

— Ne bougez pas ! hurla-t-il.

— Qu'est-ce qui vous prend, capitaine ? Je vous ai demandé l'autorisation de venir réparer mon vaisseau sur votre plateforme, vous me l'avez accordée, et maintenant que tout est réparé vous m'interdisez le décollage ? Je ne comprends pas…

— Je veux revoir tout l'intérieur de ce vaisseau. Il y a quelque chose de louche, j'en suis sûr.

Il s'avança. Riss lui bloqua le passage.

— Je suis désolé capitaine, mais vous n'irez pas plus loin. Le Prosecutor est aux ordres du Gouverneur de la République Galactique, et à ce titre je n'ai à répondre que devant lui. Aussi, je ne vous autorise pas à pénétrer dans le Prosecutor. J'ai fait preuve de patience la première fois, vous avez visité l'intérieur alors que rien ne m'y obligeait. Vous avez constaté la panne. Désormais, celle-ci est réparée, je vais donc quitter Jarhal.

— Je vous l'interdis ! glapit Carezza en pointant son arme sur Riss.

— Capitaine, dois-je vous rappeler que porter atteinte à l'intégrité physique d'un Space Marshal est un délit de niveau cinq, automatiquement puni de la peine de mort ? Ne jouez pas à ce petit jeu avec moi. Rentrez dans votre pénitencier et laissez-moi partir.

Le gradé hésita une seconde. Un de ses soldats crut bon d'intervenir :

— Capitaine, trois de nos gars sont entrés dans le bâtiment et aucun n'est ressorti !

« Merde ! » jura Garrison intérieurement. Le visage de Carezza changea, ses doigts se crispèrent sur la détente du blaster. Venant du pénitencier, une sirène d'alarme retentit, ébranlant le silence. On venait à l'évidence de retrouver les victimes de Lucy.

— Espèce de salopard ! clama Carezza. Je le savais !

Garrison saisit le canon du blaster et le tira violemment vers lui. Déséquilibré, le capitaine trébucha, juste assez pour que le marshal lui arrache l'arme des mains et lui pointe sur le cou.

— Reculez tous ! Immédiatement !

Les soldats refluèrent, suivis par Riss et son prisonnier.

— Josh ! Tiens-toi prêt !

— Vous le paierez cher ! promit Carezza d'une voix haineuse.

Les gardes passèrent le portail. D'un coup de pied au derrière, Riss envoya valdinguer le gradé qui s'écroula au milieu de sa troupe.

— Maintenant ! hurla le marshal.

La seconde suivante, le bruit du fusil haute précision de Peaceful déchira l'air, son projectile percutant le panneau de commande de la porte qui s'abaissa, condamnant l'accès à l'extérieur. Wallace finissait de poser les corps des deux gardes sur le tarmac.

— Mets les gaz, Dog ! hurla Garrison en bondissant par la trappe d'accès. On décolle !

Quelques instants plus tard, échappant de peu au tir des canons de protection du pénitencier, le Prosecutor s'arrachait à l'atmosphère de Kho Ryu pour gagner l'hyperespace.

## 10

Lee achevait de faire une réussite avec son jeu de cartes fétiche lorsqu'on frappa à sa porte. Il déplaça sa main droite pour mettre le pistolet à sa portée.

— Entrez ! fit-il.

La porte s'ouvrit sur une jeune femme souriante, portant un plateau-repas qu'elle vint poser sur la petite table juste devant la fenêtre.

— Merci Tamara, ajouta Lee.

Depuis qu'il était arrivé sur Artus 4, il avait établi son logement dans le seul hôtel de la ville, choisissant sa chambre avec soin. La fenêtre principale donnait pile sur le sas d'embarquement et sur l'artère principale de la ville, ce qui lui permettait de surveiller les allées et venues sans risquer d'être dérangé. Il avait commencé par prendre ses repas en salle, espérant pouvoir disputer quelques parties de cartes, mais il avait vite plumé les quelques téméraires qui s'y étaient risqués, et désormais plus personne ne voulait jouer contre lui, ou alors sans enjeu. Ce qui ôtait tout le plaisir. Finalement, il préférait manger dans sa chambre, ce qui lui permettait d'être servi par la délicieuse Tamara, la fille du patron de l'hôtel, vingt ans à peine et jolie comme un cœur. Il profitait de ces quelques instants privilégiés pour lui faire la cour en glissant ça et là quelques sous-entendus, ce qui la faisait rougir, la pauvre n'étant absolument pas habituée à ce genre d'approche. Si Lee l'aurait volontiers mise dans son lit, et sans doute y serait-il parvenu à force de persuasion, un sentiment profond l'empêchait de commettre ce qu'il considérait comme irréparable. Il éprouvait malgré lui de l'admiration pour toutes ces personnes qui passaient leur vie à travailler durement, pour assurer un avenir à leurs enfants. Lee n'avait jamais travaillé de sa courte existence, préférant se remplir les poches en tapant le carton à longueur de journée, et parfois en jouant les marshals adjoints. Il était aussi doué au tir qu'aux cartes, mais cette dernière activité restait sa préférée. En côtoyant de près les habitants d'Artus 4, il en venait à se demander si lui aussi pourrait prétendre un jour à avoir ce genre de vie. Une femme. Des enfants. Cela lui semblait tellement abstrait.

Il réalisa que Tamara attendait debout devant la table. Il l'invita d'un sourire à lui annoncer le menu du jour, sans réellement y prêter attention. Il battait toujours son jeu.

— Tamara, dit-il, prenez une carte.

— Je ne sais pas si je peux, monsieur Lee, fit-elle gravement. Mon père me dit que les jeux sont un passe-temps de voyous... Je m'excuse, je ne voulais pas dire ça pour vous ! ajouta-t-elle précipitamment.

— Pas de problème ! Et votre père a raison, d'une certaine manière. Je ne sais rien faire d'autre, cela fait sans doute de moi un voyou... mais là, je voudrais juste vous faire un petit tour de cartes. Êtes-vous d'accord ?

Elle piqua un fard, mais parut excitée à cette idée.

— Je dois faire quoi ?

Lee ouvrit le jeu en éventail devant elle, face vers le bas.

— Pensez à quelque chose d'agréable, d'important pour vous, et tirez une carte sans me la montrer.

La jeune fille se mordilla les lèvres, parut réfléchir intensément, puis se décida soudain et en prit une.

— Regardez-là attentivement, mémorisez-là bien et remettez-la dans le paquet.

Elle obéit, et il se mit à les battre rapidement, les faisant voler d'une main à l'autre sous ses yeux ébahis. Il coupa le jeu en deux, le posa devant lui et regarda Tamara.

— Bien, dit-il. Voyons si je peux deviner votre carte...

Il prit le premier tas sur sa droite et l'étala lentement. Une était à l'envers. Lee la tira doucement pour la poser devant Tamara.

— Le sept de pique, n'est-ce pas ?

Elle pouffa.

— Perdu ! Ça ne marche pas votre truc !

Elle allait se lever, se retenant de rire devant l'expression mi-fâchée, mi-triste du joueur, lorsqu'il la retint d'un geste. Sa main effleura la sienne et elle frissonna.

— Attendez ! Je sais pourquoi ! La bonne est dans l'autre tas, celui de gauche. Et vous savez pourquoi je ne l'ai pas trouvée tout de suite, Tamara ? Parce que votre esprit est perturbé...

Il écarta le deuxième paquet. Une autre carte était à l'envers, cette fois le neuf de trèfle, et Tamara laissa échapper un hoquet de surprise.

— Comment vous avez fait ? demanda-t-elle.

— Quelqu'un m'a aidé, répondit-il sérieusement. Cette carte... (Il retourna celle qui était juste devant le neuf et la lui présenta) Le valet de cœur.

— Je ne comprends pas !

— Votre valet de cœur, Tamara, l'homme qui occupe vos pensées. Je le vois, je le sens tout proche !

La jeune fille devint cramoisie et quitta la chambre presque en courant.

— Je dois y aller ! balbutia-t-elle.

Lee laissa retomber le jeu sur la table et se mit à rire doucement. Ça fonctionnait à tous les coups. Il suffisait de quelques cartes truquées, de beaucoup de dextérité et d'un tour de passe-passe, et ça marchait.

Essentiellement avec les femmes, Lee n'ayant jamais cherché à déballer le tour devant un type. Après tout, ce n'était qu'un petit jeu innocent. Il huma les aliments avec envie, s'empara de la fourchette et commença à faire honneur aux plats.

Tout en mastiquant, Lee avait sorti le plan de la ville et des environs afin de réfléchir aux meilleurs endroits pour bloquer Landers et les Zoxxiens. La première chose à faire serait de contrôler le spatioport, l'endroit actuellement occupé par ces saletés de têtes de tentacules. Comme il l'avait déjà signalé au marshal Garrison Riss, Artus Town en elle-même ne présentait pas de danger particulier, à moins que Landers ne se décide à tout raser pour reconstruire par la suite. Mais il préférerait sans doute avoir recours à cette solution en toute dernière extrémité. C'était néanmoins un critère à garder en tête. Si le spatioport était bloqué, en tout cas, l'accès à la ville – parce qu'à moins de posséder un canon à protons assez gros pour endommager les vaisseaux cherchant à se poser, on ne pourrait pas empêcher Carson d'atterrir – les poulpards pouvaient essayer de passer par la mine à ciel ouvert, par le sommet du plateau rocheux, et éventuellement par l'autre côté en investissant le deuxième sas d'accès. Ces trois points devaient également être contrôlés. Ce qui imposait d'aider les Artusiens à s'armer pour participer à la défense d'Artus Town. Lee prit cette fois la liste des habitants que lui avait donnée un des adjoints du maire. Underwood n'était plus en odeur de sainteté depuis les graves blessures de Taylor McBride, beaucoup lui reprochaient de ne pas avoir suffisamment pris la défense de ses administrés. Aurait-il pu faire quelque chose face à Landers et ses créatures ? Lee en doutait. Mais le profil du maire ne lui plaisait pas : il était trop sournois. D'après Jarred, le commerçant chez qui s'était tenue la réunion, on pouvait compter sur les trois-quarts des habitants, ce qui voulait dire une centaine à peine. C'était peu face à une armada de poulpards déchainés et entrainés.

La rencontre avec les autochtones s'était finalement déroulée sans heurts, après avoir mal débuté. Les opposants à Landers avaient vu arriver le joueur de cartes d'un sale œil, persuadés qu'il s'agissait d'un espion à la solde du milliardaire. Il avait fallu toute la force de persuasion du jeune Jack McBride pour leur faire entendre raison. Le gamin avait pris une assurance qu'ils ne soupçonnaient pas, et certains avaient du mal à admettre que lui seul ait pu avoir le courage de filer jusqu'à Jezzarryyk pour trouver de l'aide. Lee aussi devait avouer qu'il était épaté. Il avait tenu tête à sa mère lorsqu'il avait rejoint ses parents, mère qui, passé l'instant de joie de retrouver son fils sain et sauf, n'avait eu de cesse de lui faire des reproches et de le menacer de punition.

Elle avait également pris Lee en grippe, lui reprochant d'avoir monté la tête du garçon.

— Ce ne sont pas des fréquentations pour toi, Jack ! lança-t-elle. Ces gens sont des tueurs, des meurtriers ! Ils n'ont qu'une loi, celle de leur blaster.

— Mais enfin, regarde ce qu'ils ont fait à papa ! finit par hurler le gamin, exaspéré. Tu crois que Landers et ses poulpards sont des enfants de chœur ? Il nous fera tous tuer !

Lynette McBride avait éclaté en sanglots. Taylor était incapable de répondre. Le visage creux et gris, le regard un peu fou, il passait son temps à contempler ses deux moignons, comme si ce simple geste pouvait lui permettre de retrouver ses mains. Lee lui trouvait une très mauvaise mine, et redoutait un peu l'issue fatale. Jack avait quitté sa mère en lui affirmant qu'il savait ce qu'il faisait, et il avait entrainé Lee dans l'arrière-boutique de chez Jarred.

— Ici, nous n'avons pas d'armes, monsieur, insista le révérend Blacklock. Nous n'avons que notre foi et nos mains.

— Quand bien même nous en aurions, je ne sais pas si l'un d'entre nous serait capable de s'en servir, ajouta Caleb Hanlon, le propriétaire de l'hôtel et le père de Tamara. Nous devrions apprendre, et vu le délai...

Le silence avait suivi cette remarque.

— Et vous seriez combien pour venir nous défendre contre Landers ? demanda quelqu'un.

— Le Space Marshal Garrison Riss est en train de compléter notre équipe, répondit Lee. Nous étions quatre au moment où je suis arrivé ici, et désormais, cinq ou six.

— Six ? Contre des dizaines de poulpards ? C'est de la folie !

— Ce n'est pas tant le nombre qui compte, que la façon dont vous disposez vos forces. Regardez bien Artus Town. Je n'y suis que depuis peu et j'ai déjà remarqué que ses accès sont limités. Si vous bloquez l'accès au port, celui de la mine et la sortie au sud, vous n'aurez pas besoin de mille hommes pour arrêter les Zoxxiens. La question est de savoir si vous en avez envie. Pour l'instant je ne suis là qu'en observateur, mes amis attendant mes conclusions avant de débarquer. Mais je vous conseille de réfléchir vite : il me semble avoir compris que Landers vous avait donné trois semaines, et nous en avons déjà perdu une.

— Les poulpards sont partout ! grogna un des mineurs. En plus, ils sont plutôt nerveux depuis que deux des leurs ont disparu on ne sait pas comment.

— Ils doivent pourrir quelque part après le passage de Wallace, répondit Lee avec le sourire, ce qui eut plutôt le don d'assombrir ses interlocuteurs.

— Si jamais Landers l'apprend ! gémit un ouvrier.

— Écoutez ! intervint le jeune Jack McBride. Moi je dis que ça vaut le coup d'essayer, non ? Qu'est-ce qu'on risque ?

— Tu as vu ton père, gamin ? Ça ne te suffit pas ?

— Ce que je sais, c'est que Carson Landers ne récupérera pas un seul ouvrier d'Artus Town ! Il va nous exploiter jusqu'à ce qu'on crève tous, hommes, femmes, enfants. Ceux qui ne voudront pas travailler pour lui partiront sans rien ! J'ai vu les vaisseaux poulpards au-dessus de nos têtes. Très gros, armés. Comment comptez-vous quitter la ville ? Landers va bloquer le spatioport et la seule chose que vous aurez droit d'emporter ce sera une valise pour la ceinture d'astéroïdes de Dzeta Proximus !

— Tu parles de choses que tu ne connais pas, grogna quelqu'un. Tu n'es qu'un gamin !

— Et moi je dis qu'il y a plus de logique et de courage dans la tête de ce gamin que dans celle de beaucoup d'entre vous, intervint Lee. Je vais donc aller contacter mes amis et leur donner votre sentiment, que tout ça est inutile, et que vous préférez vous faire expulser. Peut-être nous recroiserons-nous un jour sur une autre planète, sait-on jamais !

Il se dirigea vers la sortie d'un pas lent. Une main l'accrocha au passage, celle du médecin, un homme grand et sec répondant au nom de Chrestus, et lui fit signe de patienter :

— Je crois que ce jeune homme a raison, dit-il. Nous devons tenter quelque chose. Laissons-le contacter ses amis et voyons ce qu'il est possible de faire pour sauver Artus Town. Ensuite, nous aviserons. Je n'ai pas envie de sacrifier tout ce que j'ai fait pour ce milliardaire psychopathe, ni de devoir soigner demain ces foutues têtes de poulpes ! Par contre, je vous préviens que je ne soignerai pas de lâches non plus ! Si tout le monde décide de jouer le jeu de Landers, je ferai partie de la première navette qui quittera les lieux !

Il fit taire d'un geste les voix de protestation et se tourna vers Lee :

— Allez prévenir vos amis, dit-il. Nous sommes prêts.


Lee traversa l'artère principale pour regagner l'hôtel, effectuant un crochet par le spatioport. Les poulpards étaient toujours là, en bandes serrées, allant et venant au milieu des quelques autochtones. Jusqu'à présent, ils n'avaient pas pénétré en force en centre-ville, mais Lee estima que ce n'était qu'une question de temps. Ils se contentaient de surveiller les Artusiens qui quittaient la planète – et ils étaient très rares – mais également ceux qui souhaitaient

170

embarquer sur les petites navettes de transport intra planétaire en direction des deux autres petites villes, Drahoga et Brennos City. Deux cités qui exploitaient le minerai sur des gisements moins développés qu'Artus. Carson Landers en possédait d'ailleurs les trois quarts, mais ces deux villes ne risquaient pas de connaître le même sort que leur aînée. Les sous-sols, maintes fois sondés, ne permettaient pas d'imaginer découvrir un filon aussi riche. Drahoga exploitait aussi une sorte de ver de roche, un animal vivant exclusivement sur la planète dont la peau extrêmement résistante servait à confectionner des gants et des bottines, et ceux qui se lassaient du maniement de la foreuse s'en allaient parfois vivre sous terre, là où ils n'étaient jamais soumis aux rigueurs des changements climatiques survenant toutes les soixante-douze heures.

Il arrivait devant la porte de l'hôtel quand un mouvement furtif le fit interrompre sa progression. Cela venait du bloc d'habitations situé sur sa gauche. Lee se rejeta dans un coin d'ombre, guettant ce qui allait se produire. Son attente ne fut pas longue : sortant du bloc, un Artusien s'avançait en rasant les murs, droit en direction du spatioport. Il marchait voûté, une de ses mains serrée contre sa poitrine comme s'il transportait un objet fragile qu'il craignait de laisser tomber. La brève lueur d'un projecteur de façade éclaira ses traits veules, et Lee reconnut un des types présents à l'assemblée secrète dans l'arrière-boutique de Jarred. L'homme portait sur son visage le masque même de la culpabilité, et le joueur de cartes se souvenait de l'avoir vu mollement protester à l'idée de faire appel à des mercenaires. Il ne se rappelait cependant plus de son nom. Soudain mis en alerte, Lee traversa la chaussée d'un pas rapide et se retrouva juste derrière lui. L'homme marcha jusqu'au portail, s'interrompit un instant, effectuant un rapide tour sur lui-même pour s'assurer qu'il n'était pas suivi. Il hésitait, son regard fixé vers le poste de surveillance arbitrairement dressé par les poulpards sur ordre de Landers, et avec la secrète bénédiction du maire. Il ramena la main qu'il serrait contre sa poitrine, contempla l'objet qu'elle contenait. D'où il se trouvait, Lee n'aurait su dire ce que c'était précisément, mais un doute commença à l'envahir. « Ma parole, songea-t-il. Est-ce que ce type ne serait pas en train de se préparer à nous dénoncer ? » Il ne pouvait prendre aucun risque. Se coulant derrière l'Artusien, il l'observa, tandis que ce dernier s'engageait sur la plateforme d'embarquement du spatioport. À son approche, deux poulpards relevèrent la tête, et leurs tentacules se mirent à s'agiter en changeant de couleur. L'Artusien parut se liquéfier sur place. Il leva les bras en signe de reddition, jetant encore des regards apeurés dans toutes les directions, terrorisé à l'idée qu'on le découvre.

172

— Attendez ! Attendez ! J'ai quelque chose d'important à vous communiquer ! Appelez votre chef, vite !

Tout en parlant, il montrait le petit appareil qu'il tenait en main.

— Un complot ! dit-il. Contre monsieur Landers ! J'y étais, j'ai tout entendu. Tout est là, sur bande !

Les deux poulpards s'approchèrent de lui, leurs tentacules palpitant d'excitation. La bouche en forme du bec du premier émit une série de claquements, puis il porta la main à sa gueule, y appliquant un petit boitier noir à peine plus gros qu'une carte à jouer. Une voix en sortit, grave, hachée et métallique, et Lee comprit qu'il s'agissait d'un transcodeur vocal :

— Un. Complot. Contre. Landers. Donnez. Moi. Cet. Appareil.

— Je suis navré, mais je dois le transmettre à votre supérieur, c'est trop important !

Les deux Zoxxiens échangèrent une série de claquements entre eux. Le second fouilla entièrement l'Artusien sous la menace de son arme, puis se tourna vers celui qui portait le transcodeur.

— Restez. Ici, reprit le poulpard. Je. Reviens.

Il tourna les talons et disparut dans les locaux. C'était le moment d'agir si Lee ne voulait pas que tout le plan de Riss tombe à l'eau. Il saisit le blaster glissé dans sa ceinture, le tint le long de sa cuisse, récupéra au passage sur une pile un sac contenant le cuir de ver de Drahoga, et s'approcha de la créature. En le voyant arriver, l'Artusien ouvrit la bouche de stupéfaction et vira au blanc cireux. Le poulpard remua ses tentacules qui projetèrent leur substance visqueuse et malodorante tout en changeant de couleur. Lee s'arrêta devant lui, sourit largement.

— Salut ! dit-il. Ça va ? J'ai un petit cadeau pour toi !

Il projeta le sac de cuir en direction de la gueule du Zoxxien. La créature releva ses deux bras en un geste protecteur, mais, suivant le mouvement de sa main droite, la main gauche de Lee releva le canon du blaster pour l'enfoncer dans le sac. Il appuya sur la détente, une seule fois, le blaster émit son grésillement caractéristique. La tête du poulpard vola en éclat, projetant ses tentacules comme des gros morceaux de vers se tortillant dans tous les sens.

— Merde ! gémit l'Artusien. Vous l'avez...

Lee l'attrapa par le col, le tira à l'abri des regards sous la menace de son arme appuyée contre sa gorge.

— Espèce de salopard ! Tu l'ouvres, t'es mort ! Montre-moi ce que tu allais refiler aux poulpards, vite !

L'homme s'exécuta. Le plaquant contre le mur, le canon toujours sur la gorge, Lee examina l'appareil.

Il s'agissait d'un petit gadget enregistreur. Il effleura la commande de mise en route, reconnut aussitôt les voix des intervenants de la réunion. L'Artusien avait enregistré ses concitoyens et s'apprêtait à livrer les informations à ses propres ennemis. Le joueur de cartes cracha par terre.

— Donne-moi une seule raison de ne pas te tuer ! gronda-t-il. Tu allais vendre tous tes potes de travail à ces saloperies de têtes de poulpes ? Qu'est-ce que tu espérais ? Que Landers te filerait une médaille pour service rendu ?

— Je suis désolé ! bafouilla l'homme. J'avais peur ! On ne sera jamais assez nombreux ! Ils vont nous massacrer !

— Parce que tu crois qu'ils ne le feront pas quand même si vous n'obéissez pas à Landers ? Pauvre fou !

— Pitié ! Je vous jure que je ne le ferai plus ! Laissez-moi une chance !

— Tu l'as déjà eu ! jeta Lee.

Poussant l'Artusien de son arme, il le força à reculer jusqu'au puits de ventilation. L'air chaud brassé par d'énormes hélices souterraines s'en échappait, permettant de maintenir une température supportable malgré les écarts thermiques que connaissait Artus Town durant la nuit. L'homme comprit ce que Lee voulait faire. Il se débattit, chercha à hurler. Un violent coup de crosse l'assomma à moitié. Profitant de ce qu'il était momentanément sonné, le joueur de cartes fit sauter la grille de fermeture du puits et projeta l'homme par-dessus la rambarde de protection. Ce fut tout juste s'il entendit le cri d'horreur du type, avant la vibration des pales déchiquetant le corps de l'Artusien.

— Radical, et efficace ! murmura Lee.

Il ne devait pas trainer sur place, le deuxième poulpard allait sortir du poste et tomber sur le cadavre de son semblable. Lee s'éloigna discrètement, profitant du manque de luminosité pour raser les murs. Il allait attendre le portail lorsqu'un hurlement derrière lui le tétanisa une seconde. Une longue plainte semblable au son émis par une corne de brume bouchée. Le cri d'alerte des poulpards. Les occupants du poste venaient de découvrir le cadavre du garde et, d'ici peu, le secteur allait grouiller de ces têtes de poulpes en pleine rage d'avoir perdu un des leurs. Il se glissa par le portail, rentra jusqu'à l'hôtel sans faire de mauvaise rencontre. Il était temps d'appeler Garrison Riss pour le mettre au courant des derniers développements .

## 11

Le Prosecutor flottait dans l'immensité spatiale, tout réacteur éteint. Les écrans radars avaient confirmé qu'aucun vaisseau n'avait eu le temps de suivre Riss et ses compagnons au moment où ils avaient quitté Kho Ryu et sa ville-prison. L'hyper-vitesse les avait encore plus éloignés de Jarhal, et ils étaient sûrs à présent que personne ne les rattraperait. Par contre, le capitaine Carezza pouvait prévenir sa hiérarchie et un mandat au nom du Space Marshal émaner ensuite du gouverneur lui-même. Il aurait du mal à expliquer son geste et les morts à la prison. Il pouvait considérer qu'il avait probablement mis un terme à sa carrière.

Pourtant, Wallace et Killer-Dog n'étaient pas de cet avis.

— Si Carezza parle à son supérieur, qui à son tour en parle aux autorités, ça va vite se savoir que trois personnes ont réussi à pénétrer dans le pénitencier pour détenus extrêmes, afin d'en libérer un. Et les bandits de tout poil vont rappliquer sur Kho Ryu pour faire la même chose. Le gouverneur va devoir envoyer plusieurs corps de soldats pour surveiller Jarhal, or, ce n'est pas ce qu'ils cherchent sur Jezzarryyk. La prison est réputée inviolable...

— Asulf a raison, fit Wallace. En plus, on y a été au culot, c'est ça qui doit leur rester dans la gorge. Et si ça se sait, non seulement Carezza va être ridiculisé, mais ça va donner des idées à certains...

— Ton capitaine va surtout être muté sur la ceinture, ajouta Asulf. Et ils se diront qu'après tout, on a juste libéré une femme.

— Et ça te pose un problème, le loup ? jeta Lucy en débarquant dans le poste de pilotage.

Elle avait attendu de sortir de l'hyperespace pour prendre une douche, et revêtu une tenue plus seyante que sa combinaison de prisonnière orange. Provocatrice, elle n'avait pas hésité à laisser la porte de la cabine largement ouverte afin que chacun puisse se rincer l'œil avantageusement, mais Riss avait cantonné toute son équipe dans le poste. La douche sèche à ionisation lui avait donné une chevelure plus brillante qu'elle n'avait pas encore rattachée, et Garrison fut troublé en la voyant débarquer avec une de ses chemises et un de ses pantalons. La voir ainsi vêtue lui rappelait leur passé commun, même s'il devait admettre qu'en général lorsqu'elle portait ses vêtements, c'était le plus souvent après une nuit torride, et qu'elle se contentait alors d'une simple chemise sans rien dessous.

— Tu disais, à propos des femmes, Asulf ?

178

— Ne fais pas ta maligne, tu sais très bien de quoi je parle, grogna le lycanthrope. Il y a des types terribles dans cette prison.

— Finalement, vous êtes tous aussi mécréants que les mécréants que je remets dans le droit chemin, laissa tomber Peaceful en sirotant une bière. Il faudra un jour que je songe à vous pacifier vous aussi.

— Compte dessus, Peaceful ! Celui qui convertira Lucy Smith n'est pas encore né ! Sinon, qu'est-ce qu'on fait ici ?

Garrison Riss pointa son doigt sur l'écran devant lui. Un minuscule point sur la gauche se détachait de la noirceur de l'univers.

— Notre dernière destination avant d'aller sur Artus 4, répondit-il.

Lucy consulta la carte de navigation.

— Balakar ? Tu nous emmènes à Balakar ? Pas très sympa comme deuxième voyage de noces, Gar' ! Ça t'excite, les rats ?

— Lucy...

— C'est bon, c'est bon, je blaguais ! Houlà ! Tu l'as rangé où ton humour, Gar' ? Tu étais plus drôle avant.

— J'ai changé, j'ai vieilli. Comme toi, comme nous tous. Maintenant, laisse-moi parler. Balakar est peut-être la planète des hommes-rats, mais c'est aussi un important centre de contrebande. J'ai pu lier certains contacts sur Jezzarryyk avec les Balakariens qui bossent sur les docks, et ils m'ont filé des adresses. Notre but est d'aller chercher des armes. Nous allons en avoir besoin pour Artus 4.

— Et tu comptes les payer comment, tes armes ?

— Je pense pouvoir arriver à un marché. Les hommes-rats sont avides de matière première qu'ils revendent un peu partout. Je vais leur proposer du Takhium et du Mandrinium.

— Tu sembles oublier un détail, marshal : du minerai, nous n'en avons pas l'ombre d'un gramme, fit remarquer Wallace.

— Je ne l'ai pas oublié. Il va falloir marchander, c'est tout. Et se montrer persuasif.

— Ouais ben ce n'est pas gagné avec ces saletés de rongeurs ! maugréa Lethal Girl. Je préfère autant aller me coltiner un autre serpent-dragon sur Berylon !

— On peut faire un crochet pour t'y déposer, fit Riss, ce qui lui valut un regard noir de son ex-femme. Bon, je pense qu'il est temps de prévenir Lee et de voir où il en est sur Artus 4.


Le joueur de cartes se trouvait juste à côté de son transmetteur holographique. Garrison enclencha la connexion, et la silhouette de Lee apparut aux yeux des membres du Prosecutor. Il leva la main gauche

180

pour les saluer, tandis que la droite était occupée avec le jeu de cartes.

— Salut la compagnie ! Tout le monde va bien ?

— Salut Lee, répondit Riss. Tout est OK de notre côté. Nous avons eu un peu chaud aux fesses sur Kho Ryu, mais ça ne devrait pas porter à conséquence.

— Chaud comment ?

— Disons que nous avons un peu titillé les gardiens de la prison et qu'ils risquent de se souvenir de nous assez longtemps.

— Vous avez libéré quelqu'un ?

— Moi ! fit Lucy Smith en s'imposant devant l'écran.

— Tiens, salut, Lucy !

— Salut Lee !

— Vous vous connaissez ? s'étonna Garrison.

— Lee m'a donné quelques leçons de poker pour me débrouiller avec les mecs. C'est fou ce que ça excite les gars de jouer avec une fille, ils ont l'impression que ce qu'ils ont dans le froc va leur suffire à gagner, alors qu'en fait, ce qui leur manque, c'est le cerveau.

— Et je confirme que Lucy se débrouille très bien, confirma Lee. Elle a même failli me faire perdre quelques parties. Mais elle a des arguments de poids...

— Connard ! lança-t-elle, presque affectueusement. C'est bien ce que je dis : les mecs, vous pensez uniquement physique. Et vous vous faites avoir !

— Bon, un peu de sérieux ! lança Riss, avec dans le ton un peu plus de jalousie qu'il ne l'aurait voulu. Tu en es où sur Artus 4 ?

Lee relata les derniers événements survenus. La réunion secrète dans l'arrière-boutique, l'appui tacite de la plupart des habitants. L'éviction du maire, qui pour tous, était aux ordres de Carson Landers et n'aurait aucun scrupule à lui donner les clés de la ville, quel qu'en soit le prix. Lorsqu'il aborda l'épisode de l'enregistreur et de l'Artusien prêt à vendre ses collègues, le Space Marshal fit la grimace, mais Lee le rassura en lui disant qu'il s'était occupé du problème.

— La contrepartie, c'est que les Zoxxiens sont beaucoup plus nerveux sur le spatioport et en ville. Ce n'est pas le maire qui dira quoi que ce soit. Il est temps que vous reveniez si vous voulez avoir une chance de vous poser.

— Nous allons faire une étape sur Balakar avant de revenir, expliqua Riss. Garde le transmetteur holographique à proximité, je pense que nous en aurons besoin. En attendant, essaie de voir si les habitants seraient prêts à échanger du minerai contre des armes, je dois aller négocier avec les hommes-rats et la partie est loin d'être gagnée.

— D'accord Garrison. J'attends ton appel.

— Je te fais signe… Comment va le jeune Jack ?

— Il fait preuve d'un courage extraordinaire. J'aurais voulu que tu voies comment il a secoué tous les habitants ! Par contre, j'ai peur pour son père, je crois qu'il ne fera pas de vieux os...

— Merde ! Ce doit être dur pour le gosse. Fais attention à toi !

— Ne t'inquiète pas, les têtes de poulpes n'ont pas eu le temps de me repérer !

Garrison coupa l'alimentation de l'hologramme, et la silhouette de Lee disparut.

— Vous avez entendu ? Il va falloir faire vite ! Asulf, pousse les moteurs, on fonce sur Balakar.

Le Prosecutor reprit de la vitesse, se rapprochant de la petite boule de métal poli qu'ils distinguaient devant eux.


Se poser sur la planète des hommes-rats relevait d'une gageure. Ses occupants en avaient fait un gigantesque dépotoir, un dépôt d'ordures s'étendant sur des kilomètres, sans discontinuer. Pour les Balakariens, tout se recyclait, tout s'achetait, tout se vendait. À l'instar de Callypos, où tout le monde possédait son arpent de terre pour le cultiver, chaque homme-rat possédait son dépotoir pour son propre business qu'il tentait de faire fructifier. En dépit de sa petite taille, le Balakarien était dur à la tâche, rapide et discret, mais il avait ses défauts : féroce, vénal et surtout extrêmement envieux. S'il ne s'attaquait pas directement aux autres créatures de l'espace, l'humain en particulier, même si ses griffes acérées constituaient une arme redoutable, il était en revanche sans pitié envers ses congénères. Régulièrement, des bagarres éclataient au sein des immondices, parfois, deux rats s'associaient pour un battre un troisième, et c'était au moment du partage du butin que les deux survivants se retournaient l'un contre l'autre, oubliant leur alliance. Parfois, blessés à mort, ils ne pouvaient empêcher qu'un quatrième survienne pour les achever et s'accaparer du coup les quatre tas. À ce petit jeu, certains étaient plus forts que d'autres. Celui que comptait voir Garrison Riss répondait au nom de Sigmodos. Un peu plus grand que la soixantaine de centimètres habituelle de ses congénères, il portait une longue balafre sur la paupière gauche, fermant son œil à demi. Un souvenir de sa jeunesse. Là où Sigmodos avait été inspiré, ou simplement plus malin, c'était qu'il avait su s'entourer très vite d'autres rats en les payant pour services rendus. Il s'était donc constitué une garde rapprochée veillant sur sa propre sécurité, se montrant généreux juste ce qu'il fallait pour couper toute velléité de révolte. Il possédait le plus gros entrepôt de la planète, et Garrison devait s'adresser à lui s'il voulait obtenir des armes au marché noir et en quantité suffisante.

Trouant l'épaisse couche de poussière qui tenait lieu de nuages, le Prosecutor survolait à présent la surface terreuse de Balakar en direction du repaire de Sigmodos. Les espaces pour atterrir étaient peu nombreux, entre tas de rebuts et vallonnements de la planète. Les yeux écarquillés, le marshal scrutait la moindre surface assez plane et assez vaste pour son vaisseau. Par chance, le récupérateur devait recevoir fréquemment de la visite, car il avait fait dégager une sorte d'aire devant son entrepôt pour permettre aux petits engins spatiaux de se poser sans dégâts. Riss positionna le museau du Prosecutor face au campement, ralentit les moteurs et s'approcha du sol en espérant qu'un brusque retour de poussière n'allait pas balayer tout le bric-à-brac entassé devant lui et provoquer l'ire de l'homme-rat. Ce fut cependant sans encombre que les patins accrochèrent la terre sèche, et le marshal put respirer.

— Merci Asulf, fit Riss en s'adressant à celui qui venait lui servir de copilote. Attendez-moi ici, je ne serai pas long...

— Je viens avec toi, décréta Lucy Smith.

Garrison n'eut pas le temps de répondre qu'elle était déjà dehors, foulant de ses semelles le sol latéritique de Balakar.

— Eh merde ! jura Riss, puis, apercevant le sourire narquois naissant sur le visage de ses compagnons, il les menaça de l'index :

— Pas un seul mot, compris ?

Il courut à l'extérieur pour rejoindre son ex-femme avant qu'elle n'atteigne l'entrée de l'entrepôt de Sigmodos.

— Ce n'est vraiment pas une bonne idée ! prévint Riss.

— Tu crois que je ne suis pas de taille à me défendre peut-être ?

— Je n'ai pas dit cela. Sigmodos est un homme-rat. Est-ce que tu sais ce que ça implique ? Il n'a aucune espèce de considération pour les femmes. Lui-même a dix-sept femelles et je ne sais combien de descendants.

— Des femelles ? cracha-t-elle. C'est tout ce que tu trouves à dire ?

— Bon sang Lucy, ce que tu peux être bornée parfois ! s'emporta Garrison. Nous sommes sur leur planète, avec leurs règles, nous devons nous y plier, que nous le voulions ou non ! Je te rappelle que nous avons besoin d'armes pour Artus 4, alors s'il te plait, ne viens pas tout foutre en l'air avec tes considérations féministes !

Elle allait répliquer – c'est ce qu'il pensa en la voyant se dresser, poings serrés – et il se rappela avec tristesse que c'était ce qui avait conduit leur couple à la rupture. Un couple impossible, d'ailleurs, deux fortes têtes, une du bon côté et l'autre du mauvais côté de la loi. Mais elle se retint. Une silhouette était apparue à l'entrée de l'entrepôt de Sigmodos. Un homme-rat typique, d'environ soixante centimètres, vêtu d'une sorte de combinaison de toile élimée un peu trop grande pour lui. Son museau pointu semblait flairer une piste au-delà du Space Marshal et de sa compagne, mais c'était bien eux qu'il scrutait. Riss s'approcha et salua le nouveau venu.

— Nous venons voir Sigmodos, dit-il d'une voix aimable. Pouvez-vous lui dire que Garrison Riss le demande ? Pour une affaire…

Le rat les examina un moment, s'arrêtant sur Lucy, et sans prononcer une parole, s'effaça pour les laisser passer. Ils s'enfoncèrent dans un couloir labyrinthique, aux murs faits d'un assemblage hétéroclite de vieilles pièces mécaniques, de morceaux d'engins spatiaux au rebut et de plaques de tôle. Ils auraient eu toutes les peines du monde à trouver leur chemin sans leur guide. Ils devaient parfois se baisser pour franchir une arche branlante, construite par les hommes-rats sans trop de préoccupations pour la taille des autres espèces. Finalement, ils débouchèrent sur une esplanade couverte, laissant passer le soleil en limitant sa chaleur, encombrée de comptoirs de toutes sortes où l'on venait acheter et vendre sa marchandise. Tout au fond sur la gauche, derrière un large bureau de fer et assis en hauteur dans un fauteuil posé sur une large estrade, le maitre des lieux les attendait. Comparé aux autres rats, il était énorme. Garrison ne l'avait pas vu depuis de longues années, et, si le marchand avait vieilli, que son poil virait au blanc et que sa cicatrice paraissait presque plus visible désormais, il n'avait rien perdu de la lueur roublarde qui brillait dans son regard. Il fixa les deux arrivants et un air narquois déforma sa bouche aux canines élimées, tandis que son museau ramassé tremblait sous l'excitation.

— Par exemple ! Le Space Marshal Garrison Riss en personne ! clama-t-il. Un siècle que je ne l'avais pas vu !

À l'énoncé de son titre, plusieurs individus s'étaient tournés vers lui, mi-craintifs, mi-haineux, mais le vieux rat s'empressa de les rassurer :

— Ici, on vient pour vendre ou pour acheter, pas pour se battre ! Le premier qui fait mine de sortir son arme, je l'abats sur-le-champ ! Tu comprends, ajouta-t-il en direction de Riss, la bagarre, c'est mauvais pour le business !

Il avait une petite voix sifflante, chuintante, qui mettait mal à l'aise. De sa main aux longues griffes, il désigna Lucy Smith.

— Tu es venu avec ta femelle ? Excellent choix... pour une humaine cela dit. Tu comptes lui faire couver une grande descendance ? Elle n'a pas l'air très épaisse, et un peu pâle avec ça, tu devrais t'en prendre quelques-unes de plus...

Garrison s'interposa devant son ex-femme avant que celle-ci n'ait eu le temps de répliquer, ivre de rage.

— Je dois te parler, Sigmodos. C'est important. Une grosse affaire.

Le vieux rat glissa de son fauteuil et indiqua la porte derrière lui.

— Suis-moi, dit-il, interrompant en même temps le mouvement de la jeune femme. Pas toi. Les discussions commerciales ne sont pas l'apanage des femelles.

— Tu as entendu chérie ? Va donc faire quelques emplettes !

Il referma la porte avant d'entendre le chapelet d'injures qu'elle déversait.

— Si tu veux, je te donnerai une petite lotion pour la calmer. Ça les rend toutes dociles. Ça te coutera trois fois rien.

— Je te remercie, mais je n'en aurai pas besoin. Entre elle et moi, c'est... compliqué.

— Ça ne devrait jamais l'être, répondit Sigmodos en s'asseyant. Tu veux me parler d'une grosse affaire, me dis-tu ?

— Des armes...

La paupière semi-baissée se releva insensiblement.

— Des armes ? Voilà un marché bien dangereux. Et cher. Oui, très cher. Depuis que la

République Galactique a instauré une surveillance accrue des ventes d'armes, c'est compliqué d'en obtenir.

— Ne me sers pas le laïus que tu offres à tes autres clients, Sigmodos. Nous nous connaissons toi et moi. Si je suis venu ici, c'est parce que je sais pertinemment que tu es le seul dans toute la galaxie à pouvoir m'obtenir ce que je demande.

La flatterie fit se trémousser le vieux rat.

— Surtout que j'en ai besoin de beaucoup. Pistolets, fusils blasters, canons à protons portatifs... et il me les faut pour hier.

— Ah oui ? Sigmodos se rapprocha du marshal. Et dis-moi, qu'est ce que tu offres en échange ? Parce que cela va te couter cher.

— Du minerai. Takhium et Mandrinium. Brut ou raffiné au choix.

— Tu n'as surement pas assez de minerai dans ton vaisseau pour acheter assez d'armes, Garrison Riss. Me prendrais-tu pour un débutant ?

Riss sortit un petit papier de sa poche. Avec l'aide de Lee, il avait évalué les besoins en armes de la cité. Il le glissa devant les yeux du rat.

— Combien pour tout ça ?

Sigmodos prit le papier et se mit à réfléchir. Riss pouvait l'entendre calculer dans sa tête.

— Qu'est-ce que tu veux faire avec tout ça ? La guerre ?

— En quelque sorte, oui.

— À qui ?

— Aux Zoxxiens.

Sigmodos cracha sur le sol.

— Ces créatures sont abjectes ! Elles méritent toutes de crever ! Mais, ajouta-t-il après un moment de réflexion, elles font aussi marcher le commerce ! Et tu veux en tuer combien, de poulpards ?

— Tous ceux que Carson Landers mettra sur ma route.

Le vieil homme-rat se carra sur son siège en ricanant.

— Carson Landers, rien que ça ? Tu n'as pas froid aux yeux !

— Tu n'as pas répondu à ma question : combien ?

— Cinquante mille unités. Vingt-cinq de chaque.

— Toutes tes armes ne valent pas cette quantité. Dix de chaque.

— Trop peu ! Et tu ne les as pas !

— C'est mon affaire. Disons, quinze.

— Je n'irai pas en dessous de vingt-deux.

— Vingt de chaque. Et tu me les obtiens au plus tard demain.

— Tu es dur en affaire, Riss ! Et tu as besoin de ces armes !

— Pas plus que toi. Et je te connais, tu revendras ce minerai le double de ce qu'il vaut. Parce que le Gouverneur est encore plus strict en ce qui concerne le commerce de Takhium.

— Je veux le voir d'abord... je ne te fais pas confiance.

— Soit, répondit Garrison.

Il sortit le transmetteur holographique, contacta Lee. L'image du joueur de cartes apparut dans un halo bleuté. Le marshal lui présenta Sigmodos et lui dit ce qu'il attendait de lui. Cinq minutes plus tard, il revenait avec un homme d'une cinquantaine d'années, trapu, le visage rubicond mangé d'une barbe presque rousse, le regard volontaire.

— Je vous présente Gaïus Rhagal. Ce type est un des responsables de la mine, avec McBride. Il est avec nous depuis le début.

— D'accord Lee. Monsieur Rhagal, pour défendre votre ville, nous allons avoir besoin d'armes. Ce Balakarien peut nous en fournir en suffisance, mais pour cela, il faut le payer.

— Nous n'avons pas d'argent à Artus Town, vous le savez bien !

— Il est prêt à se faire payer en minerai.

— Combien ?

— Quarante-mille unités. Vingt de chaque. Vos gars peuvent fournir ?

192

Rhagal tiqua légèrement à l'annonce de la quantité souhaitée. Cela représentait une énorme somme de travail pour les mineurs, sur plusieurs jours. Il lui fallait obtenir l'approbation de ses collègues.

— J'ai tout mon temps ! fit Sigmodos, satisfait.

— OK, Lee, je te rappelle dans une heure...

Le marshal éteignit l'hologramme.

— On dirait que tu vas l'avoir, ton minerai, Sigmodos. Mais tu devras me faire confiance. Sinon, je dirai à tout le monde comment tu traites tes clients.

— N'oublie pas une chose, marshal, répondit le rat en agitant ses griffes. Si tu me doubles, où que tu te trouves dans la galaxie, il y aura toujours un homme rat pour t'attendre...

## 12

L'espace autour d'Artus 4 était toujours occupé par les poulpards lorsque le Prosecutor émergea de la vitesse subluminique à l'approche de la planète. Sur les écrans radars, les membres de l'équipage purent ainsi distinguer le croiseur, aperçu lors de leur premier passage. Il n'avait guère changé de place, se contentant de se maintenir en orbite géostationnaire au-dessus du spatioport. Il était sûr de ne manquer aucun décollage et atterrissage. En revanche, il y avait beaucoup moins d'autres vaisseaux, comme si la présence des Zoxxiens avait fini par décourager les personnes désireuses de faire du commerce. Ils devaient aller s'approvisionner ailleurs en minerai, et la mine d'Artus Town devait désormais tourner au ralenti. Celles de Landers en revanche devaient être au maximum de leur capacité, même si le minerai se révélait de moins bonne qualité et d'exploitation plus fastidieuse.

Asulf Killer-Dog secoua sa large trogne en examinant le vaisseau de Zoxx.

— Je suis quand même surpris qu'ils arrivent à faire peur avec un engin pareil !

— Il a l'air puissamment armé, remarqua Wallace.

— Oui, bien sûr. Les poulpards sont des combattants qui ne renoncent pas facilement, sur terre comme dans l'espace, mais leur engin n'est pas assez rapide. Regardez la configuration des moteurs : c'est un triréacteur classique, mais un peu faiblard pour ce gabarit. Je parie que le Prosecutor avec ces quatre réacteurs le bat en vitesse pure et surtout en disposition à la manœuvre. Quant à ses tourelles d'attaque, elles sont disposées de telle sorte qu'elles laissent un espace vide.

— Je vois ce que tu veux dire, murmura Garrison. En attaque en rase-mottes, il serait tout à fait possible d'aller lui friser la moustache sans qu'il puisse y faire grand-chose. C'est bon à savoir…

— Si les poulpards ont laissé un de leurs croiseurs ici, c'est bien pour une raison, non ? demanda Lucy.

— Oui. Pour dissuader les vaisseaux de commerce de se poser sur Artus 4. Ces engins sont encore plus lourds et plus lents. Il n'y a aucune raison qu'une armada militaire s'installe dans le coin, les croiseurs de la république se ravitaillent directement sur Jezzarryyk, sécurité oblige. Sinon ce sont des ravitailleurs qui viennent ici pour faire du stock, sous la surveillance d'un ou deux patrouilleurs. Finalement, il est juste là pour l'esbroufe. Personne ne va songer à venir faire la guerre dans ce coin de la galaxie. Et il suffit de bloquer les accès au spatioport pour faire faire demi-tour aux navires et paralyser la ville. Les deux autres bases appartiennent déjà à Landers.

Garrison Riss fit piquer le Prosecutor en direction du sol. Comme il s'y attendait, le vaisseau poulpard ne chercha pas à les contacter. Il se dirigea vers la zone d'atterrissage et comprit pourquoi : les créatures de Zoxx avaient encombré le tarmac de caisses métalliques et d'objets divers, empêchant la moindre manœuvre pour se poser sans risquer l'avarie. Riss survola l'aéroport à la recherche d'une solution. Une grue se trouvait à proximité, qui leur permettrait de dégager un espace assez vaste pour se poser, mais encore fallait-il l'atteindre.

— On fait quoi ? demanda Wallace.

— On n'a qu'à balancer la sauce sur tout ce bazar et nettoyer le paysage de ces mécréants, proposa Peaceful. Nous serons tranquilles et notre action aura été bénéfique.

— C'est risquer de se retrouver avec une armée de têtes de poulpes sur le dos, dit le marshal. On a le temps. J'ai une meilleure idée. Wallace, Peaceful, vous venez avec moi. Lucy, tu restes avec Killer-dog et vous attendez mon signal pour vous poser.

— Quelle est ton idée ? fit le lycanthrope.

— Toi seul es capable de t'approcher assez près du sol en vol stationnaire. Tu vas ouvrir la trappe arrière, le temps qu'on sorte avec les aérospeeders. On va aller discuter avec ces bouts de tentacules et faire place nette.

— Merde ! J'en aurais bien bouffé aussi !

— T'inquiète, m'est avis que ça ne saurait tarder.

Il se dirigea vers l'arrière en compagnie des deux autres hommes. Lucy Smith le stoppa au passage.

— Et moi, tu ne me demandes jamais mon avis ?

— Je te rappelle qu'on a déjà fait ça. C'était il y a dix ans. J'avais sauté du vaisseau sur une espèce de speeder pourri qui avait failli se disloquer sous moi.

Lethal Girl esquissa un sourire :

— Je m'en souviens, tu devais être trop gros à l'époque !

— C'est à toi que j'avais confié le Prosecutor, reprit Riss. À toi et à mon navigateur de l'époque, Djuukuu, que j'ai perdu depuis de la fièvre des marais. Tu crois que je confierais mon bien le plus précieux à n'importe qui ?

— Bravo, je vois... finalement, la seule chose qui compte, c'est ton foutu tas de ferraille ! Tu ne changeras jamais, Gar' !

— C'est toi qui as tout fait pour qu'il n'y ait plus rien d'autre dans ma vie, Lucy...

Durant quelques instants, ils se turent, mesurant chacun ce que leurs propos avaient d'important, comme une douloureuse résurgence du passé. Garrison se demanda s'il devait ajouter autre chose, mais elle le devança en lui filant un coup de poing sur l'épaule.

— Putain, fais chier ! Barre-toi avant que je m'énerve !

Elle disparut dans le poste de pilotage, laissant le Space Marshal interdit. Il tâcha de reprendre le contrôle de ses émotions et gagna la plateforme arrière. Wallace et Josh Davis avaient déjà enfourché leurs speeders.

— Tiens-toi prêt à ouvrir, Asulf ! lança Riss.

Il s'installa à son tour, attendit l'ouverture de la trappe d'accès arrière, et bondit hors du vaisseau. Killer-dog avait réussi à amener le Prosecutor à un mètre à peine du sol. Sitôt les trois speeders sortis, il reprit un peu d'altitude. Sur le spatioport, les poulpards s'étaient regroupés pour observer la manœuvre, et tous tenaient en main leurs armes, prêts à faire feu. Menace dérisoire contre la coque blindée du vaisseau, mais destinée essentiellement à montrer qu'ils ne craignaient rien.

Garrison Riss vint stopper l'aérospeeder contre la grue, rejoint par ses deux complices. Un groupe de poulpards convergeait vers eux. Le Space Marshal afficha son insigne en évidence, et attendit leur arrivée, la main sur la crosse de son pistolet.

— Vous. Ne. Pouvez. Pas. Rester. Là, fit le premier Zoxxien.

— Je suis le Space Marshal Garrison Riss, matricule SM051013-GR-6873. Je suis mandaté par le gouverneur de la République Galactique, et j'exige de pouvoir poser mon vaisseau sur-le-champ !

— Vous. Ne. Pouvez. Pas, répéta le poulpard. Nous. Avons. Des. Ordres.

— Ordres de qui ? Surement pas de la République elle-même ! Wallace, tu sais piloter cette grue ?

— Aucun souci pour moi, confirma le lanceur de couteaux. On en a une à Preston pour charrier les carcasses de trois-cornes.

— Ne. Touchez. Pas. À. Cette. Grue ! cria le poulpard.

Il tendit son fusil, imité aussitôt par ses congénères. Riss et ses deux compagnons ne leur laissèrent pas le temps de poursuivre. Dégainant les pistolets, ils firent feu, envoyant leur rayon mortel en direction des Zoxxiens. L'un d'entre eux parvint cependant à faire usage de son arme, manquant de toucher de peu Josh Davis, resté en retrait. En quelques secondes, les six poulpards gisaient étendus sur le tarmac, raides morts. Au loin, une série de cris retentit.

— Ça va se gâter ! Grouille ! prévint Riss à l'encontre de Wallace.

Le lanceur de couteaux récupéra ses lames et sauta dans la grue. Le moteur répondit immédiatement, et il s'activa à déblayer une partie de la piste. Accroupi derrière des caisses, le marshal attendit l'arrivée des envahisseurs.

— Tiens-toi prêt, Peaceful ! Tu as du mécréant à supprimer !

Josh Davis ne répondit pas. Les premiers tirs des poulpards, mal ajustés, se perdirent au-dessus de leurs têtes. Ils cherchaient tout autant à les abattre qu'à viser la grue. Une bonne vingtaine occupaient le spatioport en poussant des cris de rage, et leurs tentacules gonflés lançaient des giclées de baves visqueuses dans tous les sens. Riss se mit à les canarder, ralentissant au maximum leur progression.

— Merde, ils sont nombreux ! Grouille Wallace !

— Je fais ce que je peux ! protesta l'interpelé.

La piste se dégageait trop lentement au gout de Riss. Il tâta ses poches à la recherche d'une grenade, se maudit de ne pas en avoir pris une au cas où. Une voix retentit dans son écouteur.

— Baisse la tête, Gar' !

Lucy. Il eut à peine le temps de s'exécuter, que le Prosecutor se stabilisait au-dessus de lui dans un hurlement des réacteurs. Le staccato des mitrailleuses installées à l'avant déchira l'air, et les projectiles traçants vinrent hacher les caisses entassées partout sur le tarmac, et les Zoxxiens qui se trouvaient dans la trajectoire. En deux minutes, tout fut fini. Wallace acheva de libérer la piste, et Killer-dog posa le vaisseau sans encombre. Un silence de mort régnait autour d'eux. Les cadavres des poulpards s'amoncelaient un peu partout, répandant cette odeur caractéristique de poisson avarié. Posant un pied au sol, Lucy Smith siffla en constatant les dégâts.

— Nom de Dieu ! Tu parles d'un carnage !

— Ce coup-ci nous sommes réellement en guerre contre ces mécréants, fit Josh Davis en se relevant.

Garrison Riss s'avança vers son ex-femme, énervé :

— T'étais vraiment obligé de faire ça ? jeta-t-il.

— Et les laisser trouer ton joli petit cul ? Figure-toi que j'y ai pensé. Puis je me suis dit qu'en souvenir du bon vieux temps je te devais bien ça !

Elle se tourna vers Wallace, toujours sur sa grue :

— Allez, on vide la cargaison ! Je t'accompagne !


Faisant mentir l'adage disant qu'un poulpard ne renonçait jamais, les quelques Zoxxiens survivants s'étaient rapidement rendus sous la menace du feu du Prosecutor. Ligotés dans un coin du tarmac, ils restaient silencieux, et leurs tentacules peinaient à retrouver leur couleur originelle, sans que l'on sache précisément si c'était de colère ou de honte. Lucy et Wallace achevaient de débarquer les armes. Attirés par l'étrange silence ayant succédé au déluge de mitraille, plusieurs habitants se risquèrent au niveau du passage d'accès au spatioport. À leur tête se trouvait Lee, qui adressa un salut amical de la main en s'approchant. Il échange une vigoureuse accolade avec le marshal Riss.

— Ça fait du bien de te revoir, l'ami ! C'était un peu chaud ces derniers temps après ma petite virée nocturne. Les poulpards commençaient à patrouiller en ville, la mine est en arrêt depuis trois jours.

— Et le maire ?

— À part menacer ses administrés, il ne fait rien...

— Il y a encore des poulpards en ville ?

— Non. Quand je t'ai entendu rappliquer, j'ai descendu les derniers qui tentaient de se barrer par l'autre côté. À part ceux que tu as ligotés, il n'y en a plus un... Mais laisse-moi te présenter Gaïus Rhagal, que tu as vu par communication holographique... Le docteur Chrestus... Caleb Hanlon, le patron de l'hôtel...

Garrison Riss serra les mains tendues, frappé par l'immense sentiment d'espoir que son vaisseau et ses compagnons suscitaient chez les Artusiens. Leurs regards allaient et venaient entre le Prosecutor et son allure effilée de bête de course, et le tas d'armes qui ne cessait de grossir sur la piste d'atterrissage. Riss désigna les corps des poulpards qui commençaient à dégager une odeur pestilentielle.

— Vous allez me dégager ces cadavres. Ensuite, nous réaménagerons la piste d'envol pour permettre à mon vaisseau de se poser et de décoller facilement. Et mettre en place un système qui puisse s'escamoter facilement pour empêcher les navettes de Zoxx de débarquer ici. Il faudra libérer deux espaces pour y installer les canons à protons, et fermer l'extrémité du spatioport. Si quelqu'un veut atterrir, il devra obligatoirement le faire en amont sur la roche et accéder au port à pied...

Il fut interrompu par une soudaine effusion de joie, quelqu'un se jeta dans ses bras pour le serrer presque convulsivement.

— Je savais que vous alliez revenir ! exulta le gamin, presque en sanglotant.

Garrison Riss l'écarta, mal à l'aise. Il ne savait pas trop comment gérer la situation. Il surprit du coin de l'œil le sourire narquois de Lucy Smith et toussota pour dissimuler sa gêne.

— Je n'abandonne jamais mes amis, jeune Jack d'Artus 4 ! Je n'ai qu'une seule parole. Je suis revenu avec du renfort et suffisamment d'armes pour défendre ta ville contre Carson Landers et vous débarrasser définitivement de lui. Maintenant, laisse-moi respirer !

Jack McBride s'écarta avec un sourire lumineux.

— Avec vous on ne craint rien ! affirma-t-il.

— J'aimerais avoir ton optimisme, Jack.

Tous les habitants d'Artus Town s'étaient donné le mot, et convergeaient à présent vers le Prosecutor. Un homme marchait en tête, isolé, s'efforçant de haranguer la foule afin de la ranger de son côté. Son crâne chauve luisait de sueur et ses traits mous et gras exprimaient la colère, mais aussi la veulerie.

— Vous êtes contents ? cracha-t-il en s'arrêtant devant Riss et ses compagnons. Vous arrivez ici sans crier gare, et la première chose que vous faites, c'est de massacrer des créatures qui ne vous ont rien demandé !

— Vous êtes qui ? demanda Riss en aboyant presque.

— Je suis le maire de cette ville !

— Garrison, je te présente Barry Underwood, le chef de cette charmante cité, et accessoirement le meilleur représentant de Landers sur Artus 4.

Le maire sursauta.

— Je vous interdis ! hurla-t-il. Je ne fais que défendre ma cité ! Qu'avez-vous d'autre à proposer, à part la destruction ? Vous tous, fit-il en direction des habitants, vous croyez encore qu'une poignée de types débarquant de nulle part avec des armes feront le poids face à une armée de poulpards armés jusqu'aux dents ? Je suis sûr que monsieur Landers était prêt à négocier ! Désormais, c'est fini ! Vous avez tout perdu à cause de votre stupidité ! Mais je m'en lave les mains, ce n'est plus mon problème ! Quand monsieur Landers reviendra dans huit jours et qu'il constatera ce que vous avez choisi comme voie, il vous chassera sans rien ! *Rien,* vous m'entendez ! Vous n'aurez plus de toit, plus d'argent, plus de nourriture !

— Il ne peut pas fermer sa gueule ? grogna Asulf en sautant du Prosecutor. Son apparition, bête gigantesque au poitrail gonflé, provoqua un reflux parmi la foule, et Underwood se signa, ce qui fit rire le lycanthrope :

— Tu te signes en me voyant, par contre tu es prêt à te faire enfiler par un salopard comme Landers en disant merci en plus ! Tu n'es pas digne d'être le chef de qui que ce soit. Et d'ailleurs, qui t'a élu maire ? Est-ce que c'est officiel ?

— Parfaitement ! répondit Underwood en extirpant de sa poche l'insigne d'autorité de la république.

— Montre-moi ça ! fit Killer-dog.

Il lui arracha presque des mains, l'examina une seconde avant de la lancer vers Garrison. Le maire voulut la récupérer. Le Space Marshal le bloqua d'un geste.

— Mon ami a raison, celui qui ne défend pas ses hommes contre l'ennemi n'est pas digne de commander. Rhagal, approche !

Le chef des ouvriers fit deux pas en avant, et Riss lui remit l'insigne d'autorité.

— Désormais c'est toi le chef de cette ville.

— Je vous interdis ! hurla Barry Underwood.

Garrison dégaina son arme et la lui pointa sur le ventre, stoppant net ses velléités de révolte.

— Écoutez-moi bien ! tonna-t-il. Je suis le Space Marshal Garrison Riss ! Je suis venu ici pour vous aider à reprendre votre liberté ! Pour ce faire, j'ai été jusqu'à mettre ma carrière en jeu et à hypothéquer mon vaisseau ! Parce que je crois en votre cause, j'estime qu'elle est juste. Ce que raconte votre maire n'est qu'un tissu de mensonges ! Je parcours la galaxie depuis des années, j'ai vu les résultats des ravages de Carson Landers et de ses sbires, partout où ils sont passés, ne subsistent que chagrin, désespoir et ruines. L'espèce humaine ne l'intéresse pas, seul compte le profit. Ne croyez pas une seconde que des types comme Landers vous aurait laissé ne serait-ce qu'un toit sur la tête ! Vous tous ici auriez dû partir, en abandonnant tout ! Alors, soit vous êtes avec moi, soit vous faites confiance à Underwood et vous vous rangez derrière lui. Ce sera dur, les victimes seront nombreuses, mais la liberté a un prix ! Je vous laisse le choix !

Durant un moment, personne ne parla, puis un à un, les habitants d'Artus Town vinrent du côté de Rhagal et du marshal, abandonnant le gros homme quasiment seul au milieu du Tarmac.

— Ceux qui voudront accompagner le maire ne seront pas jugés, c'est leur choix, j'interdis à quiconque de les condamner !

Trois Artusiens préférèrent rester derrière Underwood, la tête basse. Riss fit taire les sifflets d'un mouvement de la main.

— Asulf, vois si une navette zoxxienne est prête à décoller.

— À tes ordres, Garrison.

— Qu'est-ce que vous comptez faire de nous ? demanda Underwood.

— Je vais vous mettre dans cette navette avec vos amis, et vous virer de cette planète. Vous n'aurez qu'à regagner le croiseur qui stationne juste au-dessus de nous. Après, ce que vous irez faire, je m'en contrefiche. Mais comme j'imagine que vous allez vous empresser de gagner Jezzarryyk, je vous donne un message pour Carson Landers. Vous pourrez lui dire que le Space Marshal Garrison Riss a décidé de rétablir l'ordre à Artus Town. Que cette ville, et tout ce qui l'entoure, en vertu du règlement intergalactique, appartient à ses habitants. Ce qui inclut la mine. Il n'y aura plus de menace, plus de chantage, plus de mains coupées. Il n'est pas le bienvenu ici et ne le sera jamais... Et maintenant, débarrassez-moi le plancher !

Il se détourna du maire déchu. Entouré par les Artusiens, il s'efforçait de répondre aux multiples questions qu'ils lui posaient. Acceptant son nouveau rôle de chef de la ville, Rhagal proposa une réunion en centre-ville afin de discuter de la marche à suivre. Un nouvel espoir était en train de naître. Debout sur le tarmac, Garrison Riss observait les derniers poulpards monter dans leur navette, suivis par Barry Underwood trainé de force et hurlant sa rage.

— Nous sommes six pour défendre toute une ville, souffla-t-il à Wallace venu le rejoindre.

— J'espère juste que tu pourras compter sur les six, Garrison.

— Que veux-tu dire ?

— Tout à l'heure, quand nous sommes arrivés. J'ai observé attentivement Josh. Il n'a pas tiré une seule fois.

— Qu'est-ce que tu racontes ?

— Je te dis que Peaceful est resté planqué derrière ses caisses et n'a pas montré le bout de son nez une seule fois. Je voulais juste te le dire. Je crois qu'il n'est plus ce qu'il était...

## 13

Ses bureaux dominaient les docks de Jezzarryyk. Un gigantesque complexe tout en verre, situé à mi-distance entre le bâtiment de la police et celui du gouverneur et des membres de la république. Une vue dégagée sur le spatioport d'un côté, et de l'autre sur les jardins artificiels du quartier d'affaires. Sur le toit de l'immeuble, il avait fait construire ce qu'on appelait un château, une lubie de milliardaire, après avoir découvert ce type de bâtiments issus d'un passé révolu. Un amalgame de pièces, de salons, de chambres et de bureaux, cerné de hautes tours et d'une muraille en matériau censé rappeler la pierre. Le château donnait sur un jardin privatif avec bassins et parc boisé. Il y recevait, essentiellement des connaissances, rarement des amis – pour tout dire, il n'en avait pas. Les immenses couloirs ne résonnaient que de ses pas, et de ceux, plus feutrés, du personnel de maison.

Debout devant la baie vitrée du premier étage, Carson Landers regardait les cinq personnes s'approcher. Deux poulpards et trois hommes qu'il reconnut même à grande distance. En tête marchait ce foutu bon à rien de Barry Underwood. Le fait qu'il soit sur Jezzarryyk et non sur Artus 4 ne laissait présager rien de bon. Il les laissa atteindre sa demeure, y entrer, en profita pour regagner son fauteuil fétiche derrière son bureau, s'assit confortablement en attendant. Du bout des doigts, il ouvrit le tiroir sur sa droite afin de pouvoir y plonger la main facilement. Sa patience ne fut pas mise à rude épreuve : ses employés savaient qu'il détestait attendre. Il perçut le bruit de pas, la porte s'ouvrit, et le majordome annonça l'arrivée des cinq visiteurs. Il s'effaça pour les laisser entrer. Les deux poulpards se rangèrent sur le côté, laissant les trois hommes s'avancer plus près. Il sentit aussitôt son aversion pour ces trois pleutres, qui gardaient les yeux fixés sur leurs chaussures, se permettant juste un discret regard sur le mobilier et le décor autour d'eux.

— Eh bien ? finit par demander Landers. Je peux savoir ce que vous venez faire ici, Underwood ?

Le maire déchu se tortilla les mains.

— On a eu un problème, monsieur Landers, bredouilla-t-il.

— Pardon ? Ai-je bien entendu ? « On » a eu un problème ? N'est-ce pas plutôt vous, et vous seul, qui avez eu un problème, Underwood ? Vous m'aviez assuré que vous aviez le contrôle de la situation, que vous gériez les habitants d'Artus en vous faisant fort de les convaincre !

— Ils ont fait appel à des personnes extérieures... six en tout. Ils sont venus à bord d'un vaisseau...

— Et ils ont pu atterrir ? Le spatioport ne devait-il pas être bloqué ?

— Ils ont réussi à passer ! glapit soudain Underwood. Ils ont sauté de leur vaisseau avec des aérospeeders et ils ont massacré tous vos poulpards. À part quelques-uns, dont ces deux-là... Dites-lui ! insista-t-il en prenant les deux créatures de Zoxx à témoin. Tous ceux que vous aviez laissés se sont fait descendre avec leurs canons. Et même le croiseur n'a rien pu faire ! Que vouliez-vous que je fasse ?

Carson Landers ouvrit davantage le tiroir. La crosse polie d'un blaster se dessina dans l'ombre.

— Je règlerai mes comptes avec les poulpards par la suite, Underwood. Ce que je veux comprendre, c'est comment, alors qu'en quittant Artus 4, j'étais persuadé que vous alliez faire obéir cette bande de pouilleux et les convaincre de me céder la mine, je vous retrouve devant moi, en train de m'apprendre que ces mêmes pouilleux ont quitté la ville pour aller chercher de l'aide.

— Un seul. Un gamin. Jack McBride, le fils de celui dont vous avez tranché les mains.

Landers se crispa et bondit sur ses pieds.

— Bon sang ! Et vous vous êtes laissé avoir par un gamin qui cherche quoi ? À se venger ? Vous êtes un incapable, Underwood ! Je n'aurais jamais dû vous faire confiance ! Et vous avez baissé votre froc devant six hommes, c'est cela ?

— Ils sont dangereux, monsieur Landers. Très dangereux. Leur chef est un Space Marshal du nom de Garrison Riss.

— Garrison Riss ? Le nom ne m'est pas inconnu. Qu'est-ce qu'un marshal de la République vient faire dans cette histoire ?

— Il m'a dit qu'il venait rétablir l'ordre et rendre Artus Town et sa mine à ses habitants.

Le milliardaire éclata d'un rire forcé.

— Rendre la mine à ses habitants ? Et il compte faire ça avec cinq autres types ? Je suis sûr qu'on peut négocier avec ce genre d'individus, au fond, il ne s'agit ni plus ni moins que de mercenaires... Qu'est-ce que les Artusiens ont proposé en échange ?

— Quatre hommes et une femme en réalité. Et ils ont proposé du minerai...

— Du minerai ? *Mon* minerai ?

— Le marshal a dit que vous n'étiez pas le bienvenu sur la planète, murmura Barry Underwood, si bas que ce fut à peine si Carson Landers put l'entendre. Il fixa l'ancien maire, penché en avant, et sa main se posa sur la crosse de l'arme.

— Et qui dirige la ville désormais ?

— Le Space Marshal a nommé Gaïus Rhagal, le chef des ouvriers, à ma place.

— Et toute la ville l'a suivi ? Je crois qu'il a raison, Underwood.

— Comment cela, monsieur Landers ?

— Vous êtes un incapable, vous ne servez à rien.

Il empoigna le blaster, le pointa sur le gros homme et appuya sur la détente. Le rayon atteignit l'ex-maire juste au niveau de la tête, lui forant un gros trou fumant en plein milieu du visage, emportant son air sournois et une bonne partie de sa boite crânienne. Le corps d'Underwood s'effondra sur le tapis. Landers brandit le pistolet sur les deux autres Artusiens, puis sur les poulpards.

— Vous en voulez aussi ? hurla-t-il. Bordel, pourquoi faut-il que je sois entouré de bons à rien ? C'était si compliqué de stopper six types ? Il vous faut combien de croiseurs autour d'Artus 4 pour que l'embargo soit convenable ?

— Nos. Vaisseaux. Ne. Sont. Pas. Prévus. Pour. Faire. La. Guerre, répondit un des poulpards. Le. Leur. Si. Il. Est. Très. Armé.

— Je dois coûte que coûte retourner sur Artus 4. Je suis sûr que ce Garrison Riss est achetable, sinon lui, un de ses hommes... on sait d'ailleurs qui ils sont ? Je pourrais faire pression sur leurs familles.

— L'un d'eux se fait appeler Lee, et un autre Wallace, répondit un des deux Artusiens demeurés silencieux jusque là. Il est expert en lancer de

215

couteaux. Et puis un type qu'ils appellent Peaceful, un lycanthrope, et une femme.

— Putain, quelle équipe ! On doit aller loin avec ça ! Je dois faire tout moi-même, c'est ça ?

Il balança le blaster à travers la pièce, et l'arme vint heurter un vase précieux qui explosa en morceaux sur le tapis. Mais Carson Landers n'y prêta guère attention. Il était contrarié. Il pouvait se renseigner sur Garrison Riss, ce n'était pas très compliqué. Pour les autres en revanche, un simple prénom limitait la possibilité de recherche. Il y avait bien le dénommé Peaceful, un pseudonyme à l'évidence qui devait pouvoir être identifiable. Pour le reste... à moins qu'un lanceur de couteaux nommé Wallace soit connu de toute la galaxie, il n'y avait aucune chance qu'on ait entendu parler de lui. Le problème était plutôt ce qu'il pouvait faire ensuite. Aller se plaindre du Space Marshal auprès des autorités nécessitait un motif valable. S'il inventait quelque chose, rien ne l'assurait que les autorités ne contacteraient pas d'abord Riss pour connaître sa version des faits, et pour le coup, sa petite opération sur la mine d'Artus 4 risquait d'être compromise. Il fallait trouver une idée pour attirer Riss hors de la ville, éventuellement avec son équipe. Il serra les poings. Une semaine ! Il leur restait encore une semaine ! Au lieu d'accepter sa proposition, les habitants étaient allés débusquer des mercenaires, des types prêts à jouer leur peau pour une poignée de minerai ! Il se tourna vers ses interlocuteurs et les congédia d'un geste.

— Allez tourner un peu et trouvez-moi des renseignements sur le marshal et son équipe !

— C'est que, commença un des Artusiens. Nous n'avons pas l'habitude de la ville. C'est si grand ici, nous ne savons pas par où commencer. Et je suis sûr que personne ne voudra parler aux poulpards, ils ont trop mauvaise réputation !

— Débrouillez-vous, je ne veux pas le savoir ! Sinon je m'arrangerai pour vous ramener sur Artus 4... attachés sur la carlingue du vaisseau ! Et enlevez-moi cette merde de mon tapis ! Il est encore plus encombrant mort que vivant !

Carson Landers attendit d'être seul pour appeler son majordome.

— Brent, essayez de vous mettre en contact avec l'ordinateur de la police, et trouvez-moi tout ce que vous pourrez comme information concernant le Space Marshal Garrison Riss. Je veux tout savoir, sa vie, sa famille, ses amis, ses ennemis, son parcours. Et comme je n'ai aucune confiance en ces abrutis d'Artus 4, essayez aussi de vous rencarder sur un dénommé Wallace, expert en lancer de couteaux, sur Lee, un joueur de cartes et sur un autre qui s'appelle Peaceful.

— Ce sera tout, monsieur ?

— SI vous trouvez le moyen de m'identifier un lycanthrope et une femme parmi je ne sais combien de millions d'individus, je triple votre salaire.

— Puis-je suggérer à monsieur de se rendre sur place afin d'identifier ses adversaires et le cas échéant de leur proposer un marché ?

— Si je pouvais, je partirais dès à présent, maugréa Landers. Mais un énorme marché et une série de conférences me retiennent à Jezzarryyk ! Je ne peux pas me défiler sous peine de tout perdre. Quant à envoyer quelqu'un, ce serait inutile…

— Bien monsieur, je me renseigne de ce pas.

Il s'éclipsa, laissant Carson Landers seul dans son immense bureau. L'homme revint se planter devant la baie vitrée. Il lui restait à attendre. « Mais qui es-tu, Garrison Riss, pour oser venir t'attaquer à moi ? » songea-t-il.


Il dut sacrifier à certains impératifs, passer quelques communications importantes, quitter son château pour se rendre en ville, si bien que la journée était fortement entamée lorsqu'il put enfin rentrer chez lui. L'impatience le minait. Il ne cessait de penser aux renseignements qu'avait dû lui trouver Brent, et il espérait qu'ils seraient exhaustifs.

Le majordome avait bien fait les choses. Sur l'écran de son ordinateur s'étalaient des dizaines de pages de ce qu'il avait pu demander. Avec en tête, les informations concernant Garrison Riss. Ce type était en passe de devenir une légende. Il était responsable à lui seul de plus de cent quarante arrestations de criminels les plus endurcis de la galaxie. La moitié des pénitenciers de la République renfermait au moins une personne qu'il avait été chargé d'intercepter. Les quelques noms que Landers fit défiler le convainquirent définitivement de l'efficacité – et de la dangerosité – du marshal. Des criminels d'une férocité absolue, des brutes sanguinaires, mais aussi des personnalités importantes. Difficile dans ces conditions d'imaginer pouvoir le corrompre, ou même le faire chanter. Rien n'indiquait qu'il avait encore de la famille, ses parents étaient décédés depuis très longtemps, il n'avait pas de femme ni d'enfant. Les rumeurs lui prêtaient un mariage quelques années plus tôt, sans précision. Carson Landers survola le reste des informations, passant sur la collection de récompenses obtenues par le Space Marshal. Un instant, il s'imagina fomenter une petite révolution pour faire libérer quelques détenus, et les payer grassement pour se débarrasser du marshal et de son équipe. Une idée qu'il ne repoussa pas complètement, même si tenir ces suppôts de Satan en laisse par la suite relevait de l'impossible...

Il passa au suivant. Brent avait trouvé des informations sur le dénommé Peaceful. De son véritable nom Josh Davis, l'homme était un ancien capitaine, tireur d'élite de l'armée de la République Galactique. Des records de tir à la pelle, sur des distances faramineuses. Un jour, lassé de cette surenchère, il avait quitté l'armée. On disait qu'il s'était retiré comme prédicateur, prêchant la bonne parole contre la violence de toute sorte. Sa dernière demeure connue se trouvait sur Callypos, mais Carson Landers savait qu'il accompagnait Riss. Ces deux-là devaient se connaître de longue date, sans doute avaient-ils été amenés à collaborer. Le milliardaire esquissa une grimace : visiblement, les rumeurs sur les méthodes de prêche de Davis faisaient état d'une méthode pour le moins expéditive pour contraindre les violents à renoncer à leurs armes.

Le majordome n'avait trouvé aucune information particulière concernant le dénommé Lee. On parlait d'un joueur de cartes professionnel qui hantait les bars de Jezzarryyk en plumant tous les voyageurs de passage, mais rien de bien précis. Aucun nom, aucun passé. Wallace, celui que l'Artusien avait mentionné comme un lanceur de couteaux particulièrement doué, n'était pas de Jezzarryyk, mais du côté de Preston vivait un type qui correspondait à la description. Landers pouvait envoyer quelqu'un prendre des renseignements, la petite ville n'était guère éloignée. Restaient le lycanthrope et la femme. Les habitants de la planète Lupyii étaient réputés pour être de solides navigateurs, et surtout des créatures endurantes et brutales. Tout juste ce qu'il fallait pour s'opposer aux poulpards. « Si une femme se trouve avec cette bande de types, elle doit être du même acabit », songea Landers. Il attrapa son transmetteur holographique et lança une communication. « C'est lui que j'aurais dû appeler dès le départ », pensa-t-il encore en voyant apparaître son interlocuteur. Trapu, basané, le cheveu et le poil d'un noir de jais, il portait un bandeau sur l'œil droit, et son visage émacié s'étirait davantage avec le bouc qui lui mangeait le menton. Carson Landers faisait appel aux services de l'individu sur Jezzarryyk lorsque le besoin s'en faisait sentir, ce qui incluait également l'intimidation et la persuasion par la force.

— Bonjour Osgold, dit le milliardaire. Je peux vous déranger une minute ?

— Landers... que me vaut l'honneur ?

— J'ai besoin de renseignements assez rapidement.

— Quelqu'un à qui « parler » ?

— Pas dans l'immédiat. En plus, il n'est pas sur Jezzarryyk.

— Tarif habituel, laissa tomber le dénommé Osgold.

Carson Landers laissa échapper un mouvement d'humeur, mais il savait que l'homme ne ferait rien tant qu'il n'aurait pas obtenu ce qu'il cherchait. Il accéda au tableau de commande du transmetteur, entra son code d'accès, se connecta sur sa banque pour procéder à un transfert de fonds. Lorsque le message du transfert effectué s'afficha sur l'écran, Osgold reprit la parole.

— C'est quoi votre problème, Landers ?

— J'ai besoin de tuyaux sur deux types. Je ne connais que leurs prénoms : Lee, un joueur de cartes, et Wallace, un lanceur de couteaux de Preston.

— Je connais, fit Osgold. Wallace. Il bosse dans les exploitations fermières au sud. Il s'occupe de convoyer les trois-cornes à l'abattoir. Un grand type sec, on a l'impression qu'il n'a que la peau sur les os. Et foutrement rapide avec ses lames. On dit qu'il est capable de planter quelqu'un avant même qu'il ait pu dégainer son blaster.

— Ça me paraît un peu exagéré, non ?

— Rien ne vous empêche d'aller vous y frotter ! ricana Osgold. Il pourra vous montrer comment on utilise un poignard entre deux captures de trois-cornes !

— Il n'est plus à Preston, il est sur Artus 4.

— Ah…

Carson Landers attendit qu'il ajoute une remarque, mais devant son silence, il précisa :

— Il y est avec une bande de types qui cherchent à contrecarrer certains de mes… projets.

Sans s'étendre plus qu'il n'était nécessaire, le milliardaire résuma la situation. Au nom de Garrison Riss, le borgne tiqua et souhaita bon courage à Landers. Il allait couper la communication, lorsque ce dernier insista encore, furieux d'avoir payé une telle somme pour si peu d'informations.

— J'aurais encore quelques petites choses à vous demander. Si vous connaissez une femme mercenaire qui pourrait accompagner Riss et sa bande, ainsi qu'un lycanthrope.

— Les lycanthropes sont tous des dégénérés, il n'y a rien de bon à attendre d'eux, alors un parmi les autres, peu importe.

— Et la femme ?

— J'en ai connu quelques-unes capables de faire ce genre de job, mais elles n'ont pas fait de vieux os. La plupart sont mortes. J'ai peut-être un nom, je vous le ferai savoir.

— Accepteriez-vous de m'accompagner sur Artus 4, Osgold ? Pour vous en rendre compte ? Votre prix sera le mien, avec une bonification en plus.

Le borgne ne répondit pas tout de suite, se contentant de passer la main sur son menton pour en lisser le bouc.

— Vous savez bien que je n'aime pas quitter Jezzarryyk, Landers. Je suis bien ici et j'ai assez de travail...

— Le triple, coupa le milliardaire. J'offre le triple. Vous venez, vous me dites ce que vous en pensez, et vous rentrez. Nous sommes quittes.

— Je vais y réfléchir... Rappelez-moi dans quelques jours. Au revoir Landers.

Et Osgold coupa la communication, cette fois définitivement.

## 14

Assis en hauteur sur une pile de caisses, Lee regardait la quinzaine d'habitants d'Artus Town s'aligner le long d'une ligne grossièrement tracée sur le sol. Devant eux, à environ trente mètres de distance, avaient été disposées des silhouettes en bois et en métal de forme vaguement humanoïde. Lee avait pris soin de les coiffer de franges rougeâtres pour rappeler les poulpards. D'autres étaient également plantées dans le sol, un peu plus loin, à cinquante puis à cent mètres. Les Artusiens contemplaient l'arme qu'ils avaient reçue, un blaster semblable à celui de Lee, et à la façon dont ils la tenaient il était évident qu'ils étaient tous novices. Il réclama un peu d'attention, désigna son arme puis les silhouettes des poulpards.

— Ce que vous tenez en main s'appelle un blaster, je pense qu'à défaut d'en avoir vu, tout le monde en a au moins entendu parler. C'est l'arme de base dans la République. Ce modèle un peu ancien est un SWT 22 à coup unique sans recul, c'est-à-dire que vous allez pouvoir tirer coup sur coup, mais pas en rafale, sans risquer de vous déboiter l'épaule. C'est un engin extrêmement fiable, qui ne s'enraye pas, équipé d'une cartouche haute densité, permettant de décharger quatre-vingts fois sur ses adversaires avant de recharger. Le projectile énergétique reste concentré sur la distance, celle-ci est optimale à trente mètres, d'où les cibles que vous voyez ici sur le terrain.

— Excusez-moi, fit quelqu'un, mais on ne comprend pas bien... ça veut dire quoi, SWT ? Et 22 ? Et projectile énergétique concentré ?

Lee poussa un soupir.

— SWT sont les initiales du fabricant de l'arme, Smithwesson Tech. 22, c'est le modèle de référence. Vous avez des 22, et moi un 45. Jusque là, ça suit ? OK, ensuite, quand vous tirez un projectile d'énergie, celle-ci se disperse dans la nature, c'est normal, plus on vise loin et plus on perd de puissance. Les modèles fabriqués par SWT ont la particularité de concentrer l'énergie. Donc, que vous tiriez à bout portant ou à trente mètres, les dégâts seront les mêmes. C'est plus clair comme ça ?

Hochement de tête général. Lee indiqua les cinq premiers Artusiens.

— On va commencer par vous. Tenez le pistolet au bout de votre bras, pointez-le en direction de la cible. Vous alignez le canon sur le corps ou la tête... commencez par le corps, c'est déjà bien. Vous devez sentir le poids de l'arme, la crosse doit ne faire qu'une avec la paume de votre main. Maintenant, du pouce, vous allez appuyer sur le petit levier situé sur le côté de l'arme, et le basculer en avant jusqu'à entendre un petit claquement mécanique.

— On fait comment si on est gaucher ?

— Eh bien, tu baisses le levier avec ton autre main, tu improvises ! Bon, tout le monde a entendu le cliquetis ? Alors, on vise, et on fait tous sauter les couilles de ces têtes de poulpes ! Les cinq suivants, tenez-vous prêts, c'est votre tour juste après. Feu !

Le fracas aigu du tir des pistolets laser emplit l'atmosphère, assourdissant les tireurs. Des gerbes de fumées s'élevèrent sur le terrain à chaque impact, ainsi que des projections de petits cailloux. Quand la fumée fut dissipée, Lee se redressa et inspecta les cibles à l'aide de petites jumelles.

— Bravo les gars, un impact ! À quinze mecs, vous avez réussi à toucher un poulpard. En attendant, eux ont fait mouche à chaque coup. Artusiens, un demi, poulpards, dix !

— C'est impossible ! murmura un des tireurs.

Lee sauta de son tas de caisses et s'approcha de lui.

— Excuse-moi, je n'ai pas bien entendu. Tu dis que ce n'est pas possible ? Les poulpards en face de toi ne vont pas se poser de question pareille. Ils sont peut-être un peu lourds et lents, mais ils ne renoncent pas facilement.

— Mais on essaie ! gémit le type.

— Non mon gars, répondit Lee. Face à tes ennemis, tu n'essaies pas. Tu le fais, ou tu ne le fais pas...

Presque sans viser, avant même que l'Artusien ait réalisé qu'il avait sorti son blaster, le joueur de cartes tirait en direction des cibles, les fauchant toutes les unes derrière les autres à trente puis à cinquante mètres. Il rengaina son pistolet et fit un clin d'œil à l'homme ébahi.

— En fait, cette phrase n'est pas de moi, mais j'aime bien ! Allez, on se remet au boulot !

Il les abandonna un moment, passant voir comment se débrouillait Wallace. Habituellement assez avare en paroles, le lanceur de couteaux se faisait professeur en apprenant à un groupe de femmes et d'hommes à manier le poignard. Il avait la satisfaction de constater que certains ne se débrouillaient pas trop mal.

— Et de ton côté ? demanda Wallace.

Lee fit la moue.

— Ces types rateraient un trois-cornes dans un couloir d'hôtel ! J'aurais besoin de deux mois pour les former !

— On ne les a pas malheureusement.

— Je sais... Tu as vu Riss ?

— Il est de l'autre côté de la ville, il s'occupe d'établir les fortifications. Il a fait déplacer deux foreuses pour creuser des tranchées juste devant les accès à la mine et là il s'occupe de l'autre sortie. De ce côté, les poulpards ne pourront pas arriver de front sans se prendre les pieds. Et je crois que Killer-dog a fait enterrer quelques détonateurs un peu plus loin dans le terrain.

— Merde, déjà que ces saletés chlinguent à cent mètres, qu'est-ce que ça va être quand on va les réduire en charpie ! Et notre douce amie Lethal Girl, elle fait quoi ?

— Elle apprend aux femmes à se battre avec ce qu'elles ont sous la main. De la self-défense poussée à l'extrême.

— Mmmh ! Des corps féminins qui s'agitent ! Concours de maillots trempés de sueur ? Je vais aller voir ça de plus près.

— Ne t'excite pas ! Si elles deviennent aussi fortes que Lucy, au moindre sourire mal interprété, tu te retrouveras en morceaux, cassé de partout.

— Ça va être gai si on veut charmer ces demoiselles ! se plaignit Lee.

Wallace jeta un œil autour de lui, se rapprocha du joueur de cartes pour souffler :

— Tu as vu Peaceful ?

— Là tout de suite ? Non, ça fait un petit moment d'ailleurs. Je crois qu'il devait former quelques Artusiens au maniement des fusils. À moins qu'il n'ait décidé de prêcher la bonne parole. Pourquoi ?

— Je ne sais pas… une impression… Lorsque nous sommes arrivés ici, et que les têtes de poulpe nous sont tombées dessus, Riss et moi on les a canardées jusqu'à ce que le dog débarque avec le Prosecutor et les achève. Durant tout ce temps, Davis est resté bien planqué derrière ses caisses. Je ne saurais dire s'il a tiré une seule fois…

— Tu déconnes ?

— Je te dis ça comme ça, c'est tout…

Il s'interrompit en donnant un petit coup de sourcils d'avertissement. Une bouteille d'alcool dans la main, son fusil dans l'autre, Josh Davis s'approchait d'eux, l'air suffisant.

— Alors les gars ? Satisfait de vos recrues ?

— Ils se débrouillent, répondit sobrement Wallace.

— Je pense que les miens sont meilleurs. J'ai déjà repéré quelques bons tireurs, certains parmi eux qui chassent les chauves-souris, je pense qu'ils constitueront l'arrière-garde.

— Bien planqué derrière les barricades, tu as raison, c'est motivant, fit Lee.

— Personne ne se planque ! s'énerva Davis. Chacun fait son boulot ! J'ai vu tes gars tout à l'heure, ils sont pitoyables ! Non, mais, regarde-les ! Ça fait dix minutes qu'ils bouffent des cartouches et c'est à peine s'ils ont touché une cible ! Qu'est-ce que tu veux qu'ils fassent contre ces putains de mécréants de Zoxxiens ?

Je commence à me dire que tout ça, c'est juste de la connerie !

— En tout cas, répondit Lee, ils y mettent leurs tripes. Je suis sûr qu'au moment de combattre ils ne se défileront pas pour aller se planquer derrière un tas de caisses...

Il s'éloigna vers les Artusiens, mais Peaceful le rattrapa en le tenant par la manche :

— Attends, qu'est-ce que tu insinues là ?

— Rien du tout. Maintenant, si tu veux bien m'excuser, j'ai des hommes à former, qui devront arrêter les poulpards que tes tireurs d'élite bien planqués n'auront pas atteints.

Avec un cri de rage, Josh Davis fit deux pas en direction des quinze Artusiens sur le pas de tir.

— Poussez-vous, bordel ! hurla-t-il.

Il épaula le fusil en direction des cibles. Trente mètres, cinquante mètres, cent mètres. Quasiment sans viser. Touchées les unes derrière les autres à la hauteur de ce qui figurait la tête, elles finirent décapitées par l'ex-tireur d'élite.

— Fais donc la même chose avec ton joujou ! ajouta Peaceful en s'éloignant.

Lee le laissa partir avec un sourire.

— Vous avez vu les gars ? Alors, si vous ne voulez pas vous mettre la honte, remuez-vous !

Du côté sud de la ville, Garrison Riss supervisait les travaux de défense avec l'aide de Rhagal. Sous des dehors assez bourrus, le chef des ouvriers se révélait être un formidable meneur d'hommes et quelqu'un plein de ressources. La sortie au sud de la ville, vers Drahoga et Brennos, était désormais condamnée par une double tranchée garnie de pics métalliques et en bois plantés dans le sol. Asulf Killer-dog avait également fait enterrer quelques détonateurs thermiques entre les tranchées et au-delà. Du côté nord, celui qui menait à la mine, les foreuses avaient été déplacées afin de constituer une barricade efficace. Le sol de la mine, beaucoup trop dur, ne permettait pas réellement de creuser un fossé assez profond pour gêner suffisamment la progression des assaillants. Le Space Marshal avait proposé de pratiquer deux sillons suffisamment profonds pour y faire couler du carburant liquide prêt à être enflammé. C'était là aussi que se tiendraient ceux qui sauraient faire usage des fusils blasters, la zone à défendre étant plus fragile bien que plus compliquée d'accès. En cas de repli, les Artusiens auraient le loisir de faire sauter une partie des rails du chemin de fer pour ralentir la progression des ennemis. Tous se retrouveraient alors en ville. La question qui restait en suspens était celle de la ville elle-même. Si Carson Landers n'arrivait pas à s'approprier la mine, ne serait-il pas tenté en dernier recours de la mitrailler jusqu'à la détruire ? Par chance, le croiseur zoxxien était trop imposant et d'une marge de manœuvre trop réduite pour pouvoir se poser sur la planète, voire même simplement s'en rapprocher. Garrison Riss n'avait pas le souvenir que les poulpards disposaient de petites machines de guerre suffisamment légères et mobiles. Et il comptait sur l'intervention du Prosecutor, qu'il allait dissimuler dans les grottes avoisinantes. Il suffirait à l'un d'entre eux de prendre l'aérospeeder pour s'y rendre, faire décoller le vaisseau et venir à la rescousse des assiégés.

Félicitant le travail des Artusiens, Garrison Riss prit le chemin du retour vers le centre-ville. Il voulait voir si tout se déroulait correctement avec les autres membres de son équipe. Lee houspillait ses tireurs et certains commençaient à atteindre leurs cibles, la satisfaction se lisant sur le visage à chaque encouragement, comme pour ceux que Wallace avait pris sous son aile lorsqu'ils parvenaient à porter le coup de poignard mortel. Son esprit se rembrunit. Ces braves gens n'étaient pas des assassins. Ils n'avaient aucune idée de ce qui les attendait lorsque Landers débarquerait avec son armée de poulpards. Il leur faudrait faire mouche, tuer pour ne pas être tués, et même si les créatures de Zoxx étaient monstrueuses et répugnantes, elles n'en étaient pas moins des créatures vivantes. Ses pas le conduisirent derrière la salle de réunion de la mairie. Il pouvait entendre monter des cris d'encouragement féminins. Lucy Smith y avait établi son quartier général pour aider les Artusiennes à se défendre, ce qui n'était pas forcément bien vu de la part des hommes de la ville. Le marshal avait souri en voyant leur déconfiture devant l'opposition claire et nette de leurs épouses. Elles ne voulaient pas jouer les potiches, mais participer à l'effort de la ville. Garrison Riss s'arrêta un instant pour jeter un œil, et conclut qu'elles se débrouillaient mieux que les hommes. Les impacts de tirs sur les cibles installées par son ex-femme étaient mêmes plus nombreux. À présent au centre d'un groupe d'une vingtaine d'Artusiennes, Lucy Smith leur enseignait des techniques de combat. Elle s'était mise à l'aise, ne gardant qu'un pantalon souple et un tee-shirt échancré qui faisait la part belle au tatouage qu'elle arborait dans le cou. Le temps et l'éloignement n'avaient rien changé, Riss la trouvait toujours aussi désirable. Les femmes d'Artus avaient tenté de l'imiter, et ce déhanché de créatures de tout âge, de corps féminins en sueur et en tenue légère avait quelque chose de troublant. Lucy dut sentir qu'on l'observait, car elle leva la tête, et leurs regards se croisèrent un moment. Il ressentit une gêne soudaine et préféra détourner les yeux.

— Marshal Riss ! Marshal Riss !

Quelqu'un l'appelait depuis la rue. Garrison se retourna. Jack McBride se tenait à quelques mètres, hésitant à s'approcher, et ce fut Riss qui le rejoignit.

— Que se passe-t-il, Jack ?

— Je voudrais que vous m'appreniez à tirer au pistolet. Je n'ai pas envie de rester à ne rien faire alors que monsieur Landers a blessé mon père.

— Comment va-t-il, Jack ?

Une larme de détresse coula sur les joues du gamin.

— Il ne va pas bien ! Le docteur Chrestus dit qu'il est très faible et il pense qu'il a chopé une infection. Il n'a pas envie de lutter. On dirait... un cadavre !

Il se laissa tomber dans les bras du marshal pour se mettre à pleurer. Riss l'entoura de ses bras, tentant de le réconforter.

— Je crois que ta mère a besoin que tu sois à ses côtés dans ces moments difficiles, tu ne crois pas ? Ton père est très malade, et si elle t'imagine sur les barricades en train de tirer sur nos ennemis, elle va paniquer. Tu es sa seule famille, Jack d'Artus 4, n'oublie pas !

— Ce que je n'oublie pas, c'est que si les poulpards gagnent, plus personne n'aura de famille, fit Jack d'une voix sombre. Je dois apprendre à me battre. Vous ne serez pas toujours là, marshal. Et si un jour d'autres ennemis revenaient, je ne pourrais peut-être pas vous prévenir... mais si vous ne voulez pas m'apprendre, je trouverai bien un moyen de le faire tout seul !

Il releva le menton d'un air de défi. Garrison l'observa un moment, touché. Qu'avait-il à défendre ici, lui, Space Marshal de la République ? Une certaine idée de la liberté, de l'indépendance, une lutte contre l'oppression des puissants. Et pour quoi le faisait-il ? Pour du minerai, mais pas uniquement... Le gamin n'avait-il pas une bien meilleure raison de se battre que lui ? Ne jouait-il pas son avenir ? Il ébouriffa les cheveux de Jack du bout des doigts et lui sourit.

— OK Jack, on va voir ce que l'on peut faire avec toi...

Sur le spatioport, Asulf achevait de fixer un des deux petits canons récupérés sur le Prosecutor, pour les fixer sur le toit des bureaux. Lee avait décrété une pause et montrait des tours de passe avec son jeu de cartes. Riss consulta son datomètre : il restait moins d'une semaine avant le retour de Carson Landers. Et après avoir renvoyé Underwood, il s'étonnait qu'il ne soit pas déjà là.

## 15

Installé dans un fauteuil, ses longues jambes posées sur la rambarde du balcon de l'hôtel, Garrison Riss patientait nonchalamment en regardant passer les Artusiens. Chacun tentait de donner le change, mais la tension était réelle. Landers pouvait arriver d'une minute à l'autre. Les habitants d'Artus Town étaient aussi prêts que possible en aussi peu de temps. Riss avait même pris le risque de faire un voyage jusqu'à Balakar pour effectuer le premier versement en minerai à Sigmodos l'homme-rat. Celui-ci était particulièrement satisfait de son deal et agréablement surpris que Riss soit venu en personne. Le reste suivrait au prochain voyage, avait promis le Space Marshal, et le rat devait admettre qu'il tenait ses engagements.

On frappa à la porte de sa chambre, et le propriétaire de l'hôtel, Caleb Hanlon, vint le retrouver sur la terrasse.

— Marshal, on m'a chargé de vous prévenir : deux petits vaisseaux viennent de pénétrer la couche atmosphérique d'Artus 4 et demandent l'autorisation de se poser.

— Des navettes de commerce ? demanda Riss.

Depuis huit jours, plus aucun navire n'atterrissait sur le spatioport sans avoir été contrôlé.

La plupart devaient se contenter, soit de se poser sur la terre en dehors des pistes, soit de repartir. Garrison imaginait que les informations finiraient par être rapportées au Gouverneur, ce qui pourrait constituer un moyen de faire entendre raison à Landers, mais il n'y croyait pas trop.

— Non marshal. Ce sont des navettes de combat.

Riss sauta de son fauteuil.

— Allons voir ça de plus près...

Il traversa la rue en courant et grimpa jusqu'au poste de contrôle du port. Lee, Killer-dog et Lucy étaient déjà sur place. La navette de tête réitérait sa demande d'autorisation de se poser sur la piste, et Garrison établit le contact.

— Ici le Space Marshal Garrison Riss. Veuillez décliner vos titres et objets de transport ! Cette zone est sécurisée et aucun appontage ne peut se faire sans autorisation.

— Space Marshal Riss ! Depuis le temps que j'entends parler de vos exploits, il me tardait de vous rencontrer !

— Puis-je savoir à qui j'ai l'honneur ?

Un visage se matérialisa sur l'écran de communication. Celui d'un homme anémique aux yeux bleus délavés, et au rictus cruel sur sa bouche fine.

— Je suis Carson Landers... je crois que vous avez entendu parler de moi, sans fausse modestie de ma part.

— Effectivement, je vous connais moi aussi de nom, et de réputation, monsieur Landers.

— J'espère qu'elle n'est pas surfaite au moins, grinça le milliardaire.

— Que voulez-vous ?

— Je demande l'autorisation d'atterrir sur Artus Town, pour ma navette et celle de mes compagnons, comme stipulé dans le code spatial édicté par la République Galactique.

— Je connais ce code par cœur, monsieur Landers. Ce qui m'étonne, c'est votre choix du spatioport d'Artus Town alors que Drahoga possède sa propre zone d'atterrissage. Et c'est une ville que vous connaissez bien.

Carson Landers laissa échapper un mouvement d'humeur. Qu'on lui tête était quelque chose qu'il détestait par-dessus tout.

— Nous devons parler ! jeta-t-il.

— Nous ?

— Je dois parler aux représentants de cette ville. Je veux entendre de leur bouche la décision qu'ils ont prise concernant ma proposition pour la mine.

— S'ils étaient d'accord, vous pensez que je serais là ? Vous perdez votre temps, Landers !

— C'est à moi seul d'en décider !

— Très bien ! Votre navette va se poser sur l'emplacement que nous allons dégager (Riss fit signe à deux Artusiens de dégager l'appontement). L'autre navette se posera en dehors du spatioport.

— Mais la poussière risque d'endommager les turbines ! protesta Landers.

— Alors renvoyez-là d'où elle vient.

Garrison Riss coupa le contact et se tourna vers Gaïus Rhagal.

— C'est le moment de montrer que j'ai bien fait de vous choisir comme chef de la ville. Landers en personne vient nous rendre visite, tâchons de l'accueillir comme il se doit et de lui montrer ce qu'on pense de lui...

Les deux Artusiens envoyés par le marshal achevaient de dégager l'espace nécessaire à l'atterrissage. Garrison s'avança sur le tarmac, observant les manœuvres d'approche de la navette de Carson Landers. L'autre engin cherchait à se poser sans trop soulever de poussière. Acte conscient et délibéré, du moins Riss le pensait, les deux navettes ne semblaient pas armées, à peine un système de défense constitué de deux petits canons frontaux équivalents à celui installé sur le toit des bureaux du spatioport. Ce n'étaient pas des engins de combats spatiaux, mais des engins de terrain. Les deux propulseurs furent coupés, et la porte latérale s'ouvrit, laissant d'abord passer quatre Zoxxiens, puis deux humains. Le premier était Carson Landers, vêtu de son éternel manteau de cuir noir qui faisait ressortir son visage couleur de craie. À ses côtés, le second formait un contraste assez saisissant avec son teint très mat et son bandeau sur l'œil. Il se tenait un pas en arrière, et arborait une ceinture cartouchière fixée assez bas sur les hanches, contenant deux pistolets laser inclinés en avant pour permettre de dégainer plus rapidement. Son visage ne parla pas immédiatement à Garrison Riss, mais Wallace le reconnut aussitôt, car il toucha le marshal de l'épaule.

— On dirait que Landers a recruté, dit-il. Osgold, ça te parle ?

Riss opina. Il situait le personnage à présent. Un mercenaire également, sauf qu'il se trouvait à la solde des puissants. Garrison attendit que Carson Landers s'approche sans daigner faire un pas, ni un geste de salut lorsque le milliardaire s'arrêta devant lui. Il savait que l'homme détestait tout contact physique. Landers dévisagea le Space Marshal en s'efforçant d'y mettre ce qu'il fallait de dédain, sans parvenir à provoquer la moindre réaction. Son regard se porta ensuite sur les autres membres venus entourer Garrison : Lee, Wallace, Lucy, Killer-dog et Peaceful. Ils se tenaient tous de façon nonchalante, et non pas raides comme certains Artusiens, avec une espèce de désinvolture qui en disait long sur leur force de caractère et leur absence de crainte. Landers comprit qu'il n'avait aucune chance de les faire changer d'avis en leur proposant de les acheter. Ils s'étaient pris d'un stupide idéal de justice auquel ils ne renonceraient pas facilement. Il se tourna alors vers l'homme qui accompagnait le marshal et qui remplaçait feu Barry Underwood.

— Alors, c'est toi, maintenant le nouveau chef de cette ville ? Gaïus Rhagal, c'est ça ? Et, dis-moi, qui t'a nommé ?

— J'ai été élu par les habitants d'Artus Town, répondit Rhagal, d'une voix qu'il s'efforçait de garder ferme.

— Par les habitants, hein ? Pas par le marshal et son équipe j'espère ? Ce ne serait pas très réglementaire...

— Je ne vois pas en quoi ça vous concerne, dit le chef des ouvriers, de plus en plus mal à l'aise.

Carson Landers avait l'air de s'amuser de la situation. Il prenait une revanche sur Riss et ses acolytes.

— Dis-moi, est-ce que ça te plait comme fonction ? Tu apprécies le fait d'avoir remplacé Underwood ? Parce qu'il faut que je te le dise quand même, à toi et à tous tes amis, ce pauvre Underwood est mort. Il s'est fait exploser la cervelle ! Voilà ce qui arrive quand on trahit ses maitres...

Un murmure horrifié monta de la foule. Landers examina les Artusiens, satisfait. Ils réfléchissaient.

— Et c'est vous qui...? commença Rhagal.

— Grands Dieux, non ! s'exclama Landers en surjouant la comédie. Cela ferait de moi un assassin, et comme il y a un marshal fédéral parmi vous, il pourrait m'inculper de meurtre ! Non, Rhagal, je tenais juste à t'avertir, un conseil d'ami en somme...

Le chef des ouvriers lança un regard vers les habitants de la ville, puis vers Garrison Riss. Ce dernier demeurait impassible. Il prit le temps de tirer une cigarette de sa poche pour l'allumer, souffla la fumée vers le ciel et la regarda s'envoler.

— Je ne crois pas que vous soyez le bienvenu ici, monsieur Landers, finit-il par dire.

— Je vous demande pardon ?

— Vous avez parfaitement entendu. Vous êtes venu parler ? Parlons. Ensuite, regagnez vos navettes et disparaissez de cette planète.

— Je suis venu parler à l'autorité de cette ville, marshal, et, à ce que je sache, il s'agit de Gaïus Rhagal désormais. Je viens donc m'enquérir de sa décision concernant ma proposition de partenariat.

— Partenariat ? J'aurais dit esclavagisme. Partout où vous passez, ce n'est que misère et ruine. Vous avez mis sur la paille des millions d'habitants à travers la galaxie simplement pour satisfaire votre

besoin de puissance, et vos envies de richesse !
Seulement voilà, tout a une fin, et les habitants d'Artus
Town ne veulent pas de vous.

— J'ai dit que je voulais l'entendre de la bouche
de Rhagal ! jeta Carson Landers, irrité.

— Votre projet ne nous intéresse pas,
monsieur Landers, lâcha Rhagal. Le Space Marshal a
raison, partout où vous êtes passé, vous avez tout
détruit pour votre seul profit. Et ceux qui sont restés
triment comme des esclaves. On ne veut pas de ça ici.

— Vous ne voulez pas de ça ? Vous ne voulez
pas de l'évolution technique, de l'avenir ? D'un monde
meilleur ?

— Nous ne voulons pas tous finir avec les
mains coupées !

Rhagal avait retrouvé un ton ferme. Un
murmure d'approbation monta de la foule, et le
milliardaire comprit qu'il avait perdu la partie. Le
visage dévoré de tics, gesticulant sur place, il pointa
son doigt vers Riss et son équipe, puis sur les
Artusiens.

— Qu'est-ce qu'ils vous ont promis pour que
vous soyez venus jouer les nounous de ces crétins ? Du
minerai ? Je vous en aurais offert le quintuple ! Mais ce
n'est pas grave ! Vous ne voulez pas être avec moi,
alors vous serez contre moi ! Je vous jure que je vais
m'occuper personnellement de cette ville et de vous
tous, bande de crétins ! Et quand j'en aurai fini avec

vous, votre putain de mine ne vaudra plus un clou ! Vous n'aurez que vos foutues caillasses à bouffer, et vous crèverez tous !

Le Space Marshal se décolla d'un coup de reins de la machine contre laquelle il s'était adossé, et porta la main à son pistolet.

— Je vous conseille de modérer vos propos, Landers, sinon je me verrai dans l'obligation de vous mettre en cellule pour menaces sur l'ordre public.

Landers recula de deux pas, ivre de rage.

— Vous êtes fini, Riss ! Je me chargerai personnellement de votre cas auprès du gouverneur ! Plus personne ne voudra vous employer, vous pouvez me faire confiance ! Je vous écraserai tous !

Lee se mit à rire, un rire forcé tout d'abord, mais qui devint plus naturel au fur et à mesure. Il fut suivi par celui de Killer-dog, ressemblant plus à un grognement de bête repue, puis par celui de Lucy, et enfin par ceux des habitants d'Artus Town. Landers poussa un cri étranglé. Ils se moquaient de lui ! Ils se moquaient tous de lui ! Il se précipita en direction de sa navette, sous les quolibets de la foule à présent libérée de toute crainte, comme si par ce simple refus elle avait jeté bas le monstre, et grimpa à bord sans se retourner.

— Je vais les écraser ! gronda-t-il. Je veux les voir souffrir et les voir crever ! Et je me garde le marshal pour la fin ! Je n'aurai de cesse d'anéantir ce refuge de pouilleux ! Osgold, venez ! Nous allons tâcher de recruter quelques mercenaires nous aussi pour nous débarrasser de ces hommes !

Mais le borgne secoua la tête.

— Navré Landers, mais je reste ici. Ce sont eux qui ont raison : ils défendent un idéal valable, ils défendent ce à quoi ils tiennent, leur vie, leur famille, leur maison, leurs biens. Ça fait trop longtemps que je bosse pour vous à éliminer les obstacles qui se dressent sur votre route, et tout ça dans quel but ? Vous ne serez jamais satisfait. Combien vous faudra-t-il de morts encore après avoir massacré les habitants d'Artus Town ? Ce ne sera jamais fini si on ne vous arrête pas. Un conseil : laissez tomber. Retournez sur Jezzarryyk et continuez votre existence dans votre château de pierre. Et oubliez cette ville.

— Je vous interdis ! Vous travaillez pour moi ! Si jamais vous restez ici, plus personne dans tout l'univers ne voudra vous embaucher, vous m'entendez ?

— Vous l'avez déjà dit au marshal. Vous vous répétez, Landers !

— Osgold !

Le borgne claqua la porte extérieure de la navette et s'éloigna, laissant le petit vaisseau prendre son envol. Malgré le bruit des moteurs, il pouvait presque entendre les vociférations de Landers dans sa cabine. La deuxième navette s'arracha au sol dans un nuage de poussière, et les deux engins disparurent dans le ciel grisâtre d'Artus. Le silence retomba.

À pas lents, le borgne regagna l'attroupement autour de Garrison Riss. Les six n'avaient pas bougé, se contentant d'observer la scène. Osgold s'arrêta à deux pas du marshal, tendit la main :

— Je travaille pour cette ordure depuis trop longtemps, dit-il. Il est temps de faire quelque chose de ma vie.

Garrison Riss serra vigoureusement la main tendue.

— Je le crois aussi, Osgold, répondit-il. Bienvenue à Artus Town !

Il surprit le geste de Lee à ses côtés. Le joueur de cartes brandissait ses deux mains, une avec les cinq doigts ouverts, l'autre avec seulement deux. Il hocha la tête. Lee avait raison, ils étaient désormais sept. Sept mercenaires chargés de défendre une poignée d'habitants ne désirant qu'une chose : vive en paix et profiter de leurs terres.


Le repli de Carson Landers et de ses poulpards avait procuré un immense sentiment de triomphe aux Artusiens, déjà prêts à tourner la page. Mais Garrison préféra tempérer leurs ardeurs. Landers n'était pas le genre à renoncer facilement, et il le voyait plutôt préparer un mauvais coup. Il fit donc installer le soir même des hommes aux différents postes de garde, fit vérifier l'armement de chacun, les prévenant du risque de voir débarquer une bande de Zoxxiens acharnés.

Il ne put cependant empêcher la réunion prévue au bar de l'hôtel. Chacun voulait féliciter l'assurance et le sang-froid des six hommes et de la femme, qui avaient su montrer à leur adversaire qu'ils ne le craignaient pas. Les poignées de mains ne cessaient pas, le mettant presque mal à l'aise, lui qui n'avait jamais été d'un naturel très expansif. Il finit par s'attabler avec Lee et Rhagal, dans l'optique de vérifier les derniers préparatifs. De l'autre côté du bar, Wallace était l'attraction locale, triomphant systématiquement de tous ceux qui le défiaient au lancer de couteau sur cible. Assis dans un coin, Josh Davis racontait à un public conquis d'avance ses innombrables missions pour prêcher la bonne parole, mission qu'il enjolivait au gré de sa fantaisie et de l'intérêt des Artusiens.

Installés devant le comptoir, Lucy Smith et Asulf Killer-dog levaient le coude en compagnie du nouveau venu, Osgold. L'alcool aidant à délier les langues, ils purent ainsi vérifier la sincérité du borgne qui n'était pas là pour les espionner sur ordre du milliardaire. La serveuse n'était autre que la fille du patron, Tamara, qui semblait fascinée par Lucy Smith et son tatouage de serpent-dragon. La Lethal Girl avait remarqué ses coups d'œil, de même que ceux qu'elle jetait en direction de la table sur sa droite. Elle brulait de poser une question, et Lucy, que la situation amusait, l'incita à se lancer avec un sourire complice. Tamara se pencha par-dessus le comptoir.

— Dites-moi, madame Smith, je peux vous poser une question ?

— Bien sûr, Tamara, mais à une condition : que tu m'appelles Lucy. Tout le monde m'appelle Lucy, madame, je n'aime pas trop, ça fait vieille peau, et puis, je n'ai rien d'une dame !

— Ça, c'est bien vrai ! rugit Killer-dog, ce qui lui valut une bourrade de la femme.

— T'es trop con, le dog ! Vas-y gamine, pose ta question.

— Le tatouage... vous l'avez eu comment ?

— Je pensais que tu allais me poser une autre question... Ce tatouage-là représente un serpent-dragon de Berylon. Une saloperie de bestiole teigneuse, pleine de griffes et de dents, qui t'envoie un souffle des enfers pouvant anéantir n'importe qui sur place. Même dog est battu... Vingt fois tu crois l'avoir tué, vingt fois il revient à la charge.

— Et pourquoi l'avez-vous fait ? Je veux dire, le tatouage ?

— Parce que j'en ai tué un. Juste comme ça, pour le fun. Ce tatouage, c'est une marque de reconnaissance. Seuls ceux qui ont pu abattre la bête peuvent en porter un.

— Et vous en connaissez beaucoup à l'avoir fait ?

— Très peu... Mais j'en connais très bien un, il est assis pas très loin d'ici.

Lucy Smith pointa son verre en direction de la droite.

— Lui, dit-elle en montrant le marshal. Garrison Riss. Mais il ne le montre pas.

— On ne voit pas de tatouages sur lui, remarqua la jeune fille.

— Ça, Tamara, c'est parce qu'ils sont plus petits que le mien, et surtout bien cachés.

— Comment ça ?

Lucy lui lança un clin d'œil.

— Tamara, j'ai souvent vu ce monsieur pas très habillé, si tu vois ce que je veux dire...

La jeune fille piqua un fard et plongea le nez dans sa vaisselle.

— En tout bien tout honneur, hein ? ajouta Lucy. Cet homme a été mon époux. Le seul à avoir réussi à me supporter... et à avoir trois putain de Bon Dieu de tatouage, trois !

Elle avait laissé passer dans sa voix plus de nostalgie qu'elle n'aurait voulu. Garrison dut sentir qu'on l'observait, car il releva la tête, et cette fois ce fut elle qui détourna le regard la première.

— Bref ! dit-elle. Riss est le seul type à avoir réussi à buter trois serpents-dragons, mais à la suite. Personne avant lui ne l'avait fait...

— Vous avez été mariés longtemps ? finit par demander Tamara Hanlon après un long silence.

— Quelques années. Trop, ou trop peu, ça dépend du côté où l'on se place.

— Et comment vous avez su que c'était le bon à ce moment-là ?

Lucy Lethal Girl lui jeta un œil en biais. La jeune fille ne la regardait pas, tout entière perdue dans la contemplation de la table. Un seul homme attirait ses regards, le joueur de cartes, Lee. Lucy éprouva un sentiment de tendresse subit envers cette jeune fille, sentiment qu'elle avait fini par oublier.

— Tu le sens dans ton cœur, dans ton âme, dans tes tripes. Dès que tu le vois, tu as les mains qui tremblent. Putain, t'es même plus capable de moucher un poulpard à cinquante mètres ! Enfin, ajouta-t-elle en voyant l'interrogation se lire sur le visage de Tamara, disons que tu n'es plus bonne à rien.

— Et comment ça s'est passé entre vous ?

— Oh, très simplement, hein dog ? Le Space Marshal a débarqué un soir dans un bar de crapules, du côté de la ceinture de Dzeta Proximus. C'était moi qu'il cherchait. Il m'a eue par surprise, le temps que je réalise il avait abattu les trois mecs qui bossaient avec moi, et j'avais un flingue posé sur le front. Il m'a donné le choix : soit je le suivais, soit il m'abattait. Avec le recul, c'était vachement romantique comme approche...

— Qu'est-ce que vous avez fait ?

— Je me suis rendue. Je lui ai juste demandé de m'accompagner dans ma chambre histoire de prendre quelques affaires. Et il m'a suivi. Je crois qu'il avait dans l'esprit la même chose que moi. On est rentrés dans la pièce... et bon, je te passe les détails, tu es encore un peu jeune. On est ressortis de là trois jours plus tard.

— Trois jours ! s'exclama Tamara. Qu'est-ce que vous avez pu faire pendant trois jours ?

Elle réalisa soudain, vira à nouveau au cramoisi et se cacha derrière une serviette.

— Tu veux un conseil, Tamara ? Si tu tiens à lui, dis-le-lui, sans attendre. Les hommes sont tous des gros lourdauds, sans leurs flingues ils ne sont plus rien. Tu y vas, tu fonces, et tu lui dis. Et colle-le dans ton lit au besoin, mais c'est *toi* qui décides, jamais lui, même s'il le croit. Ne laisse pas l'avenir te passer sous le nez, crois-moi, on le regrette plus tard...

En disant cela, Lucy avait reporté son regard sur son ex-mari.

## 16

Venus du fond de la galaxie, les premiers rayons de l'étoile de Ghuron vinrent effleurer la surface rocailleuse d'Artus Town. La cité minière était calme, encore engourdie, plongée dans cet état pseudo-comateux qui précède le réveil. Le marshal avait veillé à ce que chacun soit à son poste, en dépit des protestations, les Artusiens restant persuadés qu'ils n'avaient désormais rien à craindre de la part de Landers. Mais Riss savait qu'il ne fallait jamais rien attendre de bon de la part de types comme lui. Il ne pouvait rester sur une défaite. Il s'étira, traversa l'artère principale d'Artus Town jusqu'au spatioport, afin de vérifier une ultime fois si tout était en place. Deux Artusiens étaient à la commande du canon de défense, et Osgold patientait dans le poste en compagnie de Rhagal et de Killer-dog.

— Vous voulez du café, marshal ? proposa le chef des ouvriers. Celui-là réveillerait un poulpard mort.

— Volontiers Gaïus. Tout est calme de votre côté ?

— Les écrans radars n'ont rien détecté. Le vaisseau zoxxien est toujours en orbite stationnaire, mais il s'est déplacé, il est désormais du côté de Drahoga et il ne bouge plus.

— Les terres de Carson Landers, remarqua Riss. Rien d'autre ?

— Non. Je crois que vous vous êtes trompé, marshal…

— J'ai plusieurs échos sur le radar, coupa Osgold. Au moins trois. Qui viennent droit sur nous.

Riss se pencha sur l'écran.

— Qu'est-ce que c'est à ton avis ?

— Difficile à dire… c'est rapide en tout cas.

— Des vaisseaux ennemis ?

— Peut-être, mais des petits. Ce ne sont pas des croiseurs.

Garrison Riss se tourna vers le lycanthrope :

— À ton avis Asulf ? C'est toi qui t'y connais le mieux en poulpards, non ? Qu'est-ce que tu peux nous dire sur leur flotte ?

— Ils ont un ou deux croiseurs, assez lents et lourds, comme celui qu'on a vu au-dessus de nous. Et des petits transporteurs de troupes, assez semblables à ceux qui ont emmené Landers, avec une dizaine de personnes à bord au maximum. Ils peuvent être équipés de canons, mais ceux-ci sont d'assez courte portée.

— Préviens Josh et ses tireurs. Objectif numéro un, tirer sur les transporteurs. La ville tiendra. Si les poulpards concentrent leurs tirs sur elle, je fais décoller le Prosecutor. On pourra juguler leur attaque.

— D'autres échos au niveau de la mine ! Et au niveau de la sortie sud !

— Ils vont attaquer partout à la fois. Sonnez l'alerte !

D'un geste rapide, Rhagal fondit sur le gros interrupteur rivé au centre de la console de commande, releva le capuchon protecteur et l'enfonça d'un coup de poing. La seconde d'après, une sonnerie stridente retentissait dans toute la ville.

— Que tous ceux qui ne participent pas au combat aillent se planquer ! Emmenez tous les enfants à l'abri, et établissez un périmètre de sécurité autour de l'hôpital. Tout le monde sait ce qu'il a à faire ? Alors en place !

Il tapota au passage l'épaule d'un Gaïus Rhagal décomposé.

— C'est le moment de montrer que vous tenez à votre ville, Gaïus !

Sur le toit du spatioport, le canon venait de tirer ses premières salves.


Killer-dog ne s'était pas trompé : les petits vaisseaux de transport de troupes étaient assez faiblement armés, tout au plus un petit canon avant destiné à faire le vide pour permettre aux fantassins de quitter l'engin sans encombre. Il fit cependant ses premiers dégâts en arrosant le tarmac du spatioport, obligeant Riss et ses compagnons à se mettre à l'abri. Ils n'arrivaient cependant pas à ajuster leur tir en direction de celui installé sur le toit. Pour pouvoir l'atteindre, les navettes devaient reprendre de l'altitude, et la première qui tenta la manœuvre se fit copieusement arroser de tirs de fusil blaster longue portée. Changeant de tactique, les poulpards décidèrent de se poser le plus près possible de la piste, une navette en l'air en couverture d'une qui se posait.

— Putain, mais dégommez-moi ces engins ! hurla le Space Marshal.

Pour l'instant, le feu nourri des Zoxxiens les empêchait de riposter de façon efficace. Le canon du Prosecutor monté sur le toit faisait ce qu'il pouvait, mais à l'évidence les manipulateurs tiraient mal. Riss comprit qu'il avait commis une erreur.

— Dog ! Essaye de monter là haut pour voir ce que tu peux faire ! Ces types sont incapables de faire mouche !

Le lycanthrope s'exécuta. Avec un grondement, il bondit à travers le tarmac, courut en direction de l'échelle et commença à grimper.

— On le couvre ! cria Riss. Envoyez les grenades !

Sigmodos leur avait fourni deux types de grenades : les thermales, explosif assez classique à dégagement de chaleur, et les luminiques, émettant en plus de l'explosion une très forte luminosité aveuglant les adversaires. Garrison fit signe aux Artusiens d'enfiler leurs lunettes de protection, et balança un mélange des deux. Le flash lumineux désarçonna un moment les Zoxxiens, permettant à Killer-dog d'atteindre le toit sans mal. Aussitôt, le tir du canon se fit plus précis, mais les navettes zoxxiennes avaient pu décharger leurs passagers. Une trentaine de poulpards prirent position à la limite du spatioport, et se mirent à tirer. Ils étaient équipés d'un plastron de protection vaguement luisant, projetant des reflets vert-de-gris, et portaient chacun une arme hybride, sorte de curieux mélange entre un sabre et un pistolet, les poulpards étant surtout de redoutables combattants au corps à corps.

— Il faut tenir le port coûte que coûte, prévint Garrison Riss. Sinon, ils vont pouvoir débarquer en masse. Leurs navettes n'aiment pas trop la terre meuble autour du tarmac et ils ne peuvent se poser directement.

Une sourde explosion retentit, venant du nord de la ville. Les Artusiens venaient d'enflammer le carburant dans les fossés, grillant du coup les quelques poulpards plus empressés que les autres. Le feu allait durer quelques dizaines de minutes, juste assez pour serrer les rangs, mais pas suffisamment pour maintenir longtemps les Zoxxiens à distance. Riss s'empara de sa radio pour prendre des nouvelles.

— Et comment tu veux que ça se passe ? s'écria Josh Davis. Ces mécréants surgissent de partout ! Je ne sais pas combien ils sont. Pour l'instant, ils sont bloqués par le feu et le terrain à découvert, mais je ne sais pas si ça durera.

— Tu as toujours la possibilité de reculer en faisant sauter le train, prévint Riss. Tenez bon !

Les nouvelles étaient identiques au sud, où officiait Lucy Smith.

— Ces mecs sont tarés ! grogna-t-elle. C'est du casse-pipe, ils ne s'arrêtent pas. On croirait que la tranchée remplie de barres de fer ne leur fait pas peur, ils s'empalent littéralement dessus et ils continuent à tirer. Et putain, cette odeur quand tu les butes ! Jamais rien senti d'aussi horrible ! Fais-moi plaisir, OK ? La prochaine fois que tu as une idée aussi foireuse, oublie de penser à m'emmener !

Garrison Riss sourit. Pour lui seul.

— La prochaine fois que nous irons quelque part, il n'y aura que toi et moi

Il y eut un long silence, que même le bruit incessant des tirs ne parvenait pas à rompre, puis Lucy parla, d'une voix calme, posée :

— Prends soin de toi, Gar'…

— Toi aussi, Lucy.

La fin de son prénom se perdit dans la coupure de communication. Riss contempla l'appareil, comme si elle allait le rappeler, le rangea presque à regret. Il n'avait guère le temps de se consacrer à des souvenirs.

Profitant d'un flottement, les poulpards avaient atteint le tarmac par la gauche et cherchaient à couper le chemin aux Artusiens. Le marshal envoya quelques hommes pour stopper leur avancée, et se glissa entre les caisses pour se rapprocher des Zoxxiens. Le contact direct était désormais inévitable. Il distingua une tête couverte de tentacules sur sa gauche, ouvrit le feu, faillit être victime d'un tir croisé et parvint à se baisser au dernier moment.

— Gaffe à ton crâne, marshal ! cria Osgold en foudroyant un poulpard d'un tir ajusté de blaster.

Aucune autre navette ne faisait son apparition. Garrison Riss se demanda s'il s'agissait d'un piège, si Landers n'avait pas prévu plusieurs vagues successives, puis il se dit qu'un type comme lui ne pouvait pas envisager l'échec. Il avait dû penser dès le départ qu'une poignée de poulpards mettrait rapidement fin au vent de révolte des Artusiens. Comme il se trompait ! L'instant de flottement passé, les habitants de la petite cité avaient pris vaille que vaille leur courage à deux mains et se battaient comme des lions, avec l'énergie du désespoir. Déjà, plusieurs d'entre eux gisaient, hommes ou femmes, abattus par les épées-pistolets des Zoxxiens, sans que cela affecte leur ardeur. Riss se rendit compte qu'il aimait ces gens simples et leur raison de vivre. Il ne fallait surtout pas céder maintenant.

Sur le flanc nord, les premiers poulpards allaient atteindre les foreuses entreposées en guise de barricade. Ne pouvant parvenir à éviter le feu nourri des fusils, ils s'étaient réfugiés derrière des boucliers de protection pour dévier les tirs, avant qu'une équipe n'installe une mitrailleuse à photons sur un petit promontoire. Peaceful réussit à abattre les premiers tireurs, laissant la machine infernale sans personne pour la manipuler, mais une dizaine de poulpards vint établir un barrage afin d'achever son installation. L'instant d'après, dans un fracas d'enfer, elle arrosait toute la zone, culbutant les machines, tuant les Artusiens qui se trouvaient trop près.

— À couvert ! hurla Lee en revenant en courant de la zone de front.

— Avec cette mitrailleuse contre nous, on est foutus ! fit Davis. Replions-nous et faisons sauter les rails !

— Garrison a dit d'attendre au maximum !

— Je me fous de ce que dit Riss ! Je n'ai qu'une peau et j'y tiens ! SI on fait sauter les rails, une partie du tunnel va être bloquée et les poulpards ne pourront plus s'avancer de front.

— Ils pourront toujours déplacer leur foutue mitrailleuse.

— Mais ils auront moins de champ pour tirer ! On pourra la canarder de profil ! Je t'assure, c'est la meilleure solution !

Lee évalua une dernière fois la situation. Peaceful avait raison : les Zoxxiens avançaient inexorablement sous la protection de leur machine infernale. Il serra les poings : cette technologie leur était inconnue, l'arme avait été apportée par Carson Landers lui-même, dès le départ. Il n'avait aucune envie de laisser partir les habitants d'Artus Town.

— D'accord les gars, on recule ! Tout le monde dans le tunnel, vite ! Josh, emmène-les aussi loin que possible !

— Et toi ? Qu'est-ce que tu vas faire ?

— Un petit piège à ma façon ! File maintenant !

La mitrailleuse à photons hachait tout ce qui se trouvait sur le trajet de son faisceau, les Zoxxiens prenant un malin plaisir à détruire les foreuses une à une. Lee se sentait impuissant devant cette destruction massive et méthodique. C'était l'instrument de travail des Artusiens qui partait en fumée. « Vous ne perdez rien pour attendre, salopards de têtes de poulpes ! » songea le joueur de cartes. Il était désormais seul, les derniers habitants avaient déserté les lieux. C'était le moment ou jamais. Continuant à tirer droit devant lui, Lee profita du répit de la mitrailleuse à photons pour se redresser et lancer quelques grenades. À ce jeu-là par contre, il savait qu'il risquait sa peau à chaque instant. Lee recula jusqu'à l'entrée de la station d'arrêt du petit train, pénétra dans le tunnel et enclencha les détonateurs. Il se recula en apostrophant les poulpards :

— Alors les têtes de poulpes ! Ramenez-vous si vous l'osez, et je vous grille à coup de blaster ! Vous ne me faites pas peur ! Dites à votre patron que je lui pisse dessus !

Un concert de claquements, issus de leur bouche en bec corné, retentit furieusement à cette agression verbale. La mitrailleuse concentra son tir sur la station de gare, la réduisant en cendres, projetant des éclats dans toutes les directions. Lee sentit les échardes lui griffer cruellement la peau. Il plongea sur le sol, roula à l'abri du tunnel, tira encore sur les premiers poulpards se présentant à l'entrée. Aux bruits extérieurs, il comprit que ses assaillants étaient en train d'apporter la mitrailleuse en la fixant sur un wagon de mine. « Parfait ! Avancez encore un poil ! ». Ses tirs se faisaient volontairement plus espacés, donnant l'impression aux Zoxxiens qu'il était seul, exténué ou blessé, tentant de fuir. Jugeant qu'il s'était assez éloigné, Lee s'arrêta à l'abri d'un wagonnet, sortit son jeu de cartes de sa poche et commença à les battre.

— Le valet de pique ! murmura-t-il. Il me porte chance.

Il retourna les cartes dans sa main. Les claquements gutturaux des poulpards se rapprochaient. Ils allaient bientôt atteindre le secteur piégé. Sans viser, Lee lâcha un ou deux tirs au-dessus de sa tête, laissant le rayon se perdre dans la voute et obligeant les ennemis à ralentir. Encore une carte. Puis une autre. Les claquements à nouveau, et le tir de la mitrailleuse à travers le tunnel. Un impact effleura le wagonnet et le fit pivoter, manquant de révéler la présence de Lee. Il se colla le plus près possible de la paroi, reprit son jeu.

— Allez !

Carte suivante : valet de pique. Nous y sommes. Lee respira un grand coup, ferma les yeux, et appuya sur la commande des détonateurs.

L'explosion, énorme, retentit dans toute la ville. S'effondrant sur elle-même, une partie de la voute du tunnel s'écrasa au sol, entrainant la mitrailleuse à protons et les poulpards qui la guidaient.


La déflagration avait provoqué un moment d'hésitation chez les Zoxxiens. Eux, si peu habitués à connaître l'échec, se voyaient confrontés à une résistance de la part d'êtres qu'ils jugeaient inférieurs en force et en endurance. La porte au nord se voyait condamnée, et leur principal atout détruit. Au sud, le gros des troupes ne parvenait pas à franchir les fossés creusés par les Artusiens. Les morts se comptaient des deux côtés, mais les assiégés ne cédaient pas un pouce de terrain. Enfin, au niveau du spatioport, là où les échanges se faisaient encore plus violents, chaque centimètre gagné par les poulpards l'était au prix de tirs incessants et d'explosions de grenades. Garrison Riss sentait la fatigue le gagner. Ils bataillaient depuis l'aube sans avoir pu bénéficier d'un moment de répit. Artus Town allait pleurer nombre de ses habitants, quelle que soit l'issue du combat.

Et soudain, les tirs s'espacèrent, les poulpards refluèrent peu à peu, abandonnant leurs cadavres sur place pour se retirer sur la plaine. Les navettes firent à nouveau leur apparition, mais cette fois pour charger les survivants, puis ces engins patauds disparurent à leur tour dans un nuage de poussière, laissant le silence absorber les lieux. Interdits, les Artusiens baissèrent leurs armes. Le Space Marshal s'avança jusqu'à l'extrémité du tarmac, scrutant l'horizon de ses jumelles.

— Ils sont partis ! laissa-t-il tomber, perplexe.

Il essuya machinalement le sang qui coulait de son front, se tourna vers ses compagnons et répéta :

— Ils sont partis !

Une immense clameur de joie envahit Artus Town, des cris d'allégresse, ponctués de tirs en l'air. Les Artusiens entouraient déjà les sept mercenaires, les congratulant, chacun voulant serrer la main de ceux qui avaient œuvré pour leur liberté. En apparence indifférents à cette liesse populaire, Asulf Killer-dog et Osgold se tenaient côte à côte, examinant les cadavres des poulpards qui jonchaient le sol. Ils commençaient déjà à exhaler cette horrible odeur de poisson pourri. Réunissant quelques-uns de ses compatriotes, Gaïus commença à charger les corps pour les évacuer en dehors de la ville. Lorsqu'il parvint devant Osgold, le borgne l'arrêta d'un geste.

— Attends une seconde... Dog, tu peux me prêter ta lame ?

Le lycanthrope lui tendit sa courte lance effilée aux deux extrémités. Se penchant sur le cadavre à ses pieds, Osgold releva les tentacules, dégagea la tête, et la trancha d'un coup sec, laissant échapper une sérosité verdâtre et putride. Sans manifester le moindre écœurement, le borgne fendit la tête en deux, retourna la peau pour l'arracher du crâne, en prenant soin de détacher les tentacules. Posant son trophée à ses pieds, il retourna le corps pour dégrafer cette fois le plastron de protection du poulpard, l'enfila et l'ajusta correctement sur lui. Reprenant ensuite son trophée, il descendit sur le sol poussiéreux au-delà de la limite du tarmac, le frotta avec la terre jusqu'à ce qu'il en soit recouvert, avant d'aller le rincer plusieurs fois à l'eau. Garrison Riss l'observait.

— Tu vas faire quoi avec ton scalp ?

— Tu me prêtes un aérospeeder ? demanda Osgold sans réponse à la question. Sans hésitation, il écarta les replis de peau du Zoxxien, enfila sa tête dans le masque et répartit les tentacules au-dessus de son crâne. Killer-dog laissa échapper un grognement de dégout.

— Merde, t'es cinglé, le borgne !

— On n'a qu'un moyen de savoir ce que les poulpards nous préparent, c'est de les suivre. À mon avis, ils sont partis vers Drahoga et Brennos City pour récupérer leurs navettes. Je vais m'y rendre et voir ce qu'ils mijotent, et je reviendrai vous prévenir.

— C'est hasardeux et très dangereux, objecta Riss. Si tu es pris, ils vont te tuer.

— Pas avec ce déguisement, répondit Osgold. Les poulpards sont cons, du moment qu'ils voient des tentacules, c'est que forcément c'est un des leurs. Leur cerveau est fait comme ça. Et cette bidoche pue assez pour les leurrer. Je vais faire un tour, j'observe, je reviens. Il faut qu'on sache s'ils vont se réunir pour nous attaquer à nouveau, avec peut-être d'autres renforts plus nombreux cette fois.

Le Space Marshal dut reconnaitre qu'il avait raison. Il serra la main du borgne.

— Merci à toi d'avoir choisi de laisser tomber Carson pour nous donner un coup de main.

— Non, merci à toi, marshal. Avec Landers, j'étais plus que bien payé. Je passais ma vie à traquer des salopards pour ce salopard. J'ai buté assez de types pour ne plus fermer l'œil de ma vie. Et là, tu viens de me donner une vraie raison d'obtenir une rédemption. Tous ces gens ne méritent pas d'être traités de la sorte.

Il enfourcha l'aérospeeder que Riss avait envoyé chercher.

— Je reviens bientôt ! assura-t-il. Sauf si d'ici là cette saloperie de masque ne m'a pas fait crever !

Après un dernier salut, il poussa les gaz et disparut dans un nuage de poussière.

# 17

Le jour était parti comme il était venu, laissant la petite cité minière plongée dans le noir pour trois longues journées. Artus Town s'efforçait de panser ses plaies. Utilisant un des fossés creusés en défense, les Artusiens avaient entrepris d'enterrer pêle-mêle les corps des poulpards afin d'échapper au plus vite à l'effroyable puanteur marine qui commençait à se répandre alentour. Ils enterreraient ensuite leurs propres morts, en piochant dans la terre froide et dure, comme si la planète elle-même refusait d'ensevelir ceux qui l'exploitaient depuis tant d'années. Une autre équipe avait poussé jusqu'à l'extrémité du tunnel effondré, commençant les travaux de déblaiement afin de libérer au plus vite le passage vers la mine. L'exploitation de Takhium et de Mandrinium devrait reprendre pour assurer sa survie à la ville. Pour les Artusiens, ce n'était qu'un incident de plus dans leur vie de labeur. Demain, ils n'y penseraient même plus.

Assis sur le balcon de sa chambre d'hôtel, Garrison Riss observait tout ce petit monde vaquer à ses occupations, comme si de rien était. N'eussent été les impacts de blasters sur les bâtiments et le capharnaüm sur le spatioport, on aurait juré que rien ne s'était passé. Ces personnes impressionnaient le

Space Marshal. Il ne se souvenait pas d'avoir déjà vu dans toute sa carrière une telle opiniâtreté, et en même temps une telle résignation sitôt le moment de révolte passé. Il hésitait sur la marche à suivre. Fallait-il quitter Artus 4 ? Carson Landers avait-il réellement renoncé à s'en prendre à la cité minière ? Il devait réunir ses hommes pour qu'ils décident tous ensemble de la suite. Quelqu'un frappa discrètement à sa porte, et il invita la personne à entrer. Lucy Smith fit son apparition, le visage encore couvert de poussière et les vêtements déchirés, sa chemise marquée d'une longue balafre sanguinolente.

— Tu as une minute ? demanda-t-elle.

— Je t'en prie...

Elle le rejoignit sur le balcon, et ils contemplèrent ensemble l'avenue à leurs pieds.

— Comment ça va ? finit par demander Riss.

— On dira que ça a été une dure journée pour tout le monde. Je crois que je suis dégoutée des poulpards pour le restant de ma vie.

Du bout des doigts, elle effleura le front de Riss, puis son torse.

— Pour toi aussi on dirait. Ces salopards ne nous ont pas ratés !

Elle se mit à rire doucement :

— On commence à se faire vieux, Gar' ! Il y a quelques années, on s'en serait sortis sans même une égratignure !

270

— Il est peut-être temps pour nous de prendre notre retraite alors… Je ne sais pas trop si nous devons partir tout de suite ou pas, reprit-il. Nous allons nous réunir pour en discuter.

— Tu n'attends pas le retour d'Osgold ?

— Si, bien sûr. Ensuite, il faudra qu'on décide de ce que l'on fait. Les Artusiens se sont bien battus aujourd'hui…

— Surtout les femmes, coupa Lucy narquoisement.

— Je pense qu'ils sont à même d'assurer leur propre sécurité désormais.

— À condition que Landers ne revienne pas foutre les pieds ici avec trois fois plus de poulpards…

Ils se turent, chacun mesurant le risque, puis Garrison demanda :

— Tu voulais me demander un truc ?

Lucy Smith se retourna pour montrer son dos.

— J'aimerais que tu me soignes ça. J'ai ma trousse avec moi, mais dans le dos, c'est un peu compliqué.

— Tu ne voulais pas demander au docteur Chrestus ?

— Je n'ai jamais fait confiance aux toubibs, ce n'est pas aujourd'hui que je vais commencer. Toi non plus d'ailleurs tu n'es pas allé le voir. Allez ! Avant qu'on chope une saloperie zoxxienne ! Je n'aimerais pas trop me voir pousser des tentacules !

Avant que Garrison Riss ne réponde, elle avait retiré sa chemise, dévoilant une longue balafre sur son dos nu.

— Un coup de sabre, dit-elle en réponse à la mine interrogative de Riss. Il s'en est fallu d'un cheveu pour qu'il me coupe en deux ce fumier. Regarde dans le sac, j'ai pris le « rafistoleur ».

Garrison plongea la main dans le sac de Lucy, en sortit en appareil évoquant un pistolet, équipé d'un réservoir et d'une sorte de large spatule au bout du canon. Il appuya sur l'interrupteur de l'appareil qui se mit à vibrer, approcha la spatule de la peau.

— Prête ? demanda-t-il. Attention, ça va piquer.

Elle ne répondit pas, se contentant de hocher la tête. La spatule émit une série de petits grésillements tandis qu'il l'appliquait sur la peau, la recouvrant d'un très mince film désinfectant et suturant en même temps. Il descendit ainsi jusqu'en dessous de l'omoplate, repassa une deuxième fois.

— Ne bouge pas ! prévint-il.

Elle demeura immobile, le temps que la suture prenne correctement, ne laissant bientôt qu'un mince trait rosâtre qui s'estomperait avec le temps. Lucy lui fit face et prit le pistolet de ses mains.

— À ton tour, commanda-t-elle.

Il hésita une seconde, défit sa chemise, dévoilant sa poitrine aux yeux de son ex-compagne, qui ne put s'empêcher un petit hochement de tête appréciateur.

— Finalement, t'es encore assez bien conservé pour ton âge !

— Je te remercie ! grogna Riss. Son grognement se mua en cri étouffé et en sursaut lorsqu'elle appliqua le pistolet à suture sur sa peau, juste au niveau du flanc.

— Chochotte ! se moqua-t-elle.

— Pas du tout ! protesta Garrison. Tu m'as eu par surprise ! Moi au moins j'ai eu l'honnêteté de te prévenir.

— C'est une petite balafre de rien du tout... d'ailleurs, c'est déjà fini. Penche-toi que je regarde ce qui te sert de caboche !

Elle se mit debout en le forçant à s'asseoir, pencha sa tête en avant pour examiner la plaie sur le côté temporal. Il réalisa assez vite que dans cette position il se rapprochait dangereusement de ses seins et s'efforça de penser à autre chose.

— Ça guérira tout seul, dit-elle. Après une douche, tu seras comme neuf. Merci de m'avoir soignée, Gar'.

Il lui prit les deux mains, d'un geste machinal, il la vit se crisper un instant, très bref, mais elle ne recula pas, plongeant ses yeux dans les siens. Ni l'un ni l'autre ne voulait baisser le regard en premier. Comme attiré par un aimant, Lucy s'inclina sur le visage de Garrison, y déposa un léger baiser, puis, alors qu'elle s'écartait, il l'attira à lui pour échanger un vrai baiser. Elle noua ses bras autour de sa taille, prenant garde à sa blessure encore fraiche, et s'assit sur ses genoux pour prolonger leur étreinte. Au bout d'un moment, qui leur parut à la fois trop long et trop court, elle s'écarta de lui, lui caressant le front de ses doigts, en un geste tendre qui lui rappelait douloureusement le passé.

— Lucy… pourquoi… pourquoi es-tu partie ?

Elle interrompit son geste.

— Pourquoi poses-tu cette question, maintenant ?

— J'ai besoin de savoir…

— Ta fierté de mec ? jeta-t-elle, un peu sur la défensive.

Il voulut lui caresser la joue, mais elle évita le geste.

— Non, dit-il sincèrement. Je me suis toujours demandé si je t'avais fait du mal. Il ne s'est pas passé un jour sans que je me dise que j'avais merdé, que je n'avais pas su te comprendre. Que ce n'était pas un flic comme moi qui pouvait t'apporter grand-chose. Que j'avais peut-être voulu t'étouffer, et qu'en te libérant finalement je t'avais enfermée…

Elle posa son doigt sur sa bouche.

— Arrête Gar' ! Tu sais que ce n'est pas vrai. Les plus belles années de ma vie sont celles passées en

274

ta compagnie, tu m'as donné plus que n'importe qui d'autre aurait pu le faire. Tu as été gentil, doux, attentionné. L'homme parfait en quelque sorte.

Elle ricana et se leva pour arpenter la pièce.

— C'est drôle. Avant de te rencontrer, j'avais passé la majeure partie de mon existence en dehors de la loi, à vivre au jour le jour et à risquer ma vie... une putain de chienne de vie, oui ! J'étais prête à tout abandonner pour toi, c'est vrai. Tu te souviens du jour où tu es venu m'arrêter, dans ce bar merdique ? Nous sommes montés dans ma chambre parce que tu avais bien voulu m'autoriser à prendre quelques affaires. Et là, je t'ai sauté dessus, et nous avons passé les trois jours suivants à faire l'amour, quasiment sans prendre le temps de manger ni de boire. Quand nous sommes sortis, j'étais libre. Ce jour-là, j'ai décidé que si toi aussi tu arrêtais, je te suivrais. Partout. J'avais envie de changer de vie. J'ai cru au début que ça marcherait. Mais tu n'as pas su renoncer. Je voyais bien cette flamme dans tes yeux, cette violence non assouvie, cette envie de traquer toujours plus loin, toujours plus... et moi je restais là en me disant que si je pouvais changer tu changerais. Mais tu n'as pas voulu. Alors je suis partie...

Garrison la rejoignit alors qu'elle lui tournait le dos. Il crut qu'elle pleurait. Mais Lucy Smith n'était pas de ces femmes qui pleurent. Elle serrait les poings et les mâchoires, mais ne pleurait pas.

— Je n'avais pas envie d'apprendre que tu t'étais fait descendre d'une balle dans le dos alors que j'attendais comme une potiche dans une maison qui n'était pas faite pour moi ! Un de mes anciens complices a retrouvé ma trace, il est venu me relancer, il avait besoin d'aide pour un braquage et il cherchait des personnes qui n'avaient pas froid aux yeux. Alors je suis partie. J'ai fait mes bagages et je me suis barrée. Après tout, si tu ne tenais pas plus à ta vie que ça, j'étais libre de la mienne, non ?

— Mais pourquoi ne m'en as-tu pas parlé ?

— Merde, Gar' ! C'est si compliqué à comprendre ? Vous êtes tous pareils, les mecs ! Si on ne vous explique pas tout en détail, vous ne pigez pas !

— Et quand tout ça sera fini, tu comptes faire quoi ? demanda Riss.

Elle haussa les épaules.

— Reprendre ma route. Comme toi, je suppose. À moins que l'envie ne te prenne de me remettre en taule… mais je te préviens que je ne me laisserai pas faire…

Elle le toisa d'un air de défi. Sans même réfléchir à ce qu'il faisait, Garrison la plaqua contre le mur de la chambre, l'enlaçant de ses bras pour saisir ses lèvres.

— Maintenant que je t'ai retrouvée, je ne vais plus te lâcher ! souffla-t-il. Plus jamais ! Même si je dois tout abandonner.

— Des paroles !

— Non, pas seulement !

Il la prit dans ses bras et la porta jusqu'au lit. Elle l'observa tandis qu'il se déshabillait, se dévêtit à son tour, laissant leurs deux corps nus s'exprimer.

— Tu es prête pour un deuxième round ? demanda-t-il.

— Tu ne tiendras pas trois jours ! pouffa-t-elle.

— On parie ?

Elle le laissa glisser en elle, soudain toute douce, se contentant de l'observer attentivement.

— Ne me mens pas cette fois, Gar' ! Ou je te préviens que c'est moi qui te ferai la peau.

On frappa à la porte. Lee.

— Eh, Riss ! Osgold vient d'appeler qu'il rentre ! On t'attend en bas !

Riss et Lucy se regardèrent, et cette dernière pouffa de rire.

— Laisse-lui dix minutes ! cria-t-elle.

Elle le retourna, s'installant sur lui, posant ses deux mains sur ses seins.

— Prêt pour le rodéo, cowboy ?


Il fallut en réalité bien plus de dix minutes à Garrison pour parvenir à s'extirper des bras de Lucy. Et encore, ce fut avec regret, comme s'il avait pu combler en quelques instants le vide créé par dix années de séparation. Il avait l'impression qu'ils s'étaient quittés la veille pour mieux se retrouver le soir même, gardant leur envie intacte. Après avoir fait l'amour, ils s'étaient rapidement douchés et changés en silence, chacun hésitant à entamer la discussion qui devrait pourtant survenir. Parce qu'une nouvelle variable s'ajoutait désormais à celles déterminant leur avenir : cette passion brutale n'était-elle qu'un sursaut de ce qu'ils avaient vécu par le passé, ou au contraire les prémices d'une nouvelle chance qu'ils étaient prêts à se donner ?

Ils quittèrent la chambre ensemble et descendirent dans le bar. Le silence se fit à leur apparition. Les mercenaires entouraient Osgold, le visage crasseux de sueur, de sable et de sérosités issues des tentacules de poulpe. Debout devant une table, il pointait du doigt une carte dépliée.

— Ils sont là ! répéta-t-il en voyant Riss s'approcher. J'en ai compté une vingtaine tout au plus. Ils se sont réfugiés à la limite de Drahoga, là où la montagne qui entoure la mine d'Artus vient se terminer dans la roche. J'ai pu apercevoir le petit spatioport d'où je me trouvais. Trop petit pour y faire atterrir un gros vaisseau comme le Prosecutor, par contre les navettes de transport y seraient à leur aise pour les emmener.

— Ou ramener des renforts, remarqua le Space Marshal.

278

— Tout juste ! Je ne parle pas le Zoxxien, mais je reste persuadé qu'ils attendaient des instructions. Certains sont assez mal en point, et, ce qui est assez curieux pour des poulpards, c'est qu'ils semblent se résigner.

— Ça ne leur ressemble pas du tout en effet.

— Je crois que ces mécréants n'ont jamais eu l'habitude de se faire battre ainsi, fit Josh Peaceful Davis.

— En attendant, s'ils contactent le vaisseau mère au-dessus de nos têtes, ils seront bientôt plus qu'une simple vingtaine ! dit le borgne.

Garrison Riss se tourna vers ses acolytes :

— Vous en pensez quoi ? Lucy ?

— Ne leur laissons pas le temps d'appeler, Gar'...

— Dog ?

— Lucy a raison. Allons massacrer ces pourritures !

— Wallace ?

— Je suis de l'avis du dog.

— Peaceful ?

— Si l'on peut débarrasser cette planète de quelques mécréants en plus, pourquoi pas ?

Il restait Lee. Garrison l'avait choisi en dernier, parce qu'il était sans doute celui en qui il pensait pouvoir le plus faire confiance. Le joueur de cartes observa un instant les autres mercenaires, une petite grimace au coin des lèvres. Il sortit ensuite son jeu de cartes, le battit rapidement, glissa les trois premières sous le tas et retourna la quatrième. Valet de pique.

— On dirait que ce n'est pas encore aujourd'hui que je vais mourir, dit-il.

— Ton avis, Lee ?

— Tu sais, répondit Lee, on vient de mettre une belle veste aux sbires de Landers…

— Et ?

— Ça me rappelle l'histoire de ce type, à Jezzarryyk, qui venait de sauter d'un immeuble de douze étages. Bob le cinglé, qu'on l'appelait. Il avait parié qu'il le ferait.

— Je ne vois pas le rapport, dit Riss.

— À chaque fois que Bob le cinglé passait devant un étage, les types qui y logeaient l'entendaient dire : « jusqu'ici tout va bien ! Jusqu'ici tout va bien ! * »

Il claqua sa langue contre le palais tout en faisant un clin d'œil :

— On y va ?


Ce devait être une ultime bataille, histoire de montrer à Carson Landers et aux poulpards qu'ils ne se laisseraient pas intimider. Garrison était partagé, mais il se rangeait à l'avis de ses compagnons : mieux valait sans doute stopper définitivement les sbires du milliardaire avant qu'ils ne se ressaisissent, car, si les Zoxxiens étaient connus pour leur agressivité et leur aptitude à combattre sans cesse, ils savaient faire preuve de discernement et reconnaitre quand la situation leur était défavorable. Ce qui était désormais le cas sur Artus 4. Aller pourchasser les survivants jusqu'à l'endroit où ils s'étaient réfugiés, montrerait que les Artusiens, par la main de ceux qu'ils avaient employés, ne renonceraient jamais.

— Nous reviendrons bientôt, affirma Riss à Gaïus Rhagal. Et toute cette histoire sera du passé. Gardez l'œil ouvert quand même jusqu'à notre retour. Osgold nous a dit avoir vu les poulpards à trois heures d'ici. Avec les aérospeeders, nous y serons rapidement, mais je ne sais pas encore quelle sera leur réaction. Nous aurons sans doute à faire face à une grosse résistance.

— Nous vous attendrons ! Dieu vous garde, Space Marshal Riss.

Garrison vérifia son équipement et enfourcha son speeder, suivi par Asulf, Lucy et Peaceful. Osgold récupéra celui que Riss lui avait prêté.

— Partez en avant, on vous rattrape, fit Lee en accompagnant Wallace jusqu'au hangar où ils avaient remisé leurs engins. Le baraquement de tôle était à deux pas de l'hôtel. Les deux hommes laissèrent leurs compagnons démarrer doucement et pénétrèrent dans le local. Le lanceur de couteaux avait remisé son aérospeeder près de l'entrée, celui de Lee était plus au fond. Wallace enfourcha le speeder et sortit.

— Je t'attends dehors !

— J'arrive.

Lee retira la bâche de protection de sa moto, l'examinant rapidement pour s'assurer qu'elle n'avait pas souffert lors de l'attaque des poulpards. Il y tenait comme à la prunelle de ses yeux, par ailleurs, c'était le seul objet de valeur qu'il n'avait jamais possédé. Il mit le contact, écouta quelques instants le bruit sourd du propulseur, fit pivoter l'engin vers la sortie.

Une ombre se glissa juste devant lui et il dégaina en une fraction de seconde, pointant son arme en direction du nouveau venu. Qu'il reconnut aussitôt à sa tenue claire. Lee rengaina son pistolet.

— Tamara ! Bon sang, tu es complètement folle, j'aurais pu te descendre !

La jeune fille s'approcha de l'aérospeeder et il coupa le contact, faisant retomber le silence.

— Vous repartez ? demanda-t-elle.

— Ouais. On va finir le travail. Quelques têtes de tentacules à éliminer, pour que vous soyez définitivement tranquilles, ta famille, tes amis et toi.

— C'est dangereux ?

— Sans doute un peu, comme toujours. Mais je suis comme les chats, j'ai neuf vies, plaisanta-t-il.

Mais elle ne sourit pas, se contentant de le regarder de ses grands yeux fixes et tristes. Il lui caressa le bras du bout des doigts.

— Eh là ! Pourquoi cette tête ? Souris, c'est bientôt fini !

— Vous ferez attention, n'est-ce pas ? Promettez-le-moi !

— J'ai tiré le valet de pique, c'est mon porte-bonheur, je ne mourrai pas aujourd'hui.

— Promettez ! insista-t-elle, des sanglots dans la voix.

— D'accord Tamara, je promets, pas la peine de te mettre dans cet état !

— C'est le valet de cœur, répondit-elle.

Soudain enhardie, elle se jeta sur Lee, l'embrassa rapidement sur la bouche avant de s'enfuir en courant.

— Tamara ! lança le joueur de cartes, interdit.

— C'est vous mon valet de cœur ! cria-t-elle. Je vous aime, monsieur Lee !

La porte du hangar se referma sur ses paroles.

## 18

Les sept avaient quitté Artus Town dans un silence seulement troublé par le sifflement des propulseurs de leurs aérospeeders. D'après les indications du borgne, le petit spatioport se trouvait immédiatement à la sortie de la ville de Drahoga, là où la montagne venait mourir en une dernière colline élimée. Garrison avait choisi de longer cette muraille le plus longtemps possible avant d'abandonner les speeders et de continuer à pied. Il fallait surprendre les poulpards avant qu'ils n'aient eu le temps de les entendre. Il avait pris soin d'emporter le robot-sonde pour repérer les lieux, et, tout en pilotant, il surveillait du coin de l'œil la progression de la caméra.

Riss ne savait pas grand-chose sur la ville de Drahoga. Fondée quelques années après la formation d'Artus Town, elle n'avait pas eu comme son aînée la chance de pousser sur un filon de minerai particulièrement riche. Au bout de quelques années d'exploitation, Carson Landers avait dû reconnaitre qu'il fallait désormais creuser plus profond dans le sol pour obtenir ce que les Artusiens voisins obtenaient à ciel ouvert. La ville en elle-même n'était qu'un amalgame de bâtiments de peu d'étages, abritant quelques rares humains n'ayant eu ni la force ni les moyens de quitter la planète. Ils se contentaient de menus travaux, l'ensemble de l'exploitation étant géré de façon autonome. Pas de poulpards non plus, Landers ne les utilisait que pour terroriser ceux qui avaient l'audace de lui résister. Avec le temps, la cité était en passe de devenir un repaire pour ceux qui à un moment donné avaient aidé le milliardaire dans des affaires louches, et qui avaient besoin de se refaire une virginité en se faisant oublier. Le petit spatioport était parfait pour cela : départs et arrivées de façon discrète, loin du tumulte de celui d'Artus Town.

Plus éloignée encore, Brennos City n'offrait quant à elle rien d'intéressant.

Garrison Riss fit stopper le convoi, juste le temps de vérifier les images transmises par le robot-sonde. Les poulpards avaient établi une sorte de campement au pied de la colline, et attendaient patiemment qu'on vienne les chercher. Pourquoi n'étaient-ils pas déjà sur le tarmac ? Cette question taraudait le Space Marshal. Bien sûr, ils pouvaient tout aussi bien obéir à des ordres reçus, et profiter du terrain accidenté pour pouvoir se dissimuler plus aisément.

— Qu'est-ce que tu en penses, Lee ?

Le joueur de cartes observa l'écran.

— Une vingtaine comme nous a dit Osgold. M'ont pas l'air très frais, ça devrait être du gâteau... Mais pourquoi ne sont-ils pas sur l'aire d'envol ?

— Figure-toi que je me posais la même question.

— Peut-être qu'ils se planquent ? supposa Lucy. Si d'autres poulpards doivent débarquer, c'est utile de ne pas se faire remarquer par les habitants, l'un d'entre eux pourrait chercher à nous prévenir.

— Il faudrait qu'il fasse vite, nous sommes à trois heures d'Artus Town.

— Peu importe ! Empêchons-les de se préparer à une nouvelle attaque ! Allons-y !

Lucy Smith poussa le propulseur de son speeder, bientôt suivie par le reste de l'équipe. La proximité du danger rendait les mercenaires presque impatients d'en découdre, au mépris de toute précaution, et après une longue traversée à toute allure, le marshal dut rependre la tête pour tempérer leurs ardeurs.

— Nous allons gagner l'autre côté de la montagne par la passe qui s'ouvre juste devant nous, et longer son flanc droit. De cette façon nous arriverons plus près des poulpards sans nous faire repérer. Il nous reste à peine une heure de route, c'est le moment d'être prudent.

La vitesse des propulseurs réduite, les sept aérospeeders glissaient sur la terre rocheuse en émettant un sifflement plus modéré, étouffé par la proximité de la montagne. Chaque mercenaire se taisait, se contentant de garder la main sur la poignée d'accélération pour maintenir une distance parfaite entre celui qui le suivait et celui qui le précédait. Garrison Riss scrutait anxieusement l'écran de son speeder. Le robot sonde envoyait des images à intervalles réguliers, depuis son poste d'observation, et aucun poulpard n'avait bougé. Quelques gardes se trouvaient autour de leur camp, mais la surveillance était réduite. Pas une seconde ils avaient l'air de redouter une possible attaque. Au-dessus d'eux, le ciel froid brillait d'une nuit uniforme, sans qu'un quelconque vaisseau zoxxien vienne en troubler la tranquillité. Riss calcula la distance qu'il restait à parcourir, ralentit encore la vitesse du speeder, puis finalement fit signe à ses coéquipiers de stopper pour continuer à pied. À quelques centaines de mètres, il pouvait voir le flanc de la montagne rejoindre le sol rocheux pour disparaitre complètement.

— Peaceful, Osgold, venez avec moi ! Les autres, attendez mon signal !

Les trois hommes gravirent la colline en évitant de faire rouler des pierres sous leurs bottes. Parvenus au sommet, ils s'accroupirent pour observer. Adossé au pan rocheux, entouré de rocs probablement déplacés par les Zoxxiens eux-mêmes, le camp était à peine illuminé de quelques torches. Trois soldats montaient la garde à son extrémité la plus éloignée. Le vent amenait aux observateurs les claquements caractéristiques de leur bec corné lorsqu'ils s'exprimaient. Certains poulpards portaient les stigmates des combats avec les Artusiens, mais dans l'ensemble ils étaient en parfaite condition physique, et sans doute prêts à retourner en découdre.

— Saloperie de mécréants de mes deux ! grogna Josh Davis.

— Tu pourrais en abattre combien d'ici ?

Davis épaula son fusil en déplaçant rapidement sa lunette de visée sur les cibles potentielles.

— Les gardes d'abord, répondit-il. Puis ceux qui sont les plus éloignés, et qui vont automatiquement revenir au galop... Je dirais, six ou sept, facilement. Après, ça va dépendre de leurs réactions. Ils ne se laisseront pas descendre sans rien faire.

— Je donnerais cher pour savoir ce qu'ils mijotent, souffla Riss.

— Si nous allions voir ? proposa Osgold.

Laissant Josh Peaceful Davis à son poste, les deux hommes redescendirent pour rejoindre le reste du groupe.

— Ils sont bien comme Osgold les avait décrits, fit Garrison Riss. Une vingtaine, regroupés derrière les rochers. Quelques gardes au niveau de l'entrée du camp. Je ne pense pas qu'ils s'attendent à nous voir débarquer... Asulf et Osgold, vous allez prendre par la droite. Lee, Wallace, à gauche. Lucy et moi nous passerons par le centre et le point d'accès au camp. Dès que j'aurai envoyé le signal à Peaceful, il s'occupera des gardes. Nous n'aurons plus qu'à profiter de l'effet de surprise.

Après un petit signe de tête, Lee s'éloigna avec Wallace. Le lanceur de couteaux n'avait pas prononcé un mot. Il s'exprimait peu en général, en particulier dans le feu de l'action, se contentant d'être efficace. Riss les regarda s'éloigner, puis ce fut au tour de Killer-dog et du borgne de gagner leur poste, le lycanthrope se déplaçant avec une souplesse peu en rapport avec sa masse. Le marshal se tourna ensuite vers Lucy.

— On y va ?

— Tu ne crois quand même pas que je vais t'attendre ici en me tournant les pouces, non ?

Ils se glissèrent sans bruit au niveau de la clairière, profitant du moindre obstacle pour se rapprocher sans se faire repérer. En plaine, ils ne bénéficiaient plus de la même protection que sur le flanc de la montagne, et le froid mordant de la nuit les obligeait à ne pas rester trop longtemps sur place. Riss eut une pensée pour Peaceful attendant sans doute avec impatience qu'on lui fasse signe. Enfin, après de longues minutes de progression pénible, Garrison et Lucy se retrouvèrent juste à l'entrée du camp. Le bruit que faisaient les poulpards en discutant entre eux leur parvenait jusqu'aux oreilles, mais ils étaient incapables de déchiffrer la signification des claquements. D'un signe de la main passée sous le cou, Lucy indiqua qu'elle était prête à exécuter les poulpards, mais Riss secoua la tête. Il ne voulait courir aucun risque, d'autant plus que Killer-dog n'avait pas atteint son poste. Et, bien qu'il s'en défende, il n'avait pas envie que Lucy mette sa vie en danger, surtout avec ce qu'ils venaient de partager après toutes ces années de séparation. Le doigt sur le pistolet, il releva lentement la tête, tâchant de repérer Lee et Wallace d'une part, et Osgold et Asulf de l'autre. Le joueur de cartes lui adressa un rapide geste de la main, aussitôt suivi par un bref signe du lycanthrope. Sur la colline, Davis devait les guetter avec sa lunette de visée. Sans pouvoir le distinguer, Riss leva le pouce en l'air, tandis qu'il pointait le canon de son arme sur les premiers poulpards.

« À toi de jouer, Peaceful ! » pensa le Space Marshal.

L'instant d'après, le sifflement aigu du fusil blaster longue portée de Josh Davis déchirait la nuit.


Le tir avait été si soudain que les gardes zoxxiens n'eurent pas le temps de réaliser. Coup sur coup, Davis fit feu par trois fois, et les trois poulpards s'écroulèrent, touchés en pleine poitrine. Il y eut un bref instant de sidération parmi leurs congénères, puis un cri d'alarme retentit dans le campement, et les poulpards se précipitèrent sur leurs armes.

— Feu ! hurla Riss.

Les sept mercenaires se mirent à tirer simultanément, provoquant la panique chez leurs adversaires. Déjà, les premiers s'écroulaient, foudroyés. Les autres reculèrent s'abriter dans les replis rocheux en tentant de se soustraire à un tir nourri. Ainsi momentanément à couvert, ils ripostèrent, usant de leurs armes lourdes et peu précises, mais d'une redoutable efficacité. La roche se mit à gicler en petits fragments autour des mercenaires. Heureusement pour eux, les poulpards n'étaient pas encore parvenus à les localiser, et, à intervalles réguliers, le sifflement aigu du fusil de Davis se faisait entendre, foudroyant à chaque fois un nouvel adversaire. Garrison réclama le cessez-le-feu, et le silence retomba sur le campement. Plus aucun poulpard ne bougeait.

— Je crois qu'on les a tous eus, glissa Lucy.

— Méfions-nous quand même...

Sur la gauche du campement, Asulf Killer-dog s'était levé, et, sa terrible lance à deux lames tournoyant dans son poing, il sauta par-dessus la barrière de rocaille pour pénétrer plus avant. Riss le vit se pencher, trancher d'un coup de lame un Zoxxien blessé au sol, puis s'arrêter au milieu de la clairière en hélant ses collègues.

— C'est bon, vous pouvez rappliquer !

L'air froid et sec commençait à s'empuantir de relents de chairs brulées et de cette horrible odeur de marée que dégageaient les poulpards à peine morts. Garrison Riss avait entendu dire qu'une heure à peine suffisait pour putréfier un corps de Zoxxien, et il ne tenait pas à le vérifier. Il inspecta soigneusement le camp, à la recherche d'un poste de radio, n'en trouva aucun, et revint vers son équipe, perplexe :

— Rien ici ne permet de penser qu'ils pouvaient appeler le vaisseau mère.

— C'était peut-être prévu qu'ils se retrouvent ici de toute façon ? risqua Lee.

— Ils n'étaient pas censés perdre, remarqua Garrison. Ils devaient arriver à Artus Town, étouffer la moindre rébellion, et ouvrir l'accès à Carson Landers. Nous ne sommes que sept, ils n'avaient aucune raison de penser que nous l'emporterions...

Une sourde inquiétude lui déforma soudain les traits. Abandonnant le camp zoxxien, un peu dégouté par ce massacre, il regagna presque en courant son aérospeeder et programma le robot-sonde pour l'envoyer en direction de la cité minière.

— Que crains-tu ? demanda Lucy.

— Je ne sais pas trop au juste. Mais vingt poulpards, seuls dans leur coin, aisément localisables, sans aucun moyen de communication, et se défendant relativement peu... je ne trouve pas ça normal. Un peu comme si on avait cherché à nous éloigner d'Artus par tous les moyens.

— « On » ? Mais qui ? Landers ? Il a quitté la ville et on ne l'a pas revu !

— Oui, mais si c'était un piège ?

Poussé au maximum, le robot sonde dévora l'espace qui le séparait de la cité minière. Riss le ralentit en vue du spatioport. Tout semblait normal. Une partie du Tarmac avait été dégagée par les Artusiens. Le marshal effectua un rapide survol de l'artère principale, à la recherche d'un élément qui n'aurait pas eu sa place en ces lieux, mais rien ne suscitait les soupçons. Quelques habitants vaquaient à leurs occupations, d'autres s'occupaient de déblayer le tunnel de la mine. Penchée par-dessus son épaule, Lucy Smith regardait elle aussi les images retransmises par la caméra.

— Je ne vois rien d'inquiétant…

Garrison Riss ne pouvait cependant se départir de ce sentiment de crainte qui lui serrait la poitrine. Il enfourcha le speeder.

— On rentre ! Je ne serai rassuré qu'une fois sur place !

Laissant le camp des poulpards détruit, Garrison Riss et son équipe reprirent la route en direction d'Artus Town. Le Space Marshal aurait voulu aller trois fois plus vite, au risque de briser son engin. Les minutes qui filaient lui apparaissaient comme des siècles, et les images en apparence anodine transmises par le robot caméra ne parvenaient pas à le rassurer. L'attaque avait été facile, trop facile, c'était à peine si les Zoxxiens avaient offert une résistance. Ils ne s'attendaient peut-être pas à être attaqués si tôt, mais en même temps, on aurait dit qu'ils avaient reçu des ordres pour ne pas bouger de là. Aucun poste de transmission n'était visible sur le camp, les poulpards ne pouvaient pas appeler des renforts de là où ils se trouvaient. Carson Landers leur avait-il ordonné d'aller se placer à proximité de Drahoga justement pour attirer les mercenaires sur place ? Mais pourquoi ne pas leur tendre un piège à cet endroit et les massacrer sans leur laisser la moindre chance ? Il y avait quelque chose d'étrange. Landers n'avait aucune raison de les laisser en vie, surtout après l'affront qu'ils lui avaient fait. Le regard sans cesse porté sur l'écran de l'aérospeeder, au risque de provoquer un accident et de verser dans un fossé, Riss cherchait des preuves de ce qu'il suspectait. En vain. Pas l'ombre d'un poulpard, dissimulé dans un coin de rue ou derrière un empilement de caisses, juste des Artusiens occupés à leurs tâches habituelles. L'arrivée en vue de la ville ne le rassura pas davantage. Pointant en direction de l'entrée sud, là où ils avaient creusé naguère les fossés destinés à stopper les envahisseurs, Riss décéléra, fit signe aux Artusiens qui se trouvaient non loin de là. Ils répondirent vaguement sans manifester la moindre joie. Le marshal sauta de son speeder et s'approcha. Juste à cet instant, le chef des ouvriers désigné nouveau maire d'Artus Town s'avança dans l'avenue, le pas lent, comme fatigué. Son visage crispé s'efforçait de laisser passer un sourire bancal.

— Tout va bien ? demanda Garrison.

— Vous les avez eus ? répondit Rhagal. Les poulpards ?

Il avait posé la question en donnant l'impression qu'il ne s'y intéressait pas, un peu comme s'il avait été contraint de la poser.

— Oui. Ils n'ont pas opposé de résistance... Et ici ?

— Oui... pas de problème...

— Vous êtes sûr ? insista Riss.

Rhagal évitait de le regarder de face, se contentant de jeter des petits coups d'œil par-dessus son épaule. Riss le saisit par le devant de la veste pour l'obliger à relever la tête.

— Dites-moi ce qui ne va pas !

— Je suis désolé, marshal. Je n'ai rien pu faire...

Un mouvement sur la droite attira l'attention de Garrison. Il dégaina son blaster au moment où un poulpard sortait de l'angle d'une maison.

— Attention, c'est un piège ! cria-t-il.

Les sept mercenaires firent soudain bloc, armes brandies face aux Zoxxiens jaillissant de toute part. Gaïus Rhagal leva les bras au ciel pour s'interposer entre les poulpards et le canon du pistolet :

— Non, je vous en supplie ! Ils tiennent nos femmes ! Et nos enfants !

Le Space Marshal interrogea rapidement ses compagnons. Ils tenaient toujours leurs blasters en position de tir, prêts à en découdre. S'ils faisaient feu maintenant, ça allait être un carnage. À cette distance, même le moins doué des poulpards arriverait à faire mouche. Ils étaient foutus. S'efforçant de rester calme, Garrison Riss amena lentement son arme à lui, la gardant cependant à la main.

— Personne ne tire !

— À la bonne heure ! répondit une voix depuis le porche de la mairie. Fidèle à son habitude, vêtu de son

manteau de cuir noir sur un costume de couleur sable, Landers arborait un rictus à la fois suffisant et triomphal que Riss aurait bien pris plaisir à effacer à coups de poing. Je savais que vous pouviez être raisonnable, dans votre intérêt et celui de vos amis ! Mais approchez donc, je ne mords pas !

Entourés par les poulpards dont les tentacules céphaliques luisaient d'une violente lumière de mauvais augure, les sept s'approchèrent de l'hôtel de ville. Les bras croisés sur la poitrine, le milliardaire jubilait.

— Vous ne pensiez pas que j'allais abandonner la partie aussi facilement, n'est-ce pas ?

Garrison ne répondit pas. Il réalisait ce qui le gênait sur les images de la caméra : l'absence de femmes et d'enfants. Parce que Landers les détenait tous en otage à ce moment précis. Il s'était fait avoir. Et à sa grande honte, il avait cru comme ses compagnons que Landers avait pu renoncer...

## 19

Alignés côte à côte devant l'entrée face à Carson Landers, les six hommes et la femme gardaient le silence. Ils savaient que toute parole était inutile. Chacun était également conscient que c'était la fin de la route. Ils n'avaient aucune chance de s'en tirer vivants. Le moindre mouvement, la moindre menace perçue par un des poulpards, et ils se feraient abattre de multiples tirs peut-être même avant d'avoir pu riposter. Ils avaient cependant suffisamment côtoyé la mort pour ne pas s'en émouvoir plus que de raison. Leur chance avait tourné, c'était un fait, il ne leur restait plus qu'à connaître la façon dont Landers allait les exécuter. Et quelque chose leur disait que leur mort ne serait pas rapide ni sans douleur...

Le milliardaire s'était assis sur un fauteuil apporté par un Artusien, et il contemplait ses prisonniers avec un petit sourire narquois, laissant le temps s'écouler. Sans doute espérait-il que l'un d'entre eux finisse par craquer, mais il en fut pour ses frais. Aussi finit-il par rompre le silence :

— Alors, qu'avez-vous pensé de mon piège ? Ces pauvres poulpards, voués à être abattus ? J'étais sûr que vous alliez tomber dans le panneau !

— Vous avez laissé ces créatures se faire descendre sans une once de pitié, lâcha Riss. Vous êtes abject.

— J'ai droit de vie et de mort sur n'importe qui, marshal Riss. Y compris sur vous. Il me suffit de lever la main pour que vous tombiez à mes pieds, criblés d'impacts.

— Alors qu'attendez-vous ?

— Un peu de patience ! Laissez-moi profiter de ma victoire bien méritée ! Car c'est une victoire nette ! Je savais que vous alliez vous lancer à la poursuite des derniers fuyards, parce que les Artusiens vous le demanderaient, ou simplement parce que vous n'aimez pas le travail à moitié fait. Je les ai envoyés sciemment en direction de Drahoga et j'ai fait surveiller la ville. Vous n'aviez pas quitté Artus Town depuis cinq minutes que mes poulpards en réserve envahissaient la cité en capturant toutes les femmes et tous les enfants. Et comme vous le voyez, sans carnage. Les Artusiens se sont tous couchés dès que nous sommes arrivés sur place. Ils faisaient moins les fiers, sans leurs chers mercenaires pour garantir leur sécurité !

Il s'interrompit un instant pour toiser les habitants qui ne disaient mot, la tête basse.

— Tous des larves ! Ils cherchent à se révolter, mais il suffit de leur montrer qui est le plus fort, n'est-ce pas ? Le courage s'arrête vite.

— Ils ont défendu leurs biens, Landers, vous ne pouvez pas leur ôter ça.

— C'est vous qui les avez défendus ! Sans vous, ils se seraient contentés d'accepter ma proposition ! C'est vous qui êtes venus semer la pagaille dans cette affaire !

— Maintenant que vous nous avez, laissez-les tranquilles. C'est nous que vous vouliez arrêter, pas eux.

— Vous n'êtes pas en position de discuter quoi que ce soit, marshal Riss. Eux vont payer leur arrogance. Ils vont devoir travailler pour faire oublier tout ce gâchis. Oh, ne croyez pas que je vais les abattre comme des chiens, même si au fond c'est bien ce qu'ils mériteraient ! J'ai réfléchi en comparant la situation d'Artus Town à celle de Drahoga, et je pense sincèrement que rien ne remplace la main-d'œuvre humaine, n'est-ce pas ? Dès demain, je ferai rouvrir la mine et nous tâcherons de rattraper tout ce temps perdu.

— Vous allez en faire des esclaves.

— C'est toujours mieux que de mourir, ne croyez-vous pas ? Ils resteront ici, chez eux, en famille… Que demander de plus… Mais leur sort ne vous concerne plus désormais.

— J'imagine que vous avez déjà statué sur notre sort, n'est-ce pas ? Et comment allez-vous nous supprimer ? Un peloton d'exécution à la sortie de la ville ? Je verrais assez bien cette solution, nous aligner face à votre harde de têtes de poulpes, et vous délecter de nos cadavres.

— Je pourrais effectivement. Mais vous n'y êtes pas du tout. Vous allez quitter cette planète, tous autant que vous êtes, pour ne plus jamais y remettre les pieds… Ce cher monsieur Rhagal, que vous avez cru bon de nommer maire de cette ville à la place de Barry Underwood, mais qui est aussi inefficace que lui, m'a expliqué ce qu'ils vous avaient promis pour leur venir en aide. Du Takhium et du Mandrinium. Comme il est juste que vous soyez payé pour vos efforts, vous emporterez un chargement de minerai. Quant à votre marché avec Sigmodos, je vous laisse vous débrouiller avec lui. Bien entendu, je garde les armes, *toutes* les armes. Lorsque Sigmodos lancera ses hommes-rats à vos trousses pour ne pas avoir tenu votre part de marché, je suis sûr que vous aurez autre chose à faire que de trainer dans le secteur.

Garrison Riss échangea un très bref regard de surprise avec ses compagnons, mais qui n'échappa pas à Carson Landers.

— Vous vous demandez pourquoi je vous épargne, n'est-ce pas ? Cette équipe de gibiers de potence que vous trainez avec vous ne mérite pas qu'on s'y attarde, c'est vrai, et je pense que personne ne les pleurerait. Mais c'est vous qui m'ennuyez le plus, Space Marshal Riss. Avec vos états de service, votre mort risquerait de faire tache. Je pourrais faire valoir un « mort dans l'exercice de ses fonctions », mais je n'ai pas envie d'une enquête fédérale. En vous laissant la vie sauve au contraire, j'assure ma tranquillité.

— Et vous nous rendez complices de vos exactions, ajouta Riss.

— Bien sûr ! Qui pensera à croire que j'ai accompli quelque chose par la violence, alors qu'un marshal fédéral était sur place ?

— Et si je refuse ?

— Alors je fais sortir les enfants d'Artus Town dans la rue, pour les exécuter un à un, pendant que je livre leurs mères à la furie de mes poulpards, jusqu'à ce que vous changiez d'avis. Je n'aurai aucun mal à tenir parole. Et vous ?

Garrison serra les poings. Landers avait raison : il n'avait pas le choix, il ne pouvait pas abandonner les enfants. Il chercha sur le visage blême du milliardaire des signes montrant qu'il bluffait, mais n'en trouva aucun. L'homme irait jusqu'au bout sans une once de pitié, seule sa soif de richesse importait. Il avait déjà fait massacrer une vingtaine de poulpards gratuitement, juste pour tendre son piège. D'un geste nonchalant de la main, Landers désigna le sol à ses pieds.

— Laissez vos armes ici. Ensuite, nous vous escorterons jusqu'à votre vaisseau et vous décollerez pour oublier Artus 4.

Garrison Riss se tourna vers ses compagnons, guettant leurs réactions. Mais, de fait, ils avaient accepté dès le départ qu'il était le chef de la bande, celui qui prenait les décisions, et ils se contenteraient d'accepter. Landers laissa passer un soupir d'exaspération.

— Je n'ai pas toute la journée devant moi ! Décidez-vous maintenant !

Le marshal franchit le dernier mètre qui le séparait du siège de Carson Landers, dégrafa son ceinturon, et, sans quitter le milliardaire des yeux, laissa tomber l'arme sur le sol pour bien montrer qu'il n'était pas dupe. Il s'écarta ensuite pour faire place à ses amis. Lucy fut la première à venir jeter son blaster, en crachant dessus, mais Landers fit comme s'il n'avait rien vu. Puis vint le tour de Josh Davies, de Wallace avec sa panoplie de couteaux.

— Franchement, dit Landers, alors qu'Osgold déposait les armes à son tour, je ne comprends pas pourquoi vous avez accepté cette mission. Un marshal, devenir mercenaire ! Qu'est-ce qui vous a poussé à le faire ? Risquer votre vie pour un misérable sac de minerai ? Je n'y crois pas une seconde.

— Je l'ignore, répondit Garrison.

— Non, non, je suis sûr que vous aviez une raison, n'est-ce pas ? Allez, dites-le, je suis curieux de la connaître !

— Vous savez, dit Lee en s'approchant pour décrocher la ceinture de son pistolet, ça me rappelle l'histoire de ce type qu'on a récupéré sur Berylon, et qui s'était jeté dans les racines-lianes vénéneuses qui abritent les nids de serpents-dragons, après s'être mis tout nu. Moi aussi, à l'époque, je lui ai demandé pourquoi il avait fait ça...

Landers parut intéressé.

— Un type a fait ça ? Et qu'est-ce qu'il vous a répondu ?

— Il m'a dit que sur le coup, l'idée l'avait tenté*...

Après un rapide clin d'œil à Garrison, il s'éloigna, laissant Carson Landers dans l'expectative. Il ne lui fallut que quelques instants pour reprendre ses esprits.

— Conduisez-les avec leurs speeders jusqu'à leur vaisseau, et veillez à ce qu'ils embarquent. Si je n'ai pas confirmation de leur départ, je fais abattre dix enfants. Et dix autres dans les minutes qui suivront. On est d'accord ?

Riss ne répondit pas. Il n'y voyait aucun intérêt. Landers était le plus fort, répliquer n'aurait servi qu'à le faire réagir pour montrer sa suffisance. Comme il regagnait son aérospeeder en compagnie des autres mercenaires, Landers intervint une dernière fois :

— J'ai bien peur qu'Osgold ne fasse pas partie du voyage. Nous avons lui et moi un petit... différend à régler.

Les poulpards qui les accompagnaient cernèrent le borgne pour l'empêcher d'avancer. Riss voulut s'interposer. Claquant furieusement de leurs becs cornés, leurs tentacules projetant leur bave nauséabonde dans tous les sens, les Zoxxiens pointèrent leurs armes sur le ventre du marshal, le repoussant brutalement. Il faillit s'écrouler dans la poussière de la chaussée. Déjà, d'autres faisaient bloc pour former un barrage infranchissable.

— Laissez tomber, marshal, vous ne faites pas le poids, souffla Osgold. Filez avant qu'il ne change d'avis. Dites-vous que ça devait se terminer comme ça. Aucun regret à avoir. Content de vous avoir connu en tout cas.

Garrison chercha à se saisir de la main d'Osgold, mais le borgne disparut derrière ses adversaires.

— Qu'allez-vous faire de lui ? protesta Riss.

— Ça ne vous concerne plus !

Les Zoxxiens l'entraînèrent de force vers les aérospeeders. La mort dans l'âme, le Space Marshal dut se résoudre à obéir. Il enfourcha son engin, mit le propulseur en route. Derrière lui, le borgne avait disparu, et les habitants d'Artus Town n'osaient lever les yeux dans la direction des mercenaires vaincus. Même Gaïus Rhagal gardait la tête baissée vers le sol, comme s'il avait honte. Mais était-il à blâmer ? C'était Landers qui avait les cartes en main, lui qui détenait les femmes et les enfants en otage. Garrison poussa légèrement le moteur de son speeder, et, à allure réduite, ses compagnons à ses côtés, quitta la ville sous escorte. Les poulpards chevauchaient des speeders assez grossiers qui auraient pu être facilement distancés par le marshal et son équipe, mais aucun d'entre eux ne l'aurait fait. À l'instant même où ils auraient poussé les gaz, Landers aurait pu mettre sa menace à exécution. Bientôt, la ville ne fut plus qu'un petit point à l'horizon, et Riss obliqua droit sur la montagne. Là, dans une immense caverne naturelle, le Prosecutor attendait le retour de son propriétaire. Garrison ouvrit la trappe, fit grimper les speeders dans la soute, et laissa passer ses compagnons un à un. Suivant le cortège, une navette chargée de Takhium et de Mandrinium stoppa à son tour à côté du vaisseau, et, sur un geste de l'un d'entre eux, les poulpards chargèrent le minerai à l'arrière du Prosecutor. Lorsque ce fut fini, celui qui dirigeait les soldats de Zoxx prit la parole :

— Vous. Décollez. Maintenant. Ne. Vous. Arrêtez. Pas.

— Que vont devenir les femmes et les enfants d'Artus ?

— Ils. Seront. Libérés. Comme. Convenu. Partez. Maintenant !

Lucy Smith posa la main sur le bras de Garrison.

— Viens, souffla-t-elle. Il n'y a plus rien à faire.

Riss verrouilla la trappe d'accès et gagna le poste de pilotage. Asulf occupait déjà le siège du copilote. Le Prosecutor sortit lentement de la caverne, puis d'une ultime poussée, s'arracha à l'atmosphère artusienne pour gagner l'espace. Il rasa ostensiblement le croiseur poulpard toujours immobile au-dessus de la planète, se positionna pour atteindre la vitesse subluminique. La main sur les commandes, il regarda ses amis :

— Quelle destination ?

— Éloigne-toi déjà de cette planète, recommanda Lee. Nous devons réfléchir...

Riss débloqua la commande de mise en route de l'hyper vitesse et laissa le Prosecutor s'éloigner. Lorsqu'Artus 4 disparut de leur vision, il se contenta de laisser le vaisseau dériver.

— Alors ?

— Je ne veux pas un gramme de ce minerai, fit Lee. J'aurais l'impression de m'être enrichi sur le dos de ces pauvres types en bas.

— Tu risques d'en avoir besoin si tu veux échapper aux sbires de Sigmodos, remarqua Riss.

— Je ne m'inquiète pas pour ça. Ce qui doit arriver arrivera, mais si je prends ce minerai, je ne pourrai plus jamais me regarder dans une glace.

En entendant parler Lee, Garrison se sentit rassuré. Parce que lui non plus n'avait pas l'intention de garder le Takhium et le Mandrinium. Il comptait bien le rapporter sur Balakar en expliquant ce qui s'était passé, quitte à en assumer les conséquences. Le prix à payer serait douloureux, mais il le paierait. À ses côtés, Lucy poussa un soupir.

— Eh merde ! Bien sûr que moi non plus je ne veux pas de ce putain de minerai ! Tu en fais ce que tu en veux, Gar', mais ne m'en parle plus !

— Pareil pour moi, ajouta Wallace.

— Tu permets que je réfléchisse ? grogna Killer-dog. Je sais bien que c'est dégueulasse, mais ce minerai m'aiderait sans doute à payer les réparations de mon vieux vaisseau. Un de ces jours, je vais me retrouver à errer dans ce foutu espace, sans pouvoir atterrir.

— Sauf si tu veux rester avec moi comme copilote, Dog. On en a déjà parlé, tu le sais.

— Dans ce cas, Landers peut se carrer son minerai où je pense !

— Merci à toi aussi, Dog.

Tous se tournèrent en direction de Josh Davies, qui n'avait pas réagi. Il se contentait de tourner et retourner sa pipe entre ses doigts.

— Tu n'es pas obligé de faire quoi que ce soit, Peaceful. Si tu as besoin du minerai, tu le gardes.

— Je suis le plus vieux d'entre vous. Et je commence à en avoir ras le bol de toutes ces conneries, ce n'est plus de mon âge. Je me dis que revendu, ce Takhium pourrait améliorer mon ordinaire...

— Tu fais comme tu le sens, Josh, c'est ton droit.

— En attendant, on fait quoi ? demanda Lee.

— Déjà, on se rééquipe. J'ai suffisamment d'armes dans la réserve pour ne pas nous retrouver sans rien.

— Et ensuite ?

Wallace rajustait sa ceinture de blaster et son jeu de poignards de rechange. Il désigna l'horizon devant lui.

— Tu vas faire demi-tour et me poser sur ce caillou. Je n'ai pas l'intention de partir comme ça. Et personne ne me dit d'aller où je ne veux pas. Non, personne*.

— À la bonne heure, lança Lee en lui donnant une claque dans le dos. On s'offre un dernier baroud, toi et moi ?

310

— Vous êtes cinglés ! s'exclama Davies. Vous allez retourner là-bas, avec tous ces salopards de mécréants de poulpards ? Vous voulez tous crever !

— Personne ne t'oblige à venir, dit Lee.

— Ça tombe bien parce que je n'en ai pas l'intention !

— Je n'ai pas coupé assez de têtes la première fois, grogna le dog. Et j'ai envie de récupérer ma lance. Comptez sur moi les gars.

Garrison regarda Lucy. Un débat intérieur agitait sa compagne. Elle finit par sourire, un sourire pâle qu'elle accompagna d'un coup de poing sur la table.

— Allons buter ces têtes de poulpes ! Et puis, il faut bien que quelqu'un veille sur vous, vous êtes foutus de vous blesser tout seuls !

— Vous êtes complètement cinglés ! répéta Josh Davies. Dieu ait pitié de vous !

Riss fit pivoter le Prosecutor vers Artus 4.

— On va aller se poser du côté de Brennos City. Josh, tu garderas le Prosecutor. Si on revient, tu pourras rentrer chez toi.

— Ah ouais ? Et si vous ne revenez pas ?

— Dans ce cas, tu auras gagné un vaisseau…

— Même si cette idée me ravit, j'espère bien que tu vas rappliquer, marshal ! Parce que je ne suis pas sûr de savoir manœuvrer un engin pareil !

— Sans compter que désormais nous ne sommes plus que cinq, ajouta Lee, un brin rancunier à l'encontre de Peaceful.

— Je veux bien être le sixième, fit une petite voix derrière eux.

— Jack ! s'exclama Riss en voyant apparaître le gamin derrière lui. Qu'est-ce que tu fabriques ici ?

— Je suis venu ici dès votre départ pour Drahoga. Je me suis caché en attendant votre retour.

— Mais... et tes parents, Jack d'Artus 4 ? Tu y as pensé ?

Deux larmes roulèrent sur les joues du gamin :

— Mon père est mort, m'sieur. Le docteur Chrestus a tout tenté pour le sauver, mais Landers a dit qu'il n'y avait pas de place pour les blessés...

Garrison Riss sentit ses mâchoires se contracter sous l'effet de la colère :

— L'immonde salopard ! ragea-t-il. Il va aussi payer pour ça !

## 20

À l'aube du quatrième jour, alors que l'obscurité laissait enfin la place à la lumière selon le cycle artusien habituel, le Space Marshal Garrison Riss et ses compagnons quittèrent le Prosecutor à l'arrêt non loin de Brennos City. Ils étaient six, Jack McBride ayant refusé de rester avec Josh Davis. Brennos City était située plus à l'écart que Drahoga, ce qui permettait d'éviter en théorie tout risque de croiser des poulpards. Leur arrivée se ferait par la mine, après avoir gravi la montagne à son sommet et longé le plateau. Aucun des mercenaires ne prononçait la moindre parole, et Riss n'avait pas envoyé de robot sonde. C'était inutile. Quel que soit le nombre des poulpards, ils ne reculeraient plus.

Ils avancèrent dans la roche, malmenant les aérospeeders dans les ornières et la poussière. Ils allèrent sans se presser, mais sans s'arrêter. Ils ne comptèrent pas les heures qui les séparaient d'Artus Town. Lorsque finalement, dans le lointain, apparurent les bâtiments abritant le matériel des mineurs, luisant sous les premiers reflets du soleil de Ghuron, Riss obliqua sur la gauche pour chercher un passage en direction de la vallée. Il braqua sa lunette de visée en direction de la mine. Sous la surveillance des poulpards, les Artusiens avaient repris le travail sur les foreuses. Les machines endommagées avaient été écartées, et quasiment aucune trace du combat ne subsistait. Les mercenaires étaient encore trop loin pour être repérés, mais le bruit des moteurs se ferait fatalement entendre à un moment donné. Riss gagna le milieu de la vallée, attendit que les aérospeeders soient tous alignés, et inspecta une ultime fois ses pistolets.

— Nous y sommes ! fit-il. Pas de retour en arrière possible. Vous êtes tous prêts ?

— Tu nous emmerdes avec tes discours, grogna Killer-dog.

— Jack, tu resteras en arrière... c'est un ordre ! ajouta-t-il en voyant le gamin tenter de protester. Je ne veux pas avoir ta mort sur la conscience !

Il empoigna un blaster d'une main, serra la manette des gaz de l'autre :

— Rendez-vous tout à l'heure. En enfer... ou ailleurs !

Le speeder décolla légèrement sous la poussée de son propulseur, projetant une gerbe de poussière, et Garrison Riss le laissa filer droit sur la mine, dévorant les ultimes mètres qui le séparaient des constructions. Les premiers poulpards levèrent les yeux en direction du nuage qui se rapprochait à vive allure, s'agitèrent en repoussant brutalement les mineurs en arrière pour prendre position autour des foreuses. « C'est le moment de prier pour que Landers ait collé les plus mauvais tireurs sur la mine ! » songea Garrison. Les premières détonations se firent entendre, les rayons des fusils zoxxiens ratant heureusement leurs cibles.

— Déployez-vous ! cria le marshal.

Les mercenaires s'écartèrent en éventail. Le premier, Lee atteignit les foreuses. Lâchant les manettes de commande, il brandit ses deux pistolets et visa les premiers poulpards, en abattant deux, coup sur coup. Wallace se laissa tomber de son speeder pour manier du poignard, et Killer-dog en éventra un qui lui barrait le passage. Les poulpards tentaient d'ajuster leurs tirs, un impact vint crever le manteau de Garrison qui eut juste de temps de riposter.

— Fais gaffe, Gar', tu perds la main ! cria Lucy en abattant un poulpard un peu trop agressif.

Leur première attaque se soldait par un succès. N'osant croire à leur bonne fortune, les Artusiens hésitaient encore à sortir de leurs cachettes.

— Un des poulpards a réussi à s'enfuir dans le tunnel ! prévint Lee. Il va aller donner l'alarme !

— Comme si ce n'était pas déjà fait ! répondit Garrison. Suivons-le !

Laissant les Artusiens à l'abri dans les baraquements, ils se précipitèrent à la suite du Zoxxien.

Faisant travailler les habitants d'Artus Town comme des forçats, Carson Landers s'était empressé de faire rétablir le passage ferroviaire par le tunnel. Les mercenaires n'hésitèrent pas une seconde à s'y engouffrer sur leurs speeders, débouchant de l'autre côté non loin du spatioport. Leur arrivée avait été signalée. Accueillis par le feu nourri de la mitrailleuse, postée sur le toit des bureaux du spatioport, ils eurent à peine le temps de sauter de leurs engins pour se mettre à l'abri avant d'être touchés par un tir. L'un d'entre eux percuta le flanc du speeder de Lee, qui se cabra et vint piquer du nez contre la façade de la première habitation. Roulant-boulant sur lui-même, le joueur de poker fit signe qu'il était indemne et plongea par la porte ouverte pour échapper à la salve suivante.

— Mon speeder ! hurla-t-il. Ces salauds vont me le payer cher !

— Dog, Wallace, par la gauche ! Empêchez-les d'utiliser le canon du spatioport ! Lucy, tu vas rejoindre Lee. Je reste avec Jack.

— Bonne chance Gar' ! répondit son ex-femme en se glissant à la suite de Lee.

— C'est un peu plus que de la chance qu'il va nous falloir, grogna le marshal.

Il abattit le premier poulpard sur sa droite, plongea pour éviter les tirs de riposte.

— Reste pas planté là, bordel ! cria-t-il à l'intention du jeune garçon. Mets-toi à l'abri !

Wallace progressait en direction du spatioport, Asulf sur ses talons. De loin, ils aperçurent brièvement la silhouette de Carson Landers sur le balcon de la mairie. Le milliardaire parut un moment décontenancé, avant que la fureur n'envahisse ses traits.

— Landers se planque à la mairie ! fit le lanceur de couteaux dans son micro. Il va chercher à nous jouer un mauvais tour.

— Il ne faut surtout pas qu'il prenne les enfants en otage ! prévint Garrison.

— Vu, répondit Lee. Lucy et moi on s'en occupe.

Les poulpards avaient pris place au milieu de la ville et sur l'aire d'envol, établissant un barrage avec tout ce qu'ils trouvaient. Mais d'autres se tenaient à l'abri à l'intérieur des blocs, installés là par Landers pour établir une surveillance et empêcher les réunions des Artusiens. Rasant les murs, Lee et Lucy s'avancèrent dans leur direction, jetant un œil à chaque porte. Trainant le jeune Jack par le bras, Garrison s'avança à son tour, longeant les chariots de minerai. Sa hantise était que le gamin prenne un rayon et soit tué sur le coup. Avisant un wagon vide, il lui intima l'ordre de s'y glisser et d'attendre.

— Tu ne discutes pas, Jack ! Il y va de ta vie !

Son regard se reporta en direction du centre-ville. Plusieurs poulpards s'avançaient, des otages devant eux, le canon de leur fusil braqué sur leurs têtes. Ils mettaient leur menace à exécution. Avant que les mercenaires n'aient eu le temps de réagir, ils firent feu, et quatre Artusiens s'écroulèrent, morts.

— Je vous avais prévenus ! hurla Carson Landers depuis l'hôtel de ville. Je vous tuerai tous ! Amenez d'autres otages ! Exécution !

Des cris de terreur firent écho à l'ordre du milliardaire. Entrainant cette fois deux femmes et deux enfants, les poulpards les projetèrent au milieu de la chaussée et épaulèrent leurs fusils.

— Merde ! Merde ! rugit Riss. Dégommez-moi ces salauds avant qu'ils ne flinguent les gamins !

— Trop loin ! répondit Wallace.

— Je n'ai aucun angle de tir ! ajouta Lee.

— Ce n'est pas possible ! Il faut faire quelque chose !

S'apprêtant à jouer son va-tout, Riss sortit de sa cachette et s'avança à découvert pour détourner l'attention des poulpards, au risque de se faire faucher par une rafale du canon mitrailleur. Avant même qu'il ait le temps de réaliser, les têtes des agresseurs volèrent en éclats, explosant comme des fruits trop mûrs. Quelqu'un les canardait dans leur dos.

— Tu ne croyais quand même pas que j'allais vous laisser toute la gloire ! gueula Josh Davis dans le micro.

— Peaceful ! Où es-tu ?

— De l'autre côté, marshal ! Je suis passé par le sud. Je vais allumer le premier enfant de putain qui ose pointer son bout de tentacule !

Sous ce double tir nourri, les poulpards s'engouffrèrent dans les bâtiments les plus proches. Asulf et Wallace franchirent le portail menant au spatioport, et le marshal perçut le hurlement de rage du lycanthrope.

— Dog ? Ça va ?

— Un de ses salopards vient de me flinguer, grogna Killer-dog. Mais c'est juste une égratignure. Et j'ai récupéré ma lance !

— Fais gaffe à toi !

Du coin de l'œil, il vit Lee atteindre le dernier bâtiment avant la mairie. Le joueur de cartes se risqua à passer la tête, la recula précipitamment sous le déluge de tirs, puis plongea en avant par la porte. Riss traversa la rue, courbé en deux, évitant les coups de feu, et pénétra à son tour dans la maison juste en face. Cinq Zoxxiens l'attendaient. Le faisceau du blaster l'atteignit au moment où il appuyait sur la détente, et il sentit la cuisson douloureuse lui labourer la cuisse. Riss roula sur le sol, abattit le dernier poulpard encore debout, puis se glissa contre le mur pour éviter de rester face à la porte. Il examina sa blessure, heureusement sans trop de gravité, et la banda à l'aide d'un morceau de son manteau. Il se remit debout en serrant les dents.

Sur le spatioport, Asulf avait laissé tomber le fusil pour se livrer à un corps à corps avec les poulpards. Sa redoutable lance à double lame fauchait les tentacules comme on fauche les blés, faisant gicler l'humeur marine putride des têtes. Il ne sentait plus les coups. Les Zoxxiens concentraient leurs attaques sur lui, tandis qu'il s'efforçait de gagner les locaux sur le toit desquels se trouvait encore la mitrailleuse. Les poulpards essayaient de tirer autant dans la direction de Riss et de Lee que dans celle de Peaceful, mais leurs tirs restaient maladroits et à plusieurs reprises ils tuèrent certains de leurs congénères.

— Dégommez-moi cette batterie ! cria encore Garrison dans le micro.

Asulf Killer-dog atteignit les bureaux. Sa lance dégoulinait du sang de ses ennemis. Les poulpards firent pivoter le canon dans sa direction. Avec un rugissement de bête blessée, le Dog se rua sur eux, dégoupillant une grenade thermale. Rien ne pouvait plus l'arrêter. Ses crocs plongeant dans les chairs molles des Zoxxiens, il envoya bouler les premiers, abaissa le canon vers le toit des bureaux et enclencha la grenade.

— Allez tous en enfer, saloperies !

L'explosion emporta les derniers poulpards encore présents dans les locaux. Le toit s'effondra sur lui-même, interrompant définitivement la mitrailleuse.

— Dog, non !

De l'autre côté de la ville, Josh Davis continuait à arroser les assaillants, faisant mouche à chaque coup. Plusieurs poulpards convergeaient dans sa direction cependant, progressant par petits bonds erratiques pour l'empêcher d'ajuster ses tirs.

— Ça sent mauvais, marshal ! lança l'ancien tireur d'élite dans son micro. Je ne suis pas sûr de pouvoir récupérer le Prosecutor ! Fumiers de mécréants !

Le fusil longue portée tonna encore plusieurs fois avant de se taire définitivement.


Lucy et Lee venaient de pénétrer dans l'hôtel de ville. Réfugiés à l'arrière du bâtiment, les derniers poulpards protégeaient Carson Landers qui s'efforçait d'appeler à l'aide. Mais les navettes zoxxiennes tardaient à apparaître. Voyant qu'une poignée d'hommes était revenue pour leur venir en aide, et risquait sa vie pour eux, les Artusiens sortaient de leur torpeur. Ils s'en prirent alors à leurs envahisseurs, à main nue, avec tout ce qu'ils pouvaient trouver de contondant, récupérant les armes dès qu'un ennemi tombait. Ils prenaient position sur le spatioport, empêchant les Zoxxiens d'acheminer des renforts. Ils bloquaient l'accès à la mine au nord et à la sortie vers Drahoga au sud, bloquant toute tentative de fuite. Ils massacraient systématiquement le moindre poulpard qui se présentait à eux. Un des derniers survivants parvint à faucher Wallace alors que le lanceur de couteaux poignardait son adversaire, plantant sa lame en un ultime sursaut dans une des caisses éparpillées sur le tarmac. Quelques tirs sporadiques résonnaient encore de loin en loin, mais il ne restait quasiment plus aucun poulpard en vie. Garrison Riss vit deux navettes s'approcher du tarmac, hésiter, puis faire demi-tour, décidant là que les combats avaient assez duré. Il traversa la rue en boitant, contempla le spatioport. Le corps disloqué de Killer-dog dépassait des gravats, celui de Wallace, face contre terre, gardait le bras tendu en un dernier réflexe de lancer. Le Space Marshal replia le couteau planté dans la caisse et l'empocha. De l'autre côté de la rue, Lee se tenait à Lucy. Les deux étaient blessés, le joueur de cartes au bras droit, sa main pendant le long du corps, inerte. Lucy avait été blessée à la cuisse gauche, au même endroit que Riss. Malgré les morts autour de lui, en particulier celle de ses compagnons, Garrison éprouva une bouffée de joie à voir celle qu'il avait aimée et qu'il aimait toujours se tenir devant lui. Il l'enlaça maladroitement, et pour la première fois depuis longtemps elle se laissa faire.

— Bordel Gar' ! Tous ces morts ! Dog ?

— Il n'a pas survécu à l'explosion du canon...

— Wallace ?

— Il est derrière les caisses... je crois qu'ils ont eu Peaceful aussi. Son fusil s'est arrêté...

— On a retrouvé Osgold, murmura Lucy. Ces salopards l'ont cogné à mort et l'ont crucifié à l'entrée de l'hôtel de ville, afin que tous les Artusiens le voient... on vient de le décrocher.

— Où est-il ? gronda Riss. Où est ce fils de pute de Carson Landers ?

— Il doit être planqué quelque part, on n'a pas encore mis la main dessus. On essaie de le localiser.

Lucy s'interrompit en entendant des cris de joie venant de l'hôtel. Pieds nus, les vêtements malmenés, Tamara Hanlon courait en direction de Lee en prononçant son prénom. Elle se jeta dans ses bras, manquant le faire tomber, le couvrant littéralement de baisers. Lee l'enserra maladroitement de son bras valide, un brin gêné pour le coup. Il avait toujours été plus à l'aise avec un flingue et un jeu de cartes. Un brouhaha monta de la mairie, émanant des Artusiens en colère. Garrison et Lucy se regardèrent.

— Ils l'ont trouvé ! fit Riss.

Amené par Gaïus Rhagal dont le visage portait les stigmates des violences qui lui avaient été faites,

323

un groupe d'habitants venait de déloger Carson Landers de sa cachette. Le milliardaire s'était dissimulé à l'arrière du bâtiment et tentait de monnayer sa fuite à grand renfort de promesses de richesses. Il avait perdu de sa superbe, son manteau de cuir et son costume étaient déchirés, et sa peau blafarde était maculée de taches de sang, humain et Zoxxien. Les Artusiens le laissèrent tomber sur le sol, et il roula jusqu'aux pieds du Space Marshal, s'accrochant à ses vêtements alors que de toute sa vie il n'avait cessé de fuir le contact physique.

— Je vous en supplie ! Aidez-moi, ne me laissez pas entre les mains de ces fous ! Vous êtes marshal assermenté du gouvernement de la République, à ce titre je me mets sous votre protection. C'est votre devoir de me protéger jusqu'à mon jugement !

Garrison Riss le repoussa de la pointe de sa botte.

— Si vous en êtes là, vous n'avez qu'à vous en prendre qu'à vous même ! Vous avez voulu transformer cette ville, réduire ses habitants en esclavage pour votre seul profit, laissé massacrer des dizaines d'Artusiens et de Zoxxiens, juste parce que vous êtes incapable d'admettre que vous avez tort !

— Oui, je le reconnais ! Je n'aurais pas dû. Ramenez-moi sur Jezzarryyk, je vous promets que je reconnaitrai toutes mes erreurs, je ne chercherai pas à me disculper. Je rembourserai tous les dégâts que j'ai commis ici !

— La vie humaine n'a pas de prix, ordure ! cracha Lucy Smith. Comment comptes-tu la rembourser ?

— Je trouverai un moyen. De l'argent. Vous savez que j'ai beaucoup d'argent ! Plus que vous ne pouvez l'imaginer. Je ferai de ces gens des personnes riches ! Mais vous devez me sortir de là. Ils sont fous, ils vont me tuer !

— Ils veulent peut-être vous faire subir ce que vous avez fait subir à Osgold ?

Mais Landers secoua la tête.

— Non, vous vous trompez ! Ce n'est pas moi ! Ce sont les poulpards. Ils voulaient se venger, je n'ai rien pu faire !

— Vous voulez que je vous ramène sur Jezzarryyk afin d'y être jugé, n'est-ce pas ? Pour pouvoir acheter un ou deux juges et vous en sortir sans trop de casse ? Et sans doute, revenir d'ici quelque temps pour achever ce que vous n'avez pas réussi à accomplir ?

Carson Landers parvint à se remettre debout.

— Vous n'avez pas le choix, Space Marshal ! Vous avez un insigne, c'est votre devoir ! J'exige d'être évacué de cette ville !

Garrison Riss se tourna pour interpeler la personne derrière lui.

— Et toi, Jack d'Artus 4, qu'est-ce que tu en penses ?

Le jeune garçon tenait un pistolet. Dans ses yeux brillait une froide détermination, un regard d'enfant trop vite devenu adulte dans de terribles circonstances. Landers le regarda s'approcher, bouche bée. Il tendit l'index en direction du garçon et interpela Riss.

— Attendez ! Marshal, vous n'allez quand même pas…

— Vous avez tué mon père ! jeta Jack. Vous l'avez laissé mourir parce qu'il avait osé vous résister ! Ma famille est détruite, ma mère n'est que chagrin. Qu'avez-vous à répondre à cela, monsieur Landers ?

— Écoute, tu n'es qu'un gamin. Dans un conflit, il y a toujours des victimes… Bordel ! Rien de tout ça ne serait arrivé si tu n'étais pas allé chercher Garrison Riss et ses mercenaires ! Pourquoi a-t-il fallu que tu te prennes

pour un héros, hein, gamin ? Et vous, marshal, pourquoi êtes-vous revenu pour les aider, sachant que vous pouviez mourir ? Pourquoi ? POURQUOI ?

Jack McBride releva le canon du blaster. Il était calme, déterminé, sa main ne tremblait pas. Garrison vint poser la sienne sur l'épaule du jeune homme.

— Pourquoi ? fit-il en écho. Si je vous le disais, vous ne croiriez pas…

326

La bouche de Carson Landers s'ouvrit sur un cri de fureur, de terreur et de désespoir. Jack appuya sur la queue de détente. Le blaster eut un léger sursaut, un bref sifflement, et le milliardaire retomba en arrière, un trou en pleine poitrine. Le garçon laissa tomber le pistolet sur le sol. Deux larmes coulèrent sur ses joues.

— La famille McBride vous a jugé et condamné, monsieur Landers !

Le Space Marshal le prit dans ses bras pour le réconforter.

## 21

Le chargement de minerai de Takhium et de Mandrinium arrivait à son terme. Le Prosecutor attendait sur le tarmac restauré du spatioport d'Artus Town. Les soutes remplies, il rejoindrait directement Balakar où l'attendait Sigmodos. Le contrebandier avait déjà été prévenu que sa créance était prête à lui être versée. Puis le vaisseau retournerait sur Jezzarryyk, où Garrison Riss ferait son rapport auprès du tribunal de la République. La mort de Carson Landers avait déjà été annoncée, provoquant un séisme sur place, et le gouverneur avait placé tous les biens du milliardaire sous séquestre afin de faire la lumière sur ses exactions. Pour des milliers de petits propriétaires spoliés, l'espoir renaissait.

Ensuite, Riss donnerait sa démission de l'ordre des marshals fédéraux. Il avait pris cette décision au moment même où, chevauchant son aérospeeder, il revenait combattre Landers et ses guerriers. Une promesse faite à lui-même, mais aussi à Lucy Smith. Il l'avait perdue une fois, il ne voulait pas la perdre à nouveau. Où iraient-ils ensemble ? Ils ne le savaient pas. Mais plus jamais on n'entendrait parler du Space Marshal Garrison Riss et de Lethal Girl Smith. Ces deux-là redécouvraient l'amour qu'ils portaient en eux et qui n'avait jamais cessé durant toutes ces années.

Les habitants s'étaient rassemblés sur la piste pour un dernier adieu. Ils devaient désormais faire disparaitre les traces des combats qui avaient meurtri la ville. Mais Gaïus Rhagal était confiant : par le passé, elle s'était déjà relevée. Artus Town vivrait. Il avait confiance en ses habitants, confiance en son nouveau bras droit, Jack Mc Bride. Le gamin en avait fini désormais avec ses rêves de voyage. Il avait plus que jamais compris que sa place était ici.

Près d'un mois s'était écoulé depuis l'attaque des poulpards. Ceux-ci n'étaient jamais revenus, et le vaisseau spatial en orbite autour d'Artus avait repris la direction de Zoxx pour se faire oublier. La République allait bientôt lancer une enquête sur leur rôle dans l'attaque, quelques croiseurs fédéraux avaient pris place autour de leur planète, et le chef suprême zoxxien avait demandé un entretien avec le gouverneur. Chaque jour passant rendait un peu plus difficile le départ, mais il avait fallu panser les plaies, aider les Artusiens... et également attendre la production de minerai.

— Si tu repasses par ici, tu seras toujours le bienvenu, fit Lee.

— Tu es sûr de vouloir rester ? demanda Garrison.

Lee indiqua son bras droit.

— Malgré les soins du docteur Chrestus, je ne récupérerai jamais totalement l'usage de mon bras. C'est con, je tirais plutôt vachement bien. Mais c'est la vie ! Et puis… Il se tourna vers Tamara, accrochée à lui comme une noyée à une bouée, le couvant littéralement des yeux : je crois que cette petite chose et moi avons encore pas mal de trucs à nous dire… Qui sait ? Je deviendrai peut-être un bon tenancier de bar ? C'est bien la première fois que je vais devoir faire quelque chose de ma vie, et ça me fout un peu les jetons.

Il donna l'accolade à Garrison, embrassa Lucy.

— Faites attention à vous, les amis.

— Toi aussi, foutu joueur de cartes ! souffla Riss, plus ému qu'il ne le voulait.

Il embarqua à bord du Prosecutor, verrouilla les portes, actionna les turbines. Le vaisseau trembla légèrement et commença à s'élever dans le ciel d'Artus.

— Balakar ? demanda Lucy.

— Balakar, approuva Garrison. J'en connais un qui doit nous attendre avec impatience. Ensuite je devrais me rendre à Jezzarryyk. Tu pourras m'accompagner : j'ai obtenu ton immunité de la part du gouverneur.

— Gentil de sa part.

— Et ensuite, où souhaiterais-tu aller ?

— Je ne sais pas encore, Gar', il faut que je réfléchisse. Peut-être assez loin, tant qu'on peut ?

— Pourquoi ne pourrait-on pas ? Et, à propos, qu'est-ce que te voulait Chrestus ? Je l'ai surpris à plusieurs reprises en messes basses avec toi.

— J'avais besoin de lui demander quelque chose d'important, et il m'a complètement rassurée.

— Tu es malade ? s'inquiéta Garrison. Ou tu souffres encore de tes blessures ?

— Rien de tout ça… je voulais juste savoir si les voyages subluminiques étaient dangereux.

— Depuis le temps qu'on en fait, Lucy, je ne pense pas…

— Pas pour toi ni pour moi spécialement, Gar', répondit Lucy, d'une voix soudain très douce.

Garrison Riss la regarda fixement. Elle lui sourit en posant délicatement les mains sur son ventre.

Et pour la première fois depuis qu'il pilotait, Riss faillit perdre le contrôle du Prosecutor.

23/02/18

Les 7 étant à la base un concept un peu fou, je voudrais remercier toutes celles et ceux qui y ont cru et m'ont poussé à aller jusqu'au bout de cette aventure.

Merci à tous mes béta lecteurs, en particulier, Laura, Babeth, Maggy, Franck.

Merci à mon ami Nick Gardel, qui me connaît mieux que personne, et qui imagine toujours des couvertures superbes, le plus souvent sur une simple idée, avant même d'avoir eu le détail de l'histoire.

Merci à Sophie Ruaud pour ses conseils toujours précieux et ses corrections.

*(https://www.facebook.com/lenvoldesmots/)*

S'il reste des erreurs, c'est uniquement de mon fait.

Et merci à tous ceux qui, en lisant ces lignes, auront pris plaisir à lire cette histoire jusqu'au bout.

Michael Fenris.

## Du même auteur

*Feuilles – 2015 (édition PRISMA)*
*Le Syndrome Noah – 2016 (édition PRISMA)*
*Aaverhelyon – 2017*
*Diamants sur Macchabées - 2018*

Retrouvez toutes les informations sur

**http://michaelfenris.e-monsite.com**

Printed in Great Britain
by Amazon

46690347R00199